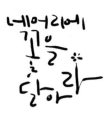
네이버에
끼을효…
돌아라…
달아라—

# 네 머리에 꽃을 달아라

2011년 10월 14일 초판 1쇄 발행

**펴낸곳** (주)도서출판 삼인

**지은이** 김비
**펴낸이** 신길순
**부사장** 홍승권
**책임편집** 김종진
**편집** 오주훈 양경화
**본문디자인** 김효중
**마케팅** 이춘호 한광영
**관리** 심석택
**총무** 서장현 정상희

**등록** 1996.9.16. 제 10-1338호
**주소** 121-837 서울시 마포구 서교동 339-4 가나빌딩 4층
       (서울시 마포구 와우산로 27길 23)
**전화** (02) 322-1845
**팩스** (02) 322-1846
**전자우편** saminbooks@naver.com
**홈페이지** www.saminbooks.com

**표지디자인** (주)끄레어소시에이츠
**제판** 문형사
**인쇄** 대정인쇄
**제책** 성문제책

ISBN 978-89-6436-037-8  03810

값 13,000원

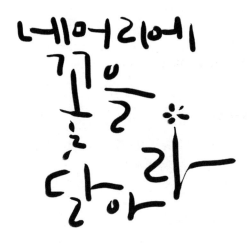

김비 지음

삼인

# 차례

Prologue

검은 물속에서

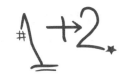

그것은 분명 검붉은 색이었을 것이다.

"아줌마, 여기 열쇠 못 보셨어요?"

무색의 투명함과 비릿한 냄새만을 가지고 있다는 그곳은 빛이 조금도 새어 들어오지 않는 밀폐된 공간. 북소리 같은 심장 소리가 나를 감싼 물을 두드리고 있었을 것이고, 나는 길게 뻗은 관을 통해 생명을 숨 쉬고 있었을 것이다. 바로 거기는 내게 인간이라는 이름을 직조하는 시간의 궁전.

"글쎄…… 못 봤는데? 여기…… 여기 밑에를 좀 더듬어봐."

열쇠를 찾느라 웅크린 내 안에서 나이 든 몸속이 한쪽으로 기울어진다. 그러나 그것들은 그때, 콩알이나 좁쌀과 같은 모양으로 시작했을 것이며, 서로 다른 모양의 기관들은 내게 생명을 주기 위해 차곡차곡 자신들의 기능을 정비하고 다듬으며 생존을 준비했을 것이다.

"에이, 없네."

"누구한테 좀 물어봐야하는 거 아니니?"

생존이 비단 육체만의 이야기는 아닐 테니, 내 머릿속에는 불규칙적으로 꼬인 타래 안에 많은 생각들이 차곡차곡 쌓여가기 시작했을 것이다. 그것은 내 생각이지만, 사실 나를 잉태한 모친의 생각이었을 테고, 그녀의 생각이었다고 하더라도, 결국 그건 바깥세상의 이야기였을 것이다. 누군가에게 '왜?' 혹은 '무엇을?' 이라고 물어야 한다면 그런 세상을 향해 입을 벌려야겠지만, 불행히도 그때 내게는 입이 없었다. 입을 갖게 되고 난 후에는, 내게 언어가 없었다.

"아이, 참…… 좀 더 찾아보고요."

아이는 물속을 한참이나 손짓으로 뒤적거리다가 한숨을 푹 쉬고 나가버렸다. 검붉은 물은 아이의 부산스러운 손길 때문에 벌거벗은 나를 감싸고 한참이나 출렁거렸다. 핏물을 토해놓은 것 같은 검붉은 물은 작은 두꺼비의 입에서 계속해서 콸콸 흘러나왔다.

"아이고, 여기 좋으네. 시원한 것이…… 오늘은 뭐냐, 뭐길래 이렇게 색깔이 뻘겋고……."

짧은 파마머리의 아주머니는 반짝거리는 어금니를 드러내며 물속으로 들어왔다.

"복분자네, 복분자……. 아이고, 시원타! 신선놀음이 따로 없구먼. 아등바등 살면 뭐 하냐, 이렇게 가끔 가다 몸이나 지지고, 돈 벌면 버는 대로 없으면 없는 대로 사는 게지. 그죠, 발버둥 치며 그렇게 살 필요 없어, 안 그래요?"

그녀는 내게도 동의를 구하는 듯했지만, 나는 고개를 끄덕이지 못했다. 삶은 처음부터 내게 궁금증 덩어리였으며, 방금 전까지만 해도 나는 아무리 노력해도 알 수 없는 그때 그 물속을 떠올리고 있었으니 말이다.

"평생 그깟 아파트 하나 손에 쥐어보겠다고 아등바등, 하이고 뭐 하러 그렇게 살아?"

여자는 검은 물속에 대고 혀를 끌끌 찼다. 다시 한 번 누군가의 동의를 구하기 위해 몸을 담그고 있는 여자들을 주욱 둘러보았지만, 모두들 자신들의 생각 속에 몸을 담그고 있을 뿐, 그녀의 말에 귀 기울이지 않았다. 물론 나도 내 생각만으로 버겁고, 벅차다.

조금 더 깊숙이 물속에 몸을 담갔다. 내가 모르는 그때의 기억을 조금이라도 되살리기 위해, 머리끝까지 검붉은 물속에 담가본다. 계속해서 허공을 향해 동의를 구하는 그녀의 목소리는 물 밑에서 새까맣게 지워진다. 사람들의 무관심한 모습도 더 이상 눈에 보이지 않는다. 심장 가득 공기를 채워 담고 나는 잔뜩 몸을 웅크렸다. 그때처럼 북소리가 들린 건 아니었지만, 온몸이 둥실 떠오른다. 어딘가 문이 열린 것도 아닐 텐데, 검붉은 물을 따라 내 몸은 한쪽으로 기울어진다. 부유浮游한다.

그런데, 열쇠는 찾았을까?

벌거벗은 사람들 사이를 누비며 구석구석을 훑어보아야 하는 아이. 서로 다른 색, 서로 다른 온도의 물속을 샅샅이 손으로 뒤져야 하는 아이. 뒤틀리고 왜곡된 물속을 똑바로 보기 위해 아이는 두 눈을 부릅떠야 할 것이다. 다른 사람들에게는 모두 손목에, 혹은 발목에 걸려 있는 똑같은 열쇠. 그러나 아이는 지금 열쇠를 잃어버렸다. 단단히 잠긴 아이의 공간 속에는 어쩌면 다른 사람은 모르는 자신만의 소중한 것이 숨겨져 있을지도 모른다. 누군가에게 도움을 청하거나 사람들을 불러 모을 수도 있겠지만, 여기는 지금 모두가 자신들만의 생각으로 가득 찬 그런 물속. 한치 앞도 보이지 않는 그런 검은 물속. 안타깝지만 이제 열쇠는 그녀 자신이 찾아야 한다. 찾지 못하게 되더라도, 열쇠를 찾으러 다니는 그녀의 몸짓은 충분히 아름다울 것이다. 결국엔 구석에 쪼그리고 앉아 울음을 터뜨려야 하는 안타까운 마지막이라고 하더라도 그건 처음부터 그녀에게 주어진 시간의 선물.

여기는 그런 검은 물속이다.
나뿐만 아니라, 실은 모두들 그렇게 시작했다.

Chapter 1

영에서 아홉

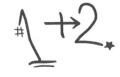

## 이상한 아기

　　누구나 그러하겠지만, 내가 태어나던 순간을 나는 기억하지 못한다. 세상으로 향하는 문이 열리는 소리를 듣지 못했고, 내 얼굴 위로 쏟아지는 빛 무리를 보지 못했다. 내가 태어난 것이 이른 봄이었다고 서류 위의 숫자들은 말하고 있었으니, 그날은 어쩌면 꽃샘추위라도 닥쳤던 날이거나, 아니면 겨울을 지나 처음 봄 햇살이 세상에 내리쬐던 날이었는지도 모른다.

　　나를 세상에 내어놓았던 내 모친은 내가 울지도 못하고 엎어진 핏덩이인 채였다고 했다. 아무리 나약하고 비루한 생명일지라도 일단 세상에 나오면 울음으로 자신의 존재를, 혹은 자신의 생존을 알리는 것이 세상의 이치인데, 하루가 지나고 또다시 하루가 지나도 나는 울음을 터뜨리거나 세상을 향해 몸부림치지 않았다고 했다.

　　물끄러미 나를 내려다보는 그녀의 얼굴이 떠오른다. 물론 기억은 아니다. '죽었나?' 하는 궁금증으로 나를 내려다보는 사람들의 눈. '아기가 이상하네?' 주고받았을 걱정과 호기심의 말들. '숨은 쉬는가?' 코에 손가락을 대보고, 두 다리를 벌려 내 생김을 확인하는 손들. 그때 그들이 보았던 것은 무엇이었으며, 내 머릿속에 떠올랐던 것은 무엇이었을까? 그들은 정말 '어떤 것'을 보았으며, 나는 무언가 생각하고 있었던 것일까? 처음 세상에 존재하는 나를 규정하는 어떤 것이 있어야 한다면, 그건 그들이 본 것일까, 내가 생각한 것일까?

아마도 거기, 뿌연 안개 같은 시간 속에서 내 삶은 처음 엇갈렸을 것이다. 그것을 엇갈림이라고 표현하는 것이 옳은지 아직 확신은 없지만, 나는 그렇게 그들이 본 것을 기준으로 표기되고 명명되었다. 좌판에 널린 상품처럼 표기니, 명명이니 하는 말은 이물스럽지만, 어쨌든 나는 그렇게 이름 붙여졌다. 남자라는 이름, 아들이라는 이름. 다른 아이들보다 많이 늦기는 했지만, 나는 그렇게 천천히 힘없는 울음을 터뜨렸고, 천천히 목소리를 냈고, 천천히 몸을 움직였다. 나를 둘러싼 사람들은 발육이 부진한 아이, 혹은 병치레가 많을 것 같은 아이로 나를 묘사했지만, 나는 그때의 나를 기억하지 못한다. 그 시간 속에 내가 생각했던 것들 또한 나는 알 수 없다. 물살에 휩쓸려 떠가는 작은 생물처럼 나는 아무것도 모른 채, 시간 속에 몸을 맡겼다. 어찌 되었든, 사람들은 그것을 '탄생' 혹은 '출생'이라고 부른다. 물론 '축복받아야 하는'이라는 말을 그 앞에 붙이는 데는 아무도 이의를 다는 사람이 없을 것이다.

# 아무도 모른다

아이가 태어나면 사람들이 가장 먼저 하는 일은 부모와 닮은 구석을 찾는 일이다. 코가 닮았네, 입이 닮았네, 하며 아직 여물지 않은 아이의 얼굴 여기저기를 찔러본다. 발가락이 닮았다, 뒤꿈치가 닮았다, 하는 말들은 조금 억지스럽기는 하지만, 그만큼 부모와 자식 간의 사이란 어느 구석이든 공유하는 부분이 있게 마련이라고 모두들 믿고 있다.

그러니 내가 스스로에게 던지는 질문에 해답을 찾기 위해 내 부모가 지나왔을 시간을 가늠하는 일은 당연한 것이었다. 내 모친의 신산한 어린 시절과 팔려가듯 시집을 가며 장독대 뒤에서 울던 그녀의 안타까운 시간들. 한국전쟁 때 팔과 눈을 잃고 간질이라는 병까지 얻어 번번이 삶과 죽음을 넘나드는 시간을 살아야 했던 내 부친의 끔찍했던 시간들.

내가 그러했듯이 두 사람은 많은 엇갈림을 통해 만났을 것이다. 인연이라는 이름을 붙이기에 그건 서로에게 기억하기 싫은 시간이었겠지만, 어쨌든 그 안에 내가 있었다. 내가 어디서 주워 온 아이였거나, 근본을 알 수 없는 다른 사람의 아이가 아니었다면, 지금 여기 살아 있는 내 존재의 해답은 두 사람이 나눠 가졌다. 아니, 두 사람의 무언가를 내가 합쳐 가지고 있는 것일지도 모른다. 양말 속에 발가락처럼, 축 처진 외까풀의 두 눈처럼, 내 안에서 그들은 살아 있고, 그들 속에서 나는 살아 있었을 것이다.

세상에 내가 처음 나왔을 때, 내 얼굴에서 그들이 당신들의 닮은 구석을 찔러 찾았듯이, 이제 나는 그들의 얼굴 위에서 나와 닮은 구석을 찾아내야 한다. 그들의 얼굴이 아니라면 양말 속에서, 혹은 손가락 끝에서라도 나와 닮은 것들을 찾아내, 코끝이 찡해지는 감동을 느껴야 한다.

그러나 불행히도 내 부친은 평생 병으로 고생을 하시다가 20여 년 전에 돌아가셨다. 내 모친은 시간이라는 덫에 걸려 후회와 원망의 껍데기를 겹겹이 둘러쓴 채, 20여 년의 시간을 가족들과 떨어져 지냈다. 돌아가고 싶어도, 느린 걸음으로 돌아가 내 존재의 증거를 찾고 싶어도 20여 년의 시간들은 내 부친과 나 사이, 내 모친과 나 사이에 가로놓여 있다. 그 속에서 내 모친의 시간은, 내 부친의 시간은, 그리고 내 시간은 마구 서로 뒤엉켰을 것이다.

나는 내 부모를 모르고, 내 부모도 나를 모르는 건 어쩌면 당연한 일인지도 모른다. 아마도 그건 비단 우리 가족의 사정만이 아니라, 자식이라는 이름을 가진 모든 존재들의 안타까움일 것이다. 남자든, 여자든, 아니면 나처럼 모르는 존재든 간에, 알고 싶어도 이제 더 이상 알지 못하는 부모들의 사정으로 인해 눈물짓게 될 수밖에 없다. 부모가 떠나가신 후에, 바람 소리를 들으며 탄식하게 되는 것이 아마도 모든 자식이라는 이름의 존재가 갖게 되는 필연적인 형벌일 테니 말이다.

# 일어서기 위해 넘어지다

결국 여전히 아무도 알지 못하는 시간 속에서, 내가 제일 먼저 한 일은 넘어지는 것이었다. 한 번의 걸음마를 배우기 위해 세상의 모든 아이들은 무수히 넘어져야 한다. 자꾸 넘어지며 일어서는 일을 배우는 일, 넘어질 줄 알면서도 다시 또 일어서려고 몸부림치는 일, 그건 어쩌면 모든 인간이 세상으로부터 받는 첫 번째 삶의 가르침인지도 모른다.

그런데 유독 나는 다른 아이들보다 자주 넘어져 울음을 터뜨렸다. 마치 내 것이 아닌 것처럼 내 몸은 마음대로 움직여주지 않았고, 나는 그때마다 빼 울음을 터뜨렸다. 어렴풋하지만, 먼지가 나는 시멘트 도로 위에 얼굴을 묻고 있던 기억이 있다. 나를 두고 앞서 걷다가 뒤를 돌아보는 내 오라비와 모친의 모습도 기우뚱 기울어져 남아 있다. 가족들은 그런 내 모습을 둔하고 느린 것이라 말했지만, 바닥에 곤두박질치는 내 모습은 유독 빈번했다. 걸음마가 아닌 다른 무언가를 배워야 하는 사람처럼, 나는 번번이 아무것에나 걸려 넘어져 땅바닥을 굴렀다.

그렇게 넘어지는 일이 조금씩 잦아들기 시작할 무렵, 나는 아이들에게 손가락질을 받기 시작했다. 물론 그때 나는 그들의 손가락질의 이유를 잘 알지 못했다. 느리기는 했지만 보통 아이들처럼 말을 시작했고, 보통 아이들처럼 뛰어다녔고 함께 어울렸던 것뿐인데, 내 곁에 있는 아이들은 모두가 나를 두고 수군거리기 시작했다.

그들은 내가 중성中性이라고 말했다. 그 말은 너무 어려워서 나는 잘 이해하지 못했다. 그저 그것이 놀림이라는 것을 느낄 수 있었고, 그 이야기를 들을 때마다 울음이 터져 나왔다. 그저 아이들의 놀림이 싫었고, 놀림이라는 생각이 들 때마다 서러워 울음이 차올랐을 뿐이었다. 내가 보통 아이들과 다르다는 사실을 나는 몰랐다. 중성이라는 의미를 생각하기에, '미스 김'이라는 놀림을 듣는 이유를 생각하기에 나는 너무 어렸다.

결국 나는 점점 말수가 적어졌다. 내가 말을 하게 되면, 내 속에서 흘러나오는 여자의 목소리 때문에 아이들이 놀린다는 것을 알게 되면서 나는 입을 다물었다. 내 안에서 나오는 소리가 어떻게 다른 건지, 그들이 내는 소리와 무엇이 다른지 알지 못한 채, 내 말은, 내 생각은 그렇게 내 안에 갇혔다. 다른 아이들과 어울려 놀려고 하지도 않았다. 항상 엄마의 곁에서 엄마의 심부름을 하면서 지냈다. 나 같은 아이와 놀자고 집을 찾아오는 친구들도 없었다. 친구가 없었지만, 나는 친구가 없어 외롭고 싫다는 느낌보다는 이제는 놀릴 사람이 없어서 괜찮다고 받아들였다. 외로움을 평화라고 느끼는 고독을, 어린 나이에 나는 나도 모르게 배우고 있었다.


## 작은 사치

그러나 엄마의 곁에서, 혼자서 지킨 평화는 오래가지

않았다. 학교를 간다는 일은 내게는 설렘도 아니었고, 기대도 아니었다. 그렇다고 끔찍한 공포 같은 것을 떠올릴 만한 생각의 깊이를 가지고 있을 만한 나이도 아니었다. 보통의 다른 아이들처럼 나는 그것을 귀찮다고 생각했을 것이다. 아침에 똑같은 시간에 일어나, 똑같은 것을 들고, 똑같은 길을 따라 어딘가로 모여들어야 하는 이상한 일상. 그러나 나는 그런 틀에 박힌 일상에 대해 생각할 줄도, 거부할 줄도 모르는 그저 일곱 살의 내성적인 아이였다.

초등학교(당시에는 '국민학교'라는 이름이었다)로 가는 꼬불꼬불한 길을 따라 나는 무기력하게 걸었다. 길을 가다가 만나는, 나를 놀리던 아이들을 보며 흠칫흠칫 놀랐지만, 느려진 내 발걸음도 차마 돌아서지는 못했다.

처음 학교에 들어서면서 너무 많은 아이들 때문에 나는 어리둥절했다. 말을 하면 아이들의 놀림을 받는다는 사실을 알고 있었기 때문에 나는 그저 아이들에게 말수 없는 아이에 불과했다. 그러나 주머니 속의 송곳처럼 그건 금세 들통 나고 말았다. 누군가 "여자 같애"라고 말하고, "쟤 중성이야"라고 말하면서 나는 빼 울음을 터뜨렸다. 아이들뿐만 아니라, 선생님들도 '남자답지 못한' 나를 모자란 아이라고 규정했다. 게다가 남자 선생님들 몇몇은 남자답지 못하다는 이유로 내게 꾸지람을 하거나, 심지어 체벌을 가하기도 했다.

학교라는 곳이 각기 다른 개성을 가진 모든 다양한 아이들이 사회에 적응하기 위해 첫 번째 교육을 받는 곳임을 생각해보면, 그 당시의 교육은 그토록 불합리한 것들이 적지 않았다. 남자, 혹은 여자라는 이분법적인 성 구조의 사회에서 그 어디에도 속하지 못한 사람은 둘 중 하나로 강요되는 것이 당연시되었고, 그것도 외현적인 몸을 기준으로 사람의 성별을 판단할 줄 밖에 몰랐던 그 시기에는, 몸의 성별과 반대인 성별의 습성과 행태를 보이는 것은 교정되어야 하는 잘못된 것으로 받아들여졌다. 게다가 남성 우월주의의 분위기가 전통이나 인습의 이름으로 대물림되던 시절, 남자아이가 여성적 성향을 보이는 일은 교정되어야 할 장애나 악습으로 여겨졌다.

되돌아보면, 그 시절의 사회적 분위기 자체가 그러했다. 하나의 기준을 만들고, 그 기준에 맞추도록 강요하는 사회. 다른 것은 곧 틀린 것이다,라고 가르치는 획일화를 세뇌시키는 사회.

그런 학교교육이 내게 폭력이 된다는 사실을 나는 그때 이해하지 못했다. 저항이나 거부할 줄 모르는 내 암된 성격은 달라 보이지 않도록 집단들 뒤에 숨어 있거나, 빼 울음을 터뜨리는 것이 전부였다. 의도적으로 아이들을 피해 다녔고, 선생님이나 아이들의 시선을 피해 구석으로 숨어들었다. 인간의 사회성이라는 것이 어린 시절부터 다른 아이들과 부딪히며 깨닫게 되는 중요한 과정 중에 하나라면, 나는 내가 알지 못하는 나의 태생 때문에 처음부터 그러한 사회성의 기회 자체를 거부당했다.

물론 그런 나를 향해 아이들은, 선생님은 또다시 손가락질했고, 나는 점점 더 나도 모르는 시간의 굴속으로 나를 들이밀었다. 학년이 올라가면서 학교라는 작은 사회의 보이지 않는 폭력은 점점 심해졌고, 나는 학교를 가지 않는 날이 조금씩 많아졌다. 그리고 그건 또다시 교육권의 박탈이라는 부메랑이 되어 고스란히 내게 돌아왔다.


## 문화와 정체성

사회적으로 인간을 형성하는 데 가장 중요한 것 중에 또 하나가 바로 문화일 것이다. 문화는 인간 사회의 산물이며, 또한 그 문화 안에서 인간이 완성된다고 말하기도 한다.

그래서 요즘 아이들의 문화적 폐쇄성, 혹은 인성교육의 부재는 그 무엇보다 심각하고 치명적이다. 실제로 게임기에만 빠져 있는 아이들이 타인을 인간으로 배려하지 못하고 기계적으로 인식한다거나, 인간을 경쟁이나 공격의 대상으로만 생각하는 경우를 종종 볼 수 있다. 또한 부모들의 손에 이끌려 문화 활동을 하기는 하지만, 그것이 아이들 자신의 생각이나 의지에 의해서가 아닌, 부모의 문화 활동, 혹은 놀이 활동의 답습에 그치는 경우가 대부분이다.

이렇게 아이들에게 있어서 놀이문화는 아이들의 인격 형성에서 가장 중요한 또 다른 하나의 축을 차지하게 마련이다. 그런 점에서 트랜스젠더라는 지금의 나를 형성한 근원을 찾기 위해 내 어린 시절의 놀이문화를 들여다보게 되는 일은 지극히 자연스러운 일이었다.

실제로 대부분의 트랜스젠더들은 거의 모두 다 반대성의 놀이문화를 경험한 것으로 알려져 있다. 물론 나도 예외는 아니었다. 남자아이들의 놀이문화 안에 있는 나는 참 불편하고 힘들었으며, 여자아이들의 놀이문화 안에 있는 나는 편안하고 자연스러웠다.

물론 그렇게 여성의 놀이문화에 접근할 수밖에 없었던 것이 그 시절 다른 아이들에게서 소외되어 혼자서 지내도록 강요당하는 상황에서, 내가 선택할 수 있는 것이 여성적인 놀이밖에는 없었다는 점을 간과할 수는 없을 듯하다. 실제로 남성의 놀이문화는 혼자 하는 것이 아닌, 다른 아이들과 엉켜 하는 것들이 대부분이고, 여성의 놀이문화라는 것은 혼자서, 아니면 겨우 두세 명이 도란도란 모여 앉아 하는 것이 대부분이기 때문이다. 내가 남들과 다른 정체성을 가지고 있기 때문에 여성의 놀이문화 안에서 편했던 건지, 아니면 소외와 따돌림 때문에 자연스럽게 여성의 놀이문화 안에 들어갈 수밖에 없었던 건지 지금으로서는 판단하기 쉽지 않다.

어느 것이 옳은 판단이든 간에, 중요한 것은 놀이문화의 영향력을 감안하더라도 놀이의 습성으로 한 사람의 정체성을 판단하는 것은 옳지 않다. 문화가 인간을 형성하는 데 많은 영향을 갖는 것은 사실이지만, 그것이 한 사람의 성 정체성을 바꾼다고는 생각할 수 없다. 그것은 자칫, 여성적 놀이에 빠진 남자아이, 혹은 남성적 놀이를 즐기는 여자아이를 성급하게 정체성이나 취향에 문제가 있는 아이로 취급하는 오류를 야기할 수 있으며, 그러한 오류로 인해, 한 사람이 돌이킬 수 없는 길을 선택할 수도 있기 때문이다.

실제로 엄한 집안 분위기 속에서 반대 성의 놀이문화에는 노출되어보지 않은 채 성전환수술을 한 트랜스젠더나, 호기심이 많아 이것저것 성별을 가리지 않고 다양한 놀이문화를 탐닉한 보통 사람들(실

24

제로 보통 남자들 중에 어린 시절 여자 옷을 입고 지내거나 예쁘게 화장을 했던 기억을 고백하면서도 스스로의 정체성에는 아무런 혼란이 없는 사람들이 상당 수 존재한다)이 정체성에 어떠한 혼란도 보이지 않는 경우를 우리는 종종 발견한다.

스스로가 반대 성의 것을 좋아하고 그것에 끌리는 성향을 가지고 있다는 것을 근거로 자신의 정체성에 의심을 가지거나 섣불리 치료를 결정해서는 곤란한 근거가 바로 여기에 있다. 문화가 인간 형성에 중요한 역할을 하기는 하지만, 그것이 인간 자체를 바꾸는가에 대해서는 아무도 확신할 수 없다. 그러므로 우리는 성 취향이나 정체성의 문제를 너무도 쉽게 유아적인 환경이나 문화에만 국한시켜서는 안 된다. 그건 어렵고 복잡한 것 앞에서, 더 이상 생각하고 고민하는 것이 싫어, 쉽게 원인을 결정해버리는 너무도 무책임한 일반화의 오류이다.

트랜스젠더의 성 정체성이 타고난 것이냐Nature, 혹은 길러진 것이냐Nurture 하는 문제는 여전히 논란의 여지가 있다. 그것을 단순히 심리적 · 환경적으로만 해석해서도 너무 지엽적인 것이 될 것이고, 생래적 · 유전자적으로만 해석해도 그건 너무 엄격한 해석이라서 현실에는 적용시킬 수가 없는 문제다.

나를 알기 위해, 내 생김을 알기 위해 내 유아 시절을 들여다보는 일도 지금의 내게는 사실 역부족이다. 기억이라는 것이 집게에 집혀 있는 종잇장 같은 것도 아닐뿐더러, 모든 것들을 낱낱이 기억할 수 있다고 하더라도 어쩌면 거기에는 우리가 원하는 해답이 없을 수도 있다. 그건 결국 시간의 문제이며, 삶의 문제일 뿐, 거기엔 열쇠가 없다. 있다고 하더라도 그건 열쇠를 찾기 위한 또 다른 열쇠일 뿐, 그 이상도 그 이하도 아닐 것이다.

결국 나는 처음 시작과 마찬가지로 또다시 '모른다'에서 시작해야 할 것이다. 그건 참 무기력하고 무책임한 말처럼 들려서 인정하기 싫지만, 지금의 내 힘으로는 어쩔 수 없는 일이다. 나도 모르는 사이, 내가 어쩌지 못하는 사이, 서로 엇갈려 흘러가는 시간들. 내가 미처 의식하기도 전에, 뒤엉키며 내 생활과 행동에 영향을 미치는 내 머릿속 시간의 파편들.

그리고 나는 그렇게 열 살이 되었다.

Chapter 2

열에서 열아홉

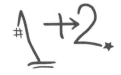

내 십대 시절의 이야기를 하기 전에 한 가지 짚고 넘어가야 할 일
이 있다. 여느 사춘기 시절을 회상할 때 그러하듯 나 또한 내 십대 시
절을 이야기하기 위해, 많은 '인연', 혹은 '떨림'에 관해 말할 것이
다. 그러나 분명히 기억해야 하는 한 가지, 그것 역시 내 성정체성을
판단하는 근거는 아니다. 외현적으로만 본다면 나는 남자의 몸을 가
지고 남자에게 떨림이나 사랑을 느꼈으니 그건 남자 동성애자들이
사랑을 느끼는 방식과 똑같아 보일 것이다. 실제로 자신의 성정체성
에 대해서 아무런 혼란이 없는 남자 동성애자들 중에 자신이 트랜스
젠더가 아닌가, 하는 고민을 했던 사람들이 적잖지만, 그들은 곧 자
신의 정체성과 사랑하는 대상의 성별은 상관없다는 사실을 깨닫게
된다.

정체성identity과 취향orientation은 분명히 다른 쪽으로 뻗은 줄기이
다. 인간이라는 뿌리가 있다면, 정체성이라는 것은 가장 중심의 두꺼
운 줄기일 것이며, 취향이라는 것은 중심 줄기에서 뻗어나간 무수히

많은 가지들 중 하나에 불과하다. 실제로 남자나 여자에게 동성애자와 이성애자가 있듯이, 성전환자인 트랜스젠더들에게도 동성애자와 이성애자가 있는 것으로 알려져 있다. 물론 여전히 성전환자의 정체성에 대한 문제에 논란이 있기 때문에 100퍼센트 완벽한 근거가 될 수는 없지만, 정체성과 취향이 다른 줄기라는 사실에는 논란의 여지가 없다.

성정체성은 남자인가, 여자인가에 관한 문제이며, 취향은 자신이 무엇을 좋아하느냐, 혹은 어떤 상대를 좋아하느냐에 관한 문제인 것이다.


## 사랑?

그렇다면 사랑이란 무얼까. 위에서 나는 정체성과 취향에 관한 이야기를 꽤나 복잡하고 어렵게 말했다. 그렇다면 '사랑'이란 무엇이라고 말해야 할까. 이런 질문을 받게 되면, 아마도 누구든 피식 웃고 말 것이다. 그러나 단언컨대 그 누구라도 입 밖으로 단 한마디 제대로 된 대답을 내놓지 못할 것이다. 이것은 정체성이나 취향과는 상관없이 모든 인간들이 공유하고 있는 절대적인 감정이다. 피식 웃음이 새어나왔다는 이야기는 모두가 알고 있을 만큼 쉬운 이야기라는 뜻일 테고, 누구든 입 밖으로 한마디도 내놓을 수 없을뿐더러, 내놓은 대답이라는 것도 '아니올시다'인 것들이 대부분인 것을 생각해보면, 그건 그 어떤 명제보다 난해하고 복잡한 숙제인 것임이 분명하다. 그렇다면 그렇게 쉬우면서도, 난해하고 어렵기만 한 사랑이라는 것이 도대체 무엇일까.

나 스스로도 쑥스럽게 웃으며 머리를 긁적이며, '아니올시다'인 내 대답을 떠올려보자면, 내게 사랑은 눈밭을 뛰다가 넘어졌을 때, 넘어진 내 눈앞에 자그맣게 피어 있는 꽃 한 송이다. 갑자기 소낙비가 쏟아지는 날, 환하게 발광하며 나를 기다려주는 커다란 간판 밑이다. 단 한 사람만 입체로 만들어 눈앞에 다가오게 하는 3D 입체 안경이며, 태블릿 PC 한 구석에서 발견한 물음표 버튼이다. 사랑이란 쏟아내면 쏟아낼수록 내 안에서 더 커지는 이상한 포만감이며, '영원'이라는 엄청난 시간을 단번에 믿게 만드는 가장 기가 막힌 거짓말이다. 사랑은 나를 지우고 다른 사람이 되는 마술 같은 유체이탈이며, 아무리 나를 찔러도 아프지 않고 따스해지는 신기한 칼이다.

그깟 것 무슨 낯간지러운 말들이냐 외치시는 분들에게는 다른 해답이 있다. 그들에게 사랑은 책 속에나 존재하는 상상 속의 말이며, 인간의 삶을 늙고 허무하게 만드는 돌아갈 수 없는 시간의 말장난이다. 수컷과 암컷이 서로에게 끌리는 종족 번식을 위한 호르몬의 못된 짓이며, 인류를 지속시키는 존재의 근원이다. 자꾸 목구멍에 걸리는 술 한 모금이며, 언제든 인간의 시간을 되돌릴 수 있는, 세상에서 가장 많은 블랙홀이다.

사랑에 관한 해답이 긍정적인 것이든 부정적인 것이든, 내게도 분명 사랑이라고 이름 붙일 만한 떨림이 있었다. 그것이 내 정체성을 설명하거나, 내가 찾고 싶어 하는 열쇠에 대한 해답은 되지 않을지라도, 내 떨림이 전혀 남다르거나 특이하지 않으며 지극히 평범한 십대 시절의 통과의례라는 사실을 보여줄 수 있을 것이다. 그리고 사실 그런 떨림에 관한 이야기를 빼놓고 나의 십대 시절을 설명하는 일은 어쩌면 너무 팍팍할지도 모를 일이다.


## 처음, 가슴이 떨렸을 때

초등학교 5학년 때의 일이었다. 어떻게 초등학교 5학년 아이에게 그런 느낌이 들었을까, 지금 생각해보아도 피식 웃음이 새는 이야기이지만, 사랑이라는 말을 떠올리면 가장 먼저 그때 그 아이가 떠오른다. 마흔이 넘은 지금까지도 그 시절의 떨림을 기억하고 있는 것을 보면, 그 떨림을 기억하며 괜히 얼굴이 발그레 붉어지는 나를 보고 있자면, 분명 그건 사람들이 말하는 사랑에 가까운 것임에 틀림없다.

까만 얼굴에 비썩 마른 몸을 하고 수업 시간이 다 되어서 가방을 메고 들어온 그 아이는 몸이 많이 아픈 아이라고 전해 들었다. 어디가 어떻게 아픈 아이였는지 기억이 나지는 않지만, 그 아이는 체육 시간에도, 조회 시간에도 교실에 혼자 앉아 주인이 없는 빈 책상들을 지켰다. 그런데 그 아이는 유독 말을 또랑또랑 잘했다. 지금 생각해보아도 초등학교 5학년이라고는 믿기지 않을 정도의 말솜씨와 리더십을 가진 그 아이는 그래서 5학년 때도 그랬고, 6학년 때도 그랬고 반의 반장 역할을 도맡아 해냈다. 철없이 구는 남자아이들의 장난에 불같이 일어나 아이들을 어른스럽게 나무라거나, 여자아이들에게는 예의 바르고 부드럽게 대해주어서 아이들 모두에게 인기가 상당히 많았다.

그런데 어느 날부터인가 그 아이를 볼 때마다 얼굴이 붉어지기 시작했다. 복도에서 마주치기라도 하면 저절로 얼굴이 붉어져 고개가 숙여졌고, 작은 몸속에서 심장이 너무 심하게 요동치는 바람에 그 아이 앞에 설 때마다 나는 어쩔 줄 몰라 했다. 학급비라도 걷으려고 내게 다가와 말을 건넬 때면 붉어지는 얼굴을 견디다 못해 후다닥 도망치곤 했다. 학교 앞에서 마주치기라도 하면 숨어서 아이가 지나가기를 기다렸다가 먼 길로 돌아 학교로 들어가곤 했다. 중요한 것은 남자아이에게 그런 떨림을 느끼고 있다는 사실에 전혀 이상함이나 불편함을 느끼지 않았다는 사실이었다. 그저 그 아이의 얼굴이 자꾸 떠올랐고, 자꾸 얼굴이 붉어졌고, 아이의 모습을 보게 되면 이상하게 행복하고 즐거웠던 기억만 있을 뿐, 단 한 번도 그를 향한 떨림을 의심하지 않았다.

내가 나 자신을 여성으로 생각하고 있었던 것인가, 라는 물음에는 대답하기 쉽지 않다. 트랜스젠더들 대부분 평생 한 번도 스스로가 여자인 것을 의심해본 적 없다, 라고 말들 하는데, 그건 분명 생각이나 말의 비약일 것이다. 솔직히 그 당시 나에게는 그런 개념 자체가 없었다. 그저 자연스러운 떨림이 있었고, 조금도 그것이 거부감이나 의구심으로 느껴지지 않았으며, 나는 그 상황을 신기해했을 뿐 이성이거나 동성이거나 하는 개념 자체를 생각해보지 않았다. 남자아이를 향한 그런 떨림이, 그런 얼굴 붉어짐이, 그리고 그런 수줍음이 여자아이의 것이라고 말한다면 그랬을 것이다. 그때, 나는 여자아이였다, 라고 단언하는 것은 여전히 억지스럽지만, 그건 분명 그 비슷했다.

## 어떤 발기

그러나 그즈음, 나는 처음 내 몸과 가장 커다란 이질감을 갖게 되는 경험을 하게 된다. 그것은 바로 내 남자의 몸이 '발기'를 하기 시작한 것이었다. 사춘기 이전의 남자 유아들도 자신도 모르는 사이 생물학적인 성기의 발기 현상이 있다고 알고 있다. 그런데 초등학교 5학년 즈음 내게 다가왔던 그런 신체적인 변화는 너무 엄청나고 커다란 것이어서, 게다가 그건 그즈음 내가 느끼고 있던 떨림이나 두근거림과는 전혀 이질적인 것이어서 나는 커진 그것을 어떻게 해야 하는지 알지 못했다. 풍선처럼 부풀어 올랐다가 바람이 빠진 듯 다시 작아지는 내 몸뚱이의 일부분을 나조차도 신기한 듯 구경했다. 너무 부끄럽고 흉측했다. 다른 남자아이들이 처음 발기를 경험할 때 어떤 느낌인지 알 수는 없지만, 그때 내 느낌은 분명 부끄러움, 그리고 흉측하다는 느낌이었다. 제멋대로 움직이는 그것을 어떻게 할 수 없어, 자꾸 그것을 다리 사이에 감추기도 했다. 어린 마음에, 심지어 잘라버리면 어떨까 하는 무서운 생각을 떠올리기도 했었다.

물론 모든 기억이 그러하듯 확실하지는 않다. 굉장한 거부감만 또렷이 기억할 뿐, 다른 아이들이 보게 되면 어쩌나, 하는 당혹스러움은 확실히 기억하고 있을 뿐, 모두가 이야기하는 '스스로의 성기에 대한 거부감'이었는지는 확실하지 않다.

다만 나는 그때 처음 혼란을 경험했다. '이상하다?' 하는 생각을 내가 남자아이에게 느꼈던 감정에서가 아니라, 발기하는 스스로의 몸을 두고 떠올렸던 것은 어쩌면 내 정체성에 대해서 조금은 확실하게 말해줄 수 있는 하나의 힌트가 될 수 있을지도 모를 일이다.


## 엄마, 어디 가?

누군가 필요했다. 나는 그즈음 내 혼란에 대해서 명확하게 말해줄 누군가가 필요했다. 명확하게는 아니더라도 내가 느끼는 혼란을 들어주고 함께 고민해줄 수 있는 누군가가 간절히 필요했다. 학교의 선생님들은 도움이 되지 않는다는 생각은 확고했다. 내 혼란에 대해 말하게 되면 또다시 꾸지람을 듣거나, 체벌을 받게 될 거라는 생각이 먼저 들었다. 함께 이야기할 수 있는 친구들도 내게는 없었다. 나는 여전히 모두에게 '이상한 아이'였고, 혹은 '미스 김'이라고 불리는 놀림의 대상이었다. 남자든 여자든, 놀림의 대상과 친하게 지내고 싶어 하는 아이들은 없었다. 나는 혼자서 자꾸 혼란 속으로 빠져들었다.

나를 혼란 속에서 건져내줄 유일한 희망은 가족뿐이었다. 내 아버지는 처음부터 자식의 바지 속 혼란 같은 것에 관심을 가질 만한 상황이 아니었다. 미군부대에 다니던 아버지는 가족들에게는 모진 사람이었다. 말보다는 폭력이 먼저였으며, 밥상과 술상을 항상 함께 차리게 하셨다. 한국전쟁 때 참전하여 잃어버린 한쪽 눈과 한쪽 손은 어린 우리들에게 아버지를 아버지가 아니라 괴물처럼 보이게 했고, 엄마에게 휘둘렀던 아버지의 폭력은 언제나 집안을 전쟁터로 만들었다. 게다가 전쟁 때 머릿속에 박힌 파편 때문에 아버지는 간질이라는 병에 시달리셨다. 발작이라도 일어나는 날이면 우리 형제들은 엄마와 아버지의 발버둥을 방에 남겨두고 건넌방으로 피신을 가야 했다. 처음부터 아버지는 내 혼란에 대해 말해줄 수 있는 사람이 아니었지만, 불행히도 그건 엄마도 마찬가지였다.

열일곱 살에 팔려오듯 아버지에게 시집을 왔던 엄마는 우리 삼남매를 낳으며, 아버지의 폭력에 시달리며 스무 살 시절을 힘겹게 지내야 했다. 엄마의 스무 살은 꽃다운 나이도 아니었으며, 사랑받으며 예쁘게 치장하거나, 꿈을 향해 앞으로 나아가는 시기도 아니었다. 엄마에게 스무 살은 일방적인 싸움이었고, 언제나 도망치는 전쟁이었으며, 그리고 울며 견뎌야 하는 폭력의 시간이었을 것이다. 십대가 내게도 혼란이었듯이, 엄마라는 여자에게도 십대의 결혼은, 그것도 얼굴도 모르는 무서운 병을 가진 사람과의 결혼은 혼란 이상의 혼돈이었을 것이다. 나중에 엄마는 그 시절을 그렇게 말했다. 결혼이라는 것을 해서 내 부친 앞에 앉았는데 남자가 손이 없고 눈이 없으며 간질 발작까지 있다는 사실에 소스라치게 놀라 마당으로 뛰쳐나왔더라고. 그런데도 도망치지 못했던 것은 아마도 엄마라는 여자에게 돌아갈 곳이 없었기 때문일 것이다.

남루하고 보잘 것 없던 가족이라는 울타리는 이미 엄마를 팔아넘겼고, 초등학교도 제대로 다니지 못한 엄마에게 친구나 벗 같은 것은 없었을 테니 말이다.

엄마는 셋째인 막내를 낳아놓고 외출이 잦아졌다. 아무것도 모르는 젖먹이 아이들을 돌보는 일과, 아버지의 병 수발로 스무 살 시절을 허비했던 엄마는 조금씩 세상에 눈을 뜨기 시작했다. 스스로의 어리석은 과거를 한탄하기 시작했으며, 자신의 삶에 대한 회의로 술에 취해 들어오는 날이 많아졌다. 엄마의 외출이 잦아지면서 아버지의 폭력은 더욱 거세졌고, 엄마는 그때마다 다시 집을 나가버렸다.

누군가 내 혼란에 대해 말해줄 사람이 간절히 필요했던 나는 "엄마, 어디가? 엄마 어디가?" 자꾸 묻고 또 물었지만, 엄마는 내 질문에 대답하지 않은 채, 그대로 밖으로 나가버렸다. 지금 생각해보면 엄마도 그때 많이 힘들었을 것이다. 꽃으로 태어나 꽃처럼 피어보지 못하고 스러지는 스스로의 삶을 받아들이는 일이 참으로 힘겨웠을 것이다. 어쩌면 엄마도 누군가 자신의 삶에 대답해줄 사람을 찾아 그렇게 밖으로 나갔던 건지도 모른다. 혼란스러웠던 스스로의 삶에 해답을 찾아줄 누군가를 위해.

그렇게 엄마의 혼란과 나의 혼란은 엇갈렸다. 엄마도 고립되었던 건지는 모르지만, 어린 나의 고립은 너무도 혹독한 것이었다.

# 중학교라는 사회

내가 모르는 혼란 속에서 초등학교를 졸업하고 중학교에 진학했을 때, 나는 초등학교와 중학교의 차이를 크게 실감하지 못했다. 나는 그저 자꾸 이물스럽게 움직이는 몸 때문에 힘들었고, 미처 깨닫고 생각할 줄도 몰랐던 혼란 때문에 머릿속이 먹먹했다.

이미 중학교에 다니는 남자 형제가 있었지만, 처음부터 그는 나와 생김이나 성격 자체가 달랐기 때문에, 그리고 동생이 '여자 같다' 하는 사실 하나만으로 그는 나와 무엇이든 함께 엮이는 것을 싫어했다. 그는 리더십이 강했고, 학생들뿐만 아니라 선생들에게까지 예술적으로 인정을 받는 전도유망한 젊은 청년이었다. 반대로 나는 소극적이고 나약했으며, 그와는 닮은 구석을 찾아볼 수도 없는 이상한 아이였기 때문이다. 심지어 중학교에서 만난 그의 담임교사는 나를 보고는 진짜 친동생이 맞느냐, 고개를 갸웃거리며 재차 묻고 또 물었던 적이 있었다. 그 정도로 우리 형제의 모든 생김은 달라도 너무 달랐다.

그에게 가끔 전해들은 중학교 이야기는 마치 군대에 관한 이야기 같았다. 교복의 부속품 하나 때문에 학생들이 모두 얼차려를 받은 이야기나, 제식훈련이라는 것을 하며 먼지투성이가 되어 돌아오는 그의 모습은 오랜 훈련이라도 마치고 귀가한 병사 같았다. 중학교와 고등학교가 붙어 있던 남자 학교인 그곳에 처음 들어갔을 때, 실제로 군복을 입은 학생들이 총을 들고 훈련을 하는 모습을 본 적이 있었다. 실제 총과, 실제 총알들을 구경하는 재미에 같이 중학교에 입학한 아이들은 신기함으로 눈이 반짝였지만, 초등학교와는 너무도 다른 학교 이야기는 내게 적잖은 충격이었다.

다행히 내가 입학하던 해에 검은 교복을 입는 제도가 폐지되어 우리는 처음으로 사복을 입고 중학교에 입학하는 세대였지만, 하루아침에 바뀐 교복처럼 그동안의 학교 시스템이 단번에 바뀔 수는 없는 일이었다. 오히려 교복 자율화로 인해서 자칫 해이해질지도 모르는 아이들의 정신을 무장하기 위해, 학업 이외의 여러 가지 훈련들을 더욱 강도를 높여 아이들에게 시행하고 있었다.

내 주변 사람들은 그런 중학교, 고등학교의 제도 때문에 내 암된 성격도 바뀔 것이라고 말했다. 왜 내 성격을 바꿔야 한다는 건지 모르겠는데, 어쨌든 사람들은 '남자다워진다' 라는 말을 '어른이 된다' 라는 말과 같은 의미로 해석하고 있는 듯했다. 그러나 그 말이 내게 어떤 의미인지 어린 나는 가늠할 줄 몰랐다. 나는 그저 뒤엉킨 내 혼란만으로 머릿속이 가득했을 뿐이었다.


## 선착순

'선착순' 이라는 것이 있었다. 그 당시 그건 그저 어떤 물건을 얻기 위해 줄을 서는 개념이거나, 어딘가 필요한 것을 얻기 위해 밤을 새우며 기다리는 개념이 아니었다. 1980년대 초의 선착순이라는 것은 지금의 개념과 달라도 많이 달랐다.

중학교에 입학하고 얼마 지나지 않아 처음 재식훈련이라는 것을 시작했을 때, 나는 처음 그것이 무엇인지 알게 되었다. 강하고 힘센 자는 가장 먼저 들어와 많은 휴식을 취하고, 나약하고 힘없는 자들이 가장 여러 번 달리고 또 달려 녹초가 될 때까지 훈련을 계속해야 하는 이상한 교육, 혹은 훈련. 게다가 결국 힘에 부쳐 가장 늦게 들어온 가장 나약하고 힘없는 사람은 결국 운동장에 머리를 박거나, 교사의 체벌을 피할 수 없었던 그런 이상한 교육, 혹은 훈련.

물론 약육강식의 현실을 가르치고 싶었던 의도는 잘 알고 있다. 약한 자를 지배하고 있(다고 믿)는 이타적, 혹은 수동적 마음가짐에서, 좀 더 적극적이고 앞서 나아갈 수 있는 힘을 불러일으키기 위함이라는 사실도 잘 알고 있다. 어쩌면 그건 냉혹한 자본주의의 현실을 깨우치기 위한 '고마운' 배려였는지도 모를 일이다.

그러나 가만히 생각해보면, 실제로 지금의 우리 아이들도 보이지 않는 선착순을 하고 있다. 아이들에게 등급을 매겨 한 줄로 세워놓고, 가장 맨 앞에 도달한 자에게는 가장 달콤한 시간을 주고, 가장 나중에 도착한 나약하고 소외된 자들에게는 가장 혹독한 시간을 주는. 그리고 그들에게 주어진 혹독한 시간들을 게으름의 결과, 혹은 나약함의 결과로 치부하고 억압하려는 한국 사회의 습성.

나는 그때 달리고 또 달렸다. 있는 힘을 다해, 내가 가진 온 힘을 다해 두 다리를 움직였다. 선착순의 결과가 어떤 것인지 알고 있기 때문이다. 내게 어떤 고통이 오게 될지 경험해보지 않은 다른 어떤 사람들보다 더 잘 알고 있기 때문이었다. 하지만, 번번이 나는 맨 꼴찌였다. 그래서 누구보다 더 많이 운동장을 돌고 또 돌아야 했다. 내가 뛰어넘을 수 없는 현실 때문에 울음이 터졌고, 교사는 다시 한 번 '남자답지 못하다' 라는 이유로 내 뺨을 후려쳤다. 내 정강이를 걷어찼다. 아이들이 모두 교실로 돌아가고 난 후, 쉬는 시간까지 운동장을 굴렀으며, 혼자서 구석에 쪼그리고 앉아 많이 울었다.

어쩜 그렇게 나약했는지, 어쩜 그렇게 답답했는지, 불합리한 것들을 가르치는 교사의 팔뚝이라도 물어뜯을 것이지, 어쩜 그렇게 꼴사나운 모습으로 그 시절을 지냈는지.

맞다. 그 시절 나는 그렇게 나약했다. 그러나 혹독한 현실은 나를 조금씩 강하게 만들고 있었다. 모든 사람들이, 모든 시간들이 그렇게 나를 남자로 만들고 싶었던 건지는 모르지만, 그럴수록 나는 남자아이들과는 다른 나를 조금씩 발견하고 있었다. 불합리를 가르치는 세상에 대해 조금씩 눈을 뜨고 있었다.


## 어떤 몸부림

중학교에서 나의 고립은 더욱 심각해졌다. 주위에는 온통 남자아이들뿐이었고, 나는 그 어디에서도 나와 비슷한, 혹은 내가 함께할 수 있는 것들을 찾을 수가 없었다. 사춘기 시절 남자아이들의 왕성한 호기심은 나를 향한 단순한 장난이나 놀림에 그치지 않았다. 체육복을 입고 걸어가는 내 바지를 벗기거나, 화장실까지 쫓아와 문을 벌컥 열어 내 바지 속을 확인하려는 아이들과의 실랑이로 나는 매번 울음을 터뜨려야 했다.

그런 시간들이 너무 곤혹스럽고 혼란스러워 선생님을 찾아가면 선생님은 사내자식이 그깟 것을 가지고 뭘 그러느냐, 대수롭지 않게 치부했고, 울며 엄마를 찾아가면 엄마는 언제나 외출 중이었다. 결국 나는 혼자서 울었고, 혼자서 눈물을 닦아내야 했다. 나의 고립은 여러 마디의 흉터가 되어 내 온몸 곳곳에 새겨졌다.

그 시절 어느 체육시간에 있었던 일이다. 집에서부터 체육복을 입고 등교할 수 있는 초등학교 시절과는 달리, 중학교에서는 처음부터 체육복을 입고 등교하는 일은 허락되지 않았다. 체육시간이 시작되기 전 10분, 어디선가 옷을 갈아입어야 하는데 10분도 채 되지 않는 시간은 어딘가 혼자만의 장소를 찾아 옷을 갈아입고 돌아오기에는 너무 부족했다. 그렇다고 다른 아이들처럼 교실 안에서 아이들과 함께 체육복을 갈아입는다면, 어떤 일이 벌어질지 보지 않아도 알 수 있는 상황이었다. 체육시간만 되면 학생부장을 맡고 있는 엄한 체육교사의 서슬 때문에, 그리고 체육복을 갈아입을 마땅한 시간과 장소를 찾느라 나는 매번 전전긍긍해야 했다.

그러던 어느 날, 직전의 수업이 늦게 끝나는 바람에 어디에 가서 체육복을 갈아입고 자시고 할 수 있는 여유가 없던 때였다. 도저히 교실 안에서 체육복을 갈아입을 수가 없어서, 어쩔 수 없이 나는 입고 온 바지 위에 체육복을 입고 운동장으로 뛰어갔다. 조금이라도 늦으면 당장에 몽둥이찜질에, 얼차려에, 또 며칠 동안, 다리를 절룩이며 학교를 다녀야 할지도 모를 일이었다.

그래도 마침 수업 시간에는 늦지 않아 다행이다 싶었는데, 운동장에 아이들을 불러 모은 체육 교사는 운동장 한 가운데서 반 아이들모두에게 체육복 바지를 무릎까지 끌어내리라고 말했다. 아이들 모두는 영문을 몰라 망설이며 서로의 얼굴을 바라봤다. 하나둘씩 바지를 무릎까지 끌어내리며 모두들 아랫도리가 벗겨졌지만, 나는 혼자서 얼굴이 벌게져 부들부들 떨고 있었다. 천천히 교사가 다가왔다. 그리고 손을 내밀어 내 바지를 만지작거렸다. 바지 안의 바지가 두껍게 그의 손에 집혔다.

교사는 나를 아이들의 대열 앞으로 불러 세웠다. 여기저기서 바지를 내리고 서 있는 아이들의 킥킥거리는 소리가 들렸다. 몇몇은 호기심 가득한 눈으로 고개를 푹 숙이고 있는 나를 넘겨봤다. 교사의 몽둥이가 갈퀴처럼 찔러 체육복 바지를 끌어내렸다. 그러자 체육복 바지 안으로 내가 입고 등교했던 바지가 고스란히 드러났다. 아이들의 킥킥거리는 웃음소리는 더욱 커졌다. 몇몇은 생각 없는 환호성을 보냈다. 호기심 가득한 눈빛이 반짝거리며 내 바짓단을 더듬고 있었다.

"벗어라." 교사는 말했다. 나는 내 귀를 의심했지만, 공개적으로 내 바지 속을 볼 수 있다는 생각에 아이들은 까치발을 디디며 내 앞으로 바짝 모여들었다. 교사는 다시 벗으라 말했다. 하지만, 몸은 움직이지 않았다. 교사의 목소리가 더욱 커졌다. 그의 눈빛은 당장이라도 몽둥이로 후려칠 기세였다. 고개를 저었다. 교사의 욕설이 날아들었다. 그의 목소리가 고함 소리로 바뀌었다. 그러나 나는 여전히 고개를 젓고 있었다. 내 안의 목소리는 분명히 안 된다고 소리치고 있었다. 내 얼굴처럼 교사의 얼굴도 붉어지기 시작했다.

"이 자식이……?" 교사가 성큼성큼 내게 다가왔다. 내 바짓단을 붙들었다. 우악스런 손길이 바지의 혁대를 풀고 있었다. 울음이 터졌다. 비명이 터졌다. 내 몸부림과 교사의 악다구니가 엉키며 몸싸움이 되자, 호기심에 킬킬거리던 아이들의 웃음소리도 잦아들었다. 그의 우악스러운 손길이 날아왔다. 그의 손길에 따귀를 맞고 먼지 바닥에 털썩 내동댕이쳐졌다. 머리가 띵할 정도로 고통이 밀려왔지만, 나는 바짓단을 붙들고 놓지 않았다. 교사가 손목에 차고 있던 시계를 풀었다. 나는 울면서 고개를 젓고 있었다. 다시 그의 손이 날아왔다. 내 얼굴은 벌겋게 퉁퉁 부어오르고 있었다. 그는 내 바짓단을 끌어 벗기려고 힘을 주었고, 나는 바짓단을 놓치지 않기 위해 몸부림을 치며 먼지 바닥을 굴렀다. 결국 그의 손길에 던져져 비명을 지르며 먼지 구덩이에 얼굴을 묻고 나는 엉엉 울고 말았다.

그제야 흥분으로 얼굴이 달아올랐던 교사가 바닥에 울고 있는 나를 물끄러미 바라보았다. 킬킬거리며 웃던 아이들도 놀란 눈으로 교사와 나를 번갈아 바라봤다. 교사는 아이들에게 운동장을 뛰라고 소리쳤고, 나는 아이들이 운동장을 모두 돌 때까지 먼지 구덩이에 엎어져 울었다. 어디에서 그런 용기가 났는지, 학교에서 가장 무섭다는 학생부장에게 맞서 고개를 저을 무모함이 어디에서 나왔는지 알지 못한다. 그저 남자아이들 앞에 바지를 벗는 일은 끔찍하다는 생각뿐이었다. 영문도 모르고, 이유도 모르고 그건 절대 안 된다,였다. 그러나 그건 불의에 저항하거나 대항하는 용기 같은 것이 아니었을 것이다. 어쩌면 그건 나를 지키려는 최초의 몸부림이었는지도 모른다. 지킬 것도 없는데 지켜야 한다는 생각만큼은 단단하게 일어섰던 그 순간. 어쩌면 그건 사람들이 이야기하는 '본능'이었던 건지도 모를 일이다.

## 캡틴, 오 마이 캡틴

그 시절 내게 학교는 그렇게 끔찍한 곳이었다. 물론 지금의 학교와는 분위기나 제도 자체가 많이 다르겠지만, 안타깝게도 내 십대를 보내야 했던 나의 학교는 그런 혹독한 시간 속에 있었다. 그래서 나는 중학교 동창, 혹은 고등학교 동창을 잘 떠올리지 못한다. 그 시절의 일들을 추억할 수 있는 것들이 없어서, 내게 그 시절은 참으로 힘겨운 시간들이어서 학창시절은 내게 아무도 보지 못하도록 잘 묻어둔, 생각하고 싶지 않은 기억이었다.

그런데도 고마운 선생님들의 미소는 마흔이 넘은 지금도 생생하다. 그분들 중에 한 분, 우리들에게 음악 과목을 가르쳤던 선생님이 계셨는데, 그분의 존함은 김은경 선생님이셨다. 푸근한 인상에, 뽀얀 미소를 가지고 계셨던 선생님. 선생님은 다른 아이들과는 다른 내 모습을 유독 안타까워하셨다.

"어쩜 그렇게 너희 형과는 다르니?" 하고 묻던 그녀의 목소리도, "남자답게 좀 해보자, 응?" 하고 타이르던 그녀의 목소리도, 모두 어딘지 나를 어루만지고 있는 느낌이었다.

엄마의 외출이 잦아지고, 끝내 엄마가 우리 삼남매를 두고 가출을 해버렸을 때, 선생님은 내 엄마처럼 살갑게 나를 감싸주셨다. 도시락을 싸오지 못하는 내게 기꺼이 당신의 도시락을 내어주셨고, "엄마가 그러면 안 되는데……" 하고 말하던 안타까운 목소리는 부드럽게 나를 위로했다. 지금 생각해보면 어쩜 그런 그분의 마음들을 이용하듯 철없이 굴었을까, 얼굴이 붉어지는 일들도 선생님은 끝까지 토닥이며 감싸주셨다. 병이 든 아버지의 병수발을 하며 함께 사는 우리 삼남매의 이야기를 들으실 때에는 눈가가 발그레해져 애써 눈물을 삼키시던 모습도 나는 기억한다.

배우는 자가 배우는 겸손함을 잃고, 스승이 스승의 올바름을 잃어가는 시대라고 말을 한다. 학생은 더 이상 스승을 존경하지 않으며, 스승은 더 이상 학생의 부모가 되려 하지 않게 되었다. 그렇다고 해서 스승의 존재 의미를 부정하는 일에는 극구 반대하고 싶다. 다만 시절이 변했을 뿐이라고 말하고 싶다. 그리고 지금 이 혹독하고 무서워진 시절 속에서도 어딘가 우리들의 스승은 살아 있음에 틀림없다고 믿고 싶다. 아니, 모두들 그렇게 믿어야 하는 건지도 모른다.

그때, 그 시절에도, 지금보다 더욱 혹독하고 참혹했던 그 시절에도 그렇게 나의 스승은 살아 계셨다. 어떤 해답이나 위안은 아니지만, 곁에 서 계신 것만으로도 나는 천군만마를 얻은 듯 든든했다. 혼자가 아니라는 느낌은 어디에서든, 어떤 시절이든, 가장 커다란 위안이었다. 참으로 고마운 내 삶의 위로였다.

## 몸에 관하여

사춘기에 접어들고 몸이 커지면서 내 몸에 대한 불편함은 더욱 심해졌다. 서서 볼일을 보는 것에 대한 거부감이나 불편함이 있었는지는 모르겠는데, 어렸을 때부터 유독 자주 바지를 적시곤 했던 것 때문에 엄마에게 많이 야단을 맞았다.

몇몇 성전환자들은 어렸을 때부터 확실한 반대성에 대한 집착, 혹은 지향을 보이는 것으로 말하고 있는데, 사실 나는 반대 성을 지향했다기보다는 자연스럽게 했던 행동이나 말들이 외부의 환경에 의해서 문제가 되었던 것이 대부분이었다. 어렸을 때부터 목이 길고 얄팍한 팔과 다리를 가지고 있었던 것도 그렇고, 목소리도 남자 아이들의 목소리나 말투가 아니라 여자아이들의 목소리를 가지고 있었다. 사춘기에 접어들며 아이들은 변성기라는 것을 경험하게 되는데, 내게도 분명 변성기라는 것이 존재했다. 목이 칼칼해지고, 목울대가 불거지는 모습이 거울 속에서도 선명하게 눈에 띄었다. 그런데 이상한 것은 목소리가 전혀 변하지 않는다는 사실이었다. 물론 약간 탁한 목소리가 되기는 했지만, 사람들은 여전히 내 말 속에서, 내 목소리 속에서 단번에 이상한 것을 눈치 챘다.

온몸에 근육이 붙고, 털도 나기 시작했다. 하얀 몸에 어울리지 않는 새까만 털이 신경이 쓰이기는 했던 것 같은데, 그것을 거부하거나 괴로워하지는 않았다. 그 당시에 나는 그런 것들을 생각하고 행동할 만한 그런 아이가 아니었다. 아직은 본능이 모든 것을 지배하고 있었기 때문에 나는 그저 내 자아가 이끄는 대로 움직이고 행동했으며, 아이들은, 사람들은 여전히 그런 나를 이상한 눈으로 바라보았다.

다른 트랜스젠더들은 변성기가 오지 않았다, 혹은 어렸을 때부터 수염이 자라지 않았다, 하는 신체적 징후를 들어 자신의 정체성을 설명하려는 경우가 적지 않다. 물론 그것이 한 사람의 정체성을 확인하는 데 한 가지 증거가 될 수는 있겠지만, 결국 그것은 인간의 정체성을 외향적인 것에만 한정 짓는 것과 다르지 않다.

그러나 나 자신조차도 육체적 성과 정신적 성을 분리하여 말하는 것 자체도 모순적이지 않을까 하는 생각이 들 때도 있다. 왜냐하면 육체적 성이 자신의 성,이라고 말하는 것이 절반의 주장인 것처럼, 정신적 성이 자신의 성이다,라고 말하는 것 역시 절반의 주장일 수밖에 없기 때문이다. 그것은 정신적 성이 자신의 성인 것처럼, 육체적 성 또한 자신의 성이라는 것을 인정하는 것과 마찬가지이기 때문이다. 그랬다면 처음부터 트랜스젠더의 성적 정체성에 관한 논란은 무의미해진다.

결국 우리가 떠올리고 고민해야 할 문제는 어떤 증거나 증상을 찾아 자신이 성전환수술을 한 것을 합리화하는 것이 아니라, 경계 위에 있는 자신의 성을 인정하고, 자신의 삶의 방식에 가장 최선인 성으로 치료를 받아 하나의 인간으로서(한 사람의 여자, 혹은 한 사람의 남자가 아니라) 어떻게 완성되어갈 것이냐를 고민하는 것이 아닐까 싶다. 그리고 이 사회는 성전환자를 바라볼 때, 신기한 동물을 구경하듯 어렸을 때 어땠더라, 어디가 어땠더라, 남자인가, 여자인가, 하는 아무 의미도 없는 소모적인 논쟁이나 떠벌림이 아니라, 지금 현실에 존재하는, 그 누구보다 많은 삶에 대한 고민과 혼란을 뚫고 일어선 사람들과 어떻게 공존하느냐, 그들에게서 무엇을 배우고, 또 무엇을 가르쳐 함께할 것인가를 고민해야 할 것이다.


## 파란 셔츠 입은 아이

그렇게 내 주변의 환경들뿐만 아니라, 내 몸까지 모든 것들이 변하고 있었지만, 불행히도 여전히 아무것도 내 혼란에 대해 해답을 주지 못했다. 아마도 내가 그 시절, 모르는 것은 꼭 알아야 하는 집착이 강했거나, 존재의 의미를 고민할 줄 아는 인간이었다면, 어쩌면 더 많은 혼란과 어려움 속에 있어야 했을지도 모른다. 정답이 없는 것을 향해 파고들며, 나는 시간 속에 갇혀버렸을지도 모른다. 그러나 다행히도 나는 그런 생각을 할 줄 몰랐다. 힘겨우니 그저 울었고, 좋으니 그저 가슴이 떨렸을 뿐이었다. 어쩌면 그때 그 가슴 떨림만이, 남자아이를 좋아하고 그에게 가슴이 떨린다는 사실이 조금도 이상하거나, 불편하게 다가오지 않았다는 사실이 유일하게 나를 말해주는 어떤 증거였는지도 모른다.

　중학교에 올라오면서 나는 초등학교 때 부끄러움으로 나를 발갛게 물들였던 아이와 헤어졌다. 쪽지라도 한 장 전하거나, 잘 가라는 따스한 말 한마디, 동급생으로서 전해줄 수도 있었겠지만, 나는 그럴 줄 몰랐다. 그리고 남자아이들뿐인 중학교에 들어와서, 초등학교와 사뭇 다른 분위기에 억지로 나를 끼워 넣기 시작하면서, 또다시 그때처럼 떨림이 느껴지는 순간을 맞닥뜨리게 되었다. 지금도 그 순간은 영화 속 한 장면처럼 고스란히 머릿속에 남아 있다.

　나는 그때 학급일지를 가지러 교무실로 가던 중이었는데, 햇살이 쏟아져 들어오는 2층 복도 끝에서 그가 달려오고 있었다. 그는 짙은 파랑색 셔츠를 입고 있었다. 잘생겼다기보다는 둥글둥글 푸근한 얼굴을 한 그가 내 쪽으로 달려왔을 때, 갑자기 시간이 멈춘 듯했다. 느리게 나를 지나가는 그의 까만 눈을 아직도 생생하게 기억한다. 아니, 어쩌면 그건 내 착각인지도 모른다. 아니면 모든 사랑을 추억하는 기억의 장치가 그러하듯 시간 위에 어떤 필터나 특수효과가 덧씌워졌던 건지도 모른다. 그는 그저 똑같이 나를 스쳐 지나갔고, 나도 그저 평범하게 그의 곁을 걸어갔을지도. 하지만, 기억에 의지해 써내려가고 있는 지금 그 정도 왜곡은 감안하시기 바란다. 원래 사랑을 추억하는 일은 다 그렇다는 사실을 다들 알고 계실 테니까.

　어쨌든 그 순간 이후로, 나는 어디를 가든 파란색 셔츠만 찾게 되었다. 파란 옷만 보이면 저절로 고개가 돌아가 가슴이 뛰기 시작했는데, 몸집은 커다랗게 변했으면서도 여전히 얼굴이 발개져 고개가 숙여지는 건 어쩔 수가 없었다. 학급의 반장인 그와, 학급일지를 쓰는 서기인 나는 그렇게 자주 교무실에서 마주쳤는데, 그때마다 나는 몸이 배배 꼬였다. 물론 말 한마디 건네보지도 못했다. 커다란 키에, 여드름이 가득 뒤덮이기 시작한 사춘기 초입의 비쩍 마른 사내아이가 배배 몸을 꼬는 모습은 그에게 이상하게 보였을 것이다. 그런데도 나는 붉어지는 얼굴을 감추지 못했다. 그런 나를 이상하다고 생각하지도 못했다. 그저 그를 보면 좋았고, 자꾸 보고 싶어 파란 셔츠만 찾았다.

마치 운명처럼 중학교 2학년 때 같은 반이 되었을 때, 나는 속으로 환호성을 질렀을지도 모른다. 그가 반장이 되고, 내가 학급일지를 쓰는 서기가 되었을 때, 마치 짝을 지어준 것 같은 시간 때문에 학교에서 일어나는 모든 힘겨운 일들이 다 핑크빛으로 변했는지도 모른다.

중학교, 고등학교 내내 그 아이의 파란 셔츠만 찾다가 스무 살이 되어서 겨우 편지 한 장으로 그 아이에게 부끄러운 마음을 전했다. 물론 사랑한다, 혹은 좋아한다, 같은 류의 내용이 아니라, 친하게 지내자, 혹은 같은 학교를 졸업한 동급생으로서 친구가 되자, 하는 그런 내용이었을 것이다. 그래서 몇 번 그 아이를 보았고 내게 말을 건네는 그의 목소리를 주의 깊게 들었고, 세로로 길게 늘려 써서 빨간 도장까지 찍어 보낸 편지도 받았다. 보기보다 세심하고 조용한 취미를 가지고 있는 그를 알게 되었지만, 인연이 오래 가지는 못했다. 어쩌면 그건 당연한 것인지도 모른다. 처음부터 그를 대했던 내 마음과, 나를 대하는 그의 마음이 달랐기 때문에 그건 계속되기 힘든 그런 사이였을 것이다.

그래도 다행히 몇 년 전에 그와 다시 인연이 되어 얼굴을 보았다. 내 홈페이지에 그가 처음 남겨준 글은 오랜만에 단번에 나를 행복하게 만드는 고마운 글이었다. 내가 TV에 출연했던 것을 보고 내 소식을 알고 있었고, 다행히 지금의 내 모습이 참 좋아 보이더라,라는 이야기였다. 올해에는 그 친구 아버님의 칠순 잔치에도 참석했다. 아무도 알아차리지 못하도록 조용히 친구만 보고 돌아오는 자리였지만, 이제는 진짜 친구로 서로를 대할 수 있는 나이여서 그런지 참 편안했다. 고등학교 이후로 처음 만나는 친구들 몇몇에게 내가 수술한 사실을 말해주며 애써 내 편에 서려는 그의 모습에 눈물 나도록 고맙고, 또 미안하고 그랬다.

이제 그는 더 이상 파란 셔츠를 입고 있지 않았지만, 그날은 고운 한복을 가족들과 함께 예쁘게 차려 입은 그림 같은 모습이었지만, 불편할 수도 있는 사람인 나를 친구로 받아들여주고 그런 자리에 초대해주는 그의 우정은 모종의 감사였다. 내게도 친구가 있을 수 있구나, 그들은 내게 진정한 친구였구나, 하는 부끄러움이었다. 방금 그 친구에게 다시 메일을 썼다. 푸근한 얼굴로 웃으며 늙어가자고. 무엇이든 나를 받아들여줄 수 있는 친구를 가질 수 있다는 사실은 몸서리쳐지는 감동적인 경험이다.

# 엄마의 빵, 아버지의 술

엄마는 요리 솜씨가 좋았다. 어울리지 않게 빵을 잘 만드셨는데, 엄마가 만드는 빵이란 사각의 단단한 오븐 속에서 구워져 나와, 구이판 위에 나란히 예쁘게 누워 있는 그런 빵이 아니었다.

엄마의 빵은 새까맣게 지글지글 타는 기름 속에 흠뻑 구워졌다가 나왔다. 생긴 것은 길거리에 굴러다니는 돌덩이보다도 못생긴 것이 설탕에 데굴데굴 몸을 굴리며 접시 위에 오르던 이름 없는 빵이었다. 그녀가 그런 것을 어디에서 배웠는지는 알 수 없었지만, 그런 것들을 만들어 우리 삼남매 앞에 내어놓으며 엄마는 배시시 웃곤 했다.

아버지는 술을 좋아하셨다. 그것도 맥주나 와인 같은 것이 아니라, 시큼털털한 막걸리를 유독 좋아했다. 아버지에게 술은 마치 당신의 생명을 연장시켜주는 끈처럼 보였다. 밥상 위에 국그릇이 빠지는 경우는 있어도, 막걸리 잔이 빠지는 경우는 한 번도 없을 만큼, 아버지에게 누런색의 액체는 어떤 허기를 달래는 음식 같은 것이었다.

의학적으로 이야기하자면 아버지는 알코올 중독이었을 것이다. 알코올 중독의 증상이 헛것을 보거나 일상생활을 영위하지 못할 만큼 치명적인 결과를 야기한다고 했지만, 아버지는 돌아가실 때까지 뚜렷한 증상은 보이지 않았다. 물론 술을 마신 후에 폭력적이 되거나, 간질 발작을 하면서 허공과 대화를 하는 것 같은 모습을 보일 때도 있었지만, 그것이 단독적으로 알코올 중독으로 인한 증상이라고 말하기는 쉽지 않을 것이다. 이미 아버지에게는 간질이라는 뇌질환이 있었고, 그것은 섬망과 같은 증상을 동반하는 치명적인 질환이었기 때문이다.

가끔 그런 생각을 한다. 그 빵과 술이 지금의 나를 만드는 데 어떤 역할을 했을까. 엄마의 빵이 내게 어떤 생명을 주었고, 아버지의 술이 내게 어떤 피가 되어 흐르고 있을까. 나를 찾기 위해, 내 부모를 들여다보는 일은 너무도 자연스러운 것인데, 불행히도 나와 부모의 관계를 읽는 세상의 시선은 너무 일방적이거나, 혹은 무심하다.


## 생각이 아니라 마음의 분석

분석의 대상자인 당사자로서 말하건대, 세상에 나와 있는 (특히 성정체성과 관련한) 정신분석학의 자료들은 너무 편협하거나, 혹은 냉혹하다. 물론 냉철하게 대상자를 관찰하고 판단하는 일이 정신분석학자나 의료진들의 임무이겠지만, 그들이 다루어야 하는 것은 짓무른 상처나 봉합이 아니라, '마음'이라는 점을 그들은 간과하는 것처럼 보인다.

부모의 생활환경이나 유전적 영향을 자식의 인격 형성의 근원으로 보는 시각은 대부분 결과론적인 일반화를 시도하려는 경향이 뚜렷하고, 그런 분석 체계는 성정체성에 관한 문제에는 토론의 틈을 주지 않는다. 오히려 그 자료들은 행동 장애나 인격형성 장애 등과 같은 범주 안에서, 부모의 영향으로 인한 성정체성 장애를 규정하고 있을 뿐 더 이상의 분석이나 연구는 쓸모없는 것으로 판단하는 경향이 있다.

부모에 의해서, 혹은 환경적으로 획득한 성 역할에 대한 연구는 사실 성정체성에 대한 열쇠가 될 수 있는, 가장 근원적인 이론, 혹은 근거라기보다는 단순한 하부의 카테고리에 지나지 않는다. 실제로 심리학이나 사회학적인 측면에서 보면, 현재 남성과 여성의 성 역할은 전복되거나, 혹은 변형되고 있다는 여러 종류의 이론이나 기사를 어렵지 않게 마주할 수 있다. 그러나 그것을 성정체성 혼란을 가져오는 원인으로 판단하거나, 혹은 그것이 평범한 성정체성을 가진 사람에게 성별 인식의 혼란을 야기할 수 있는 근거로 이해하려는 시도는 너무 과도한 비약이다.

결국 (성 역할의 획득이 아니라) 성정체성의 획득에 있어서 부모의 영향은 심리적인 부분이나 사회적인 부분에서만 논의되어야 할 것은 아니라고 본다. 그것은 조금 더 깊은 범위에 관한 이야기여야 할 것이다. 그것은 결국 인간의 형성에 관한 문제일 테니, 몇 가지 단초적인 예시, 혹은 우연적인 일치만을 가지고 일반화하는 것은 명백한 잘못이다.

태초에 아담과 이브가 있었으니, 하는 류의 이야기를 근거로 인간 형성의 모든 것을 설명하려는 뜬구름 잡는 식의 오류와 다르지 않다. 그리고 불행히도 성소수자의 문제는 학술적인 가치의 측면에서도 여전히 소수를 위한 논리, 혹은 이론에 불과하다. 역설적이게도, 사회에서뿐만 아니라, 학술 분야에서조차도 성소수자 문제는 소수의 문제, 혹은 소수만을 위한 문제로 뒤로 물려져 있는 것이 사실이다. 내 여성성에 대한 인식은 성 역할을 형성하는 데 있어서 부친이나 모친의 역할 부재와는 상관없이, 내 기억이 존재하는 가장 먼 끄트머리에 가 닿아 있다는 주장이나 이야기도 쓸모없는 외침처럼 들리고 만다. 그만큼 성소수자의 이야기는 소외되어 있고, 알려진 이야기들이라고 하더라도 어떤 방식으로든 편협하거나, 왜곡된 것들이 거의 대부분이다.

예쁘고 먹음직스러운 빵들이 나란히 줄 서 있는 빵집 앞에 우두커니 서게 될 때가 있다. 갖가지 크기와 모양으로 진열대를 가득 채우고 있는 주류 매장 앞을 지날 때마다 아버지를 살게 했던 찌그러진 술병이 떠오른다. 지금의 나를 만든 것이 무엇인지 나는 여전히 궁금하다. 빵과 술을 나누듯 나는 그 궁금증을 세상과 함께 이야기하며 나누고 싶다. 아무리 못생기고 냄새나는 것이라고 하더라도 함께 나누는 일만큼 가치 있는 일은 없을 것이다. 그것이야말로 진심으로 사람의 마음을 다루고, 치유하는 일임은 두 말할 필요 없는 것이다.


# 그런데, 엄마가 사라졌다

그런데, 언젠가부터 아버지에게 나던 똑같은 술 냄새가 엄마에게도 나기 시작했다. 엄마는 아버지보다 더 비틀거리는 몸짓으로 밤늦게 집으로 들어오기 시작했고, 그때마다 아버지는 엄마에게 폭력을 휘둘렀다. 발버둥 치며 저항하던 엄마의 버둥거림과 비명은 술에 취해 흐느적거렸고, 그러면 그럴수록 아버지의 주먹질은 더욱 심해졌다.

엄마의 얼굴은 멍 자국으로 물들어갔고, 그러면서 화장은 더욱 짙어졌다. 아버지에게 폭력을 당하면 당할수록 엄마가 더욱더 예뻐진다는 사실은 지금 생각해보면 참으로 이상한 아이러니였다. 엄마는 그렇게 화장을 진하게 하고 밤늦도록 돌아다녔다. 아버지는 우리 삼 남매뿐인 집에 혼자 들어오는 경우가 많아졌고, 엄마의 귀가는 조금씩 더욱 늦어졌다. 아버지는 그때마다 폭력으로 엄마를 대했지만, 엄마는 아버지가 그러면 그럴수록 더욱더 예뻐졌다. 예뻐진 얼굴로 여기저기 사람들을 만나며 마음껏 돌아다녔다.

그러던 어느 날, 엄마는 이틀이나 집에 들어오지 않았다. 엄마가 집에 들어오지 않는다는 사실은 상상도 할 수 없는 일이었기 때문에, 나는 그것이 어떤 의미인지 알지 못했다. 그저 할머니 댁에 놀러 갔다가 돌아오는 일 같은 것과 비슷한 것이라고만 생각했다. 이틀 만에 집에 돌아와 저녁 준비를 하고 있는 초췌한 엄마를 보았을 때 얼마나 반가웠는지 모른다. 해쓱해진 얼굴이 무슨 의미인지 모르던 나는 그저 엄마가 돌아왔다는 사실이 반가웠을 뿐이었다.

그러나 아버지는 나처럼 엄마의 귀가를 즐거워할 수만은 없었던 모양이다. 아버지는 집에 돌아오자마자 부엌으로 뛰어 들어가 엄마의 얼굴에 주먹질을 했다. 엄마는 돌로 만든 부엌 계단 턱에 부딪혀 바닥에 나뒹굴었다. 비명을 지르거나 울지도 않았다. 아버지는 씩씩

거리며 나가라고 소리를 질렀고, 엄마는 말없이 고개만 숙인 채 울고 있었다. 그런 폭력을 처음 목격하는 것은 아니었지만, 바닥에 쓰러진 엄마를 보자 왈칵 울음이 났다. 소리를 지르거나, 발버둥 치며 저항하지 않는 엄마는 왠지 서글프게 보였다. 아버지를 피해 부엌을 나와 대문을 나가는 엄마의 얼굴에는 눈물이 흐르고 있었다.

엄마는 그날 밤, 아버지가 잠이 든 사이에 다시 집에 들어왔다. 그리고 잠이 든 어린 동생과 나를 꼬옥 껴안아주었다. 문득 알 수 없는 불안감 때문에 가지 말라는 이야기가 입 안 가득 고였다. 아무 데도 가지 말라고, 우리들을 두고 아무 데도 가지 말라고. 그러나 내 입 속에 성긴 말들은 입 밖으로 나오지 않았고, 엄마는 잘 지내라는 흐느낌 같은 말들만 남겨두고 나를 떼어놓았다. 엄마를 따라가고 싶었지만, 따라 나가서 붙들고 싶었지만, 그러지 못했다. 설마 엄마가 우리를 내버려두고 가버릴 것이라는 생각을 나는 할 줄 몰랐다.

엄마는 그렇게 사라졌다. 내 존재에 대해서, 내 생김에 대해서 조금이라도 어떤 이야기를 해줄 수 있는 유일한 사람인 그녀는 그렇게 내 인생에서 사라지고 말았다. 그때 그녀가 그렇게 사라지지 않았더라면 지금쯤 내 삶은 조금 달라져 있었을지도 모른다. 물론 여자인 내가 남자가 되어 있거나, 남자인 내가 여자가 되어 있거나 하는 일은 없었을 것이다. 그저 조금 더 명확하게 나 자신을 찾으려는 노력을 일찍 시작했을 것이다. 생활의 곤란함이 나를 집어삼키지 않았다면, 나는 조금 더 먼저 나 자신의 혼란에 대해서, 나 자신의 삶이 어떠해야 하는가,에 대해서 고민하고 행동하려 했을 것이다.

그러나, 불행히도 내 삶은 나를 그렇게 호락호락 내버려두지 않았다. 끔찍한 혼란의 구덩이 속에 나는 혼자 남겨졌다. 겨우 열세 살 아이에게 그건 너무 치명적인 운명이었다.


## 치명적인 시간

엄마가 사라지고 나자, 가족의 생활은 모든 것이 달라졌다. 그저 한 사람이 없는 것뿐인데, 집안의 모든 것들은 한꺼번에 무너져 내리기 시작했다. 당장 하루 세 번 끼니를 이어나가는 일부터가 문제였다. 하루 이틀 대충 끼니를 때우는 날들을 버티면서, 우리 삼남매는 엄마가 하루라도 빨리 돌아와주기를 간절히 바라고 있었다. 아버지가 술을 마시는 양이 늘어났고, 고함 소리와 여러 가지 물건들을 집어던지며 부수는 날들이 많아졌다.

그때마다 우리들은 작은 방으로 피신을 해야 했고, 안방에서 들리는 소리에 귀를 막아야 했다. 아버지가 발작을 하는 날이면, 뻣뻣하게 굳어가는 아버지의 몸을 붙들고 우리들은 어쩔 줄 몰라 했다. 거품을 쏟아내는 아버지의 입과 흰자위만 보이는 두 눈을 어떻게 해야 하는지 알지 못했다. 아버지가 발작을 한다는 사실은 알고 있었지만, 그 모습이 그렇게 끔찍한 것인 줄은 아무도 알지 못했다. 언제나 엄마 혼자서 그 모든 것들을 감당했기 때문이었다. 우리들은 엄마의 등 뒤에 숨어서 귀를 막고 있으면 되는 일이었기 때문이었다.

몰랐는데, 엄마는 혼자서 그 모든 것들을 감당하고 계셨다. 언제나 거기에 있었고, 그러니 언제든 거기에 있어줄 거라고 생각했는데, 엄마가 사라지고 나니 그 빈자리는 상상하지 못할 정도로 엄청났다. 큰오빠와 나는 라면과 빵으로 끼니를 때우고 도시락을 싸 가지 못해 점심시간에는 교실 밖을 나와 운동장을 어슬렁거렸다. 초등학교 3학년인 어린 여동생은 혼자서 빈 집을 지키며 엄마를 기다렸다. 아버지는 다니던 직장을 그만두었고, 이제는 밤낮으로 막걸리를 끼니 삼아 살았다. 한 사람의 부재로 인해, 모든 것들은 제자리를 잃어버렸다. 엄마는 그렇게 그 시절 우리 가족 모두의 전부였다. 물론 그때에는 미처 그걸 알지 못했다.

그러던 어느 날, 옆집에 세를 들어 살던 이웃집 여자가 우리 집 식구들에게 반찬들을 나누어 주기 시작했다. 끼니를 건너뛰며 우리 가족들은 조금씩 야위어가고 있는 중이었는데, 그 와중에 보여준 그들의 배려는 참으로 고맙고 감사한 것이었다.

그런데 어느 날, 아버지는 앞으로 이웃집 여자가 우리들의 밥을 해주고, 집안일을 돌보아줄 것이다, 말했다. 아버지는 그 대가로 그들에게 돈을 지불하게 된 모양이었다. 그러나 나중에 알고 보니, 그저 단순히 돈을 지불하는 것이 아니라, 아버지가 나라에서 받고 있는 연금의 전부를 건네주고 우리 집의 살림을 맡겼다는 것이었다. 아예 연금 통장을 맡기고 아버지도 그 집에서 용돈을 받아서 쓰게 되는 이상한 일이 벌어지면서도 어린 우리들은 그저 누군가 엄마의 자리를 대신하게 될 거라는 생각에 일말에 안도감을 느끼고 있었다.

그런데 처음에는 그럴 듯한 밥상을 삼시 세끼 날라주며 우리들을 돌보아주던 그들은 시간이 지나면서 조금씩 달라지기 시작했다. 상 위에 올리는 반찬의 가짓수가 줄어들기 시작하는 것은 물론이고, 집 안일들을 우리 삼남매에게 떠맡기기 시작했다. 처음에는 설거지 한 두 번이던 것이, 그 집안의 설거지까지 같이 해야 하는 기이한 일들 이 벌어졌고, 학교에서 돌아오면 먼지가 뽀얗게 쌓여가는 집 안을 목 격해야 했다. 옷 한 벌 새로 사지 못한 채 그들이 건네주는 입던 옷가 지들을 입으며 겨울을 나야 했고, 멀쩡한 세탁기를 놔두고 손을 호호 불어가며 겨울 빨래를 해야 하는 날들이 많아졌다. 집 주인인 우리 가족의 집은 점점 낡고 허물어져가는데, 우리 집에 월세를 살고 있던 그들의 방은 조금씩 넓어지고 번쩍거리는 것들로 채워지는 괴상한 날들이 이어졌다.

그런데도 아버지나 큰오빠는 그들에게 아무런 이야기도 할 줄 몰 랐다. 살림을 해준다, 하는 그들 부부의 유세에 그저 고개를 숙여 감 사한다, 하는 이야기밖에는 할 줄 몰랐다. 어느새 나는 학교에서 집 에 돌아오면 빨래와 청소를 해야 했고, 그들 부부가 자신의 저녁 준 비를 하며 만든 몇 가지 반찬거리를 들고 와 낡은 이불가지가 둘둘 말려 있는 방 안에 상을 차리고, 치우는 것이 일과가 되었다. 한창 예 쁘고 귀엽게 자라야 할 여동생은 때에 전 꼬질꼬질한 모습으로 변해 갔고, 날마다 술에 취해 살던 아버지처럼 고등학교에 다니던 큰오빠 도 술에 취해 들어오는 날들이 많아졌다.

그런데도 아무도 그런 현실에 대해 이의를 제기할 줄 몰랐다. 분명히 그건 부당한 착취이자, 교묘한 술수임에도 불구하고 우리 가족들 중 누구도 그런 것들을 생각할 줄 몰랐다. 참으로 어리석고 무서운 시간들이었다.

## 햄버거에 대한 명상

그해 겨울의 일이었다. 동지가 가까워지고 있던 그날은 기상 통보관도 올 겨울 들어 가장 추운 날이라고 이야기하던 혹독한 날이었다. 그런데도 우리 가족이 살고 있는 방은 너무 관리를 하지 않아 낡을 대로 낡아 있었다. 방 안에서도 머리맡에 떠다 놓은 자리끼에 얼음이 꽁꽁 얼었고, 나와 내 동생은 때에 전 이불을 턱밑까지 끌어당겨 덮고서 텔레비전을 보고 있었다. 아버지는 술에 취해 코가 빨갛게 되어 잠이 들었고, 훅훅 그의 입에서는 한데처럼 하얀 입김이 높이까지 새어나왔다. 오늘도 어느 어둠 속을 헤매고 있는지 큰오빠는 아직 돌아오지 않았다.

그런데 바깥에서 누군가 나를 부르는 소리가 들렸다. 이불을 젖히고 나가보니 옆집 남자가 몸을 잔뜩 웅크린 채 내 이름을 부르고 있었다. 언젠가부터 목에 굵은 금목걸이가 번쩍거리고 있는 그의 얼굴은 기름으로 번들거리고 있었다. 그런데 그가 나를 부르더니 심부름을 좀 해달라고 말했다. 너무 늦은 시간이었고, 추위가 너무 혹독했는데도, 그는 자기의 아들이 먹고 싶어 한다며 햄버거 하나를 사다

달라고 말했다. 어린아이가 심부름을 다니기에는 너무 위험한 시간이었고, 자기 집 아이를 놔두고 다른 집 아이에게 심부름을 시키는 일이 너무 어이없는 일이었지만, 그즈음 우리 삼남매 모두는 그 집 식구들의 종처럼 부려지고 있는 괴상한 시간이었다. 물론 번번이 그들이 내놓는 근거는 '살림을 해주는 고마운 사람을 위해서 이 정도도 못 해주느냐?' 하는 어이없는 주장이었다.

그날도 날씨가 너무 추운 데다가, 또 산길을 돌아서 삼십여 분은 걸어서 나가야 하는 길이 무서워 겁이 나기도 했지만, 싫다고 하면 괜한 짜증을 들어야 할 것 같아 나는 바보처럼 고개를 끄덕이고 말았다. 그런데 아이가 먹고 싶어 한다는 햄버거가 그저 아무 곳에서나 살 수 있는 것이 아니라, 동네 끄트머리에 있는 미군부대 입구에 가야 구할 수 있는 그런 것이었다. 적어도 한 시간은 걸어야 도달할 수 있는 끝에서 끝인 곳이었다. 하지만, 하는 수 없다고 생각했던 나는 입고 있던 셔츠와 가을부터 입고 지냈던 얇은 점퍼 하나만을 걸쳐 입은 채 집을 나섰다.

그러나 그저 춥다고만 생각했던 겨울 밤바람은 몸을 움츠리고 잰걸음으로 걸어도 견디기 힘든 칼날 같은 바람이었다. 산길을 넘어 읍내로 접어들었을 때는 엄청난 겨울바람 때문에 머리가 다 땅하게 어지러울 정도였다. 얼굴은 벌겋게 얼어붙었고, 귀는 당장이라도 부서져나갈 것처럼 아무런 감각도 없었다. 또다시 산길을 넘어가야 하는 일이 끔찍했지만, 나는 서둘러 이 추위에서 벗어나고 싶었다. 얄팍한 점퍼를 붙들고 동네를 뛰다시피 가로질렀다. 그러나 막상 가게 앞에

도착하니, 영어로 쓰여 있는 간판만 반짝거리고 있을 뿐, 이미 문은 닫힌 채였다. 발을 동동거리며 가게 앞에서 주위를 두리번거리다가 나는 그대로 다시 집으로 발길을 돌렸다.

집으로 돌아와 나는 옆집 남자에게 돈을 내밀며 가게가 문을 닫았더라 말했다. 그러나 황당한 표정의 그는 그렇다고 그냥 돌아오면 어쩌느냐, 되레 내게 소리를 질렀다. 그러고는 또 다른 햄버거 가게를 알려주며 다시 한 번 다녀오라고 말했다. 이번에는 아까 갔던 곳보다 더 먼, 미군부대에서도 뒤쪽에 자리 잡은, 24시간 문을 여는 군용 햄버거 가게였다. 망설이고 있는 내게 그는 또다시 살림을 해주는 집 식구들한테 이 정도도 못해주느냐, 소리를 질렀고, 나는 바보처럼 또다시 산길을 오르고 있었다. 어쩌면 그때 내 머릿속에는 어떤 오기가 생겼던 것인지도 모른다. 어디 너희들이 내가 얼어 죽는 꼴을 보고 싶은 게지, 어린 마음에 그런 독한 생각을 떠올리기도 했다. 이미 꽁꽁 얼어 있는 얼굴과 귀, 그리고 온몸은 감각도 없이 그냥 얼얼했다. 그냥 빨리 이 끔찍한 상황에서 도망치고 싶다는 생각뿐이었다. 발걸음은 내 마음대로 움직이지 않았고, 꽁꽁 언 몸은 제멋대로 움직이는 것 같았다. 어기적어기적 그저 기계처럼 움직이며 나는 국적을 알 수 없는 햄버거 주인에게 봉지를 받아들고 산길을 지나 다시 집으로 돌아왔다.

꽁꽁 언 맨손으로 햄버거 봉지를 들고 집으로 들어섰을 때, 나는 이미 얼음덩어리처럼 차가웠다. 봉지를 들고 있는 손에도, 새빨갛게 언 귀도 아무것도 느껴지지 않았다. 햄버거를 전해주려고 방문을 두드리며 그들의 방 안으로 들어섰을 때, 히터가 쌩쌩 돌아가며 더운 열기가 확 온몸을 뒤덮었다. 그러자 꽁꽁 얼어 있던 얼굴과 귀가 따끔거리며 아파오기 시작했다. 그리고 히터 밑 이불 위에서 한가롭게 비디오를 보던 초등학생 사내아이는 내가 들고 있던 햄버거 봉지에 와락 달려들었다. 하얗고 깨끗한 속옷을 입은 아이는 온종일 방 안의 열기에 데워져 볼이 발갛게 달아올라 있었다. 그가 올라앉은 이불은 비단처럼 고급스러운 빛으로 반짝거리고 있었다. 살이 오른 이웃집 여자는 무거운 몸을 돌리며 내게서 건네받은 봉지를 뜯어내고 있었다.

갑자기 왈칵 울음이 치밀었다. 꽁꽁 얼어 있던 몸이 한꺼번에 녹으며 따끔거리는 고통이 너무 아팠던 건지도 모른다. 꽁꽁 얼어 이불을 턱 밑까지 눌러쓰고도 추워 어쩌지 못하는 우리 집의 방 안과 히터가 쌩쌩 돌아가는 훈훈한 그들의 방의 차이를 송두리째 느끼며 서러웠던 건지도 모른다. 심부름을 시켰던 금목걸이를 찬 그도 미안했던지, 얼어서 파랗게 퉁퉁 부은 내 손에 햄버거 하나를 쥐어 주었다. 컥컥거리는 울음을 집어삼키며 나는 그 햄버거 하나를 들고 그들의 방을 나왔다. 그리고 아버지와 여동생이 이불을 턱밑까지 끌어당겨 덮고 있는 방 안에 들어오자마자, 새까맣게 때에 전 이불 위에 엎어져 엉엉 울고 말았다. 얼굴을 감싸 쥔 손에서, 퉁퉁 부은 흉측한 손가락 사이에서, 차가운 냉기가 느껴졌지만, 나는 얼음장같이 차가워진 그 손을 이불 밑에 넣지도, 비비며 어루만지지도 못했다.

방 안에서도 추위로 얼굴이 발갛게 얼어 있는 초등학교 4학년짜리 여동생이, "오빠, 왜 그래, 울지 마, 울지 마"라고 이야기하는데, 나는 동생의 손에 그 햄버거를 쥐어주며 엉엉 우는 수밖에 없었다.

그 겨울, 내게는 너무 혹독하고 끔찍한 시간이었다.


# 혼돈 속의 혼돈 속의 혼돈

　　　　　　　　　　열다섯의 나이는 혼란 속이
라고 사람들은 말한다. 사춘기라고 불리는 그 시간은 모든 사람들에
게 아무것도 정해지지 않은 미완의 시기라고 정의된다. 누군가는 사
회적 요구에 의해, 혹은 부모의 손에 이끌려 미친 듯이 책 속에 파묻
혀 있고, 누군가는 자신의 열정을 처음 발견하고 뜨거워진 몸으로 꿈
을 향해 실패하기 위한 첫 발걸음을 내딛는다. 향하는 그곳이 어디이
든, 발걸음을 내딛는 그가 남자이든, 여자이든, 아무것도 완성되지
않았고, 그러므로 모두 불안하고 혼란스럽다.

　나도 마찬가지였다. 열다섯이 된 나는 훌쩍 키가 커 있었고, 온몸
이 털로 뒤덮여 있었다. 가녀렸던 두 다리에는 새까만 털들이 엉겨
있었고, 길었던 목 한 가운데 삼키지 못한 사연처럼 굵고 툭 튀어나
온 것이 도드라져 있었다. 여전히 목소리는 변하지 않은 채 여자 같
았지만, 나는 키 순서로 번호를 정하는 학급의 거의 맨 마지막 번호
를 차지하고 있었다.

　또다시 엇갈린 시간들이 지나갔지만, 내 혼란은 조금도 명확해지

지 않았다. 나는 여전히 파란 셔츠의 아이를 보면 얼굴이 붉어졌고, 아이들과 함께 옷을 갈아입지 못했으며, 아이들에게는 중성이라는 손가락질을 받거나, '미스 김'이라는 놀림을 받았다. 신체검사를 받던 날, 엄마가 집을 나간 이후로 한 번도 목욕을 가지 못했던 내 몸을 보고 반 아이들 모두, 심지어 담임선생님까지 깜짝 놀랐다. 노숙자처럼 새까맣게 때에 전 내 몸은 사람들 모두에게, 심지어 나 자신에게도 충격이었지만, 아무도 그것이 내 안에 어떤 혼란 때문이라고는 눈치 채지 못했다. 그저 제대로 돌보아주는 부모가 없어서, 그래서 불쌍한 생활의 안타까운 결과라고만 생각했다. 뜨거운 물을 받아놓고 뒤뜰의 창고 안에서 몸을 씻으면서도 나는 내 몸에 대한 관심이나 소중함을 깨닫기보다는, 그저 혼란스러운 시간을 지나가고 있었다. 내가 모르는 나 자신의 혼란과, 가족이 만들어놓은 생활의 혼란을 지나는 것만으로도 나는 충분히 어지러웠고, 혐오스러웠다. 그 당시 내게 삶은 귀찮은 것이었다. 만약 삶이나 죽음을 선택할 용기가 있었다면 나는 분명 어떤 결단을 내렸을지도 모른다. 물론 다행히도, 혹은 불행히도 나는 그런 용기조차 떠올릴 줄 모르는 암되고 내성적인 아이였다.

몇몇 트랜스젠더들의 기억이 그러하듯, 학교의 체육 축전 때, 나는 반 아이들의 성화에 못 이겨 남자아이들이 여자 옷을 입고 순위를 겨루는 여장미인대회에 나갔었다. 나는 엄마가 버려두고 간 파란색 원피스 하나를 꺼내 입었다. 엄마를 간절히 그리워하고 있으면서, 엄마를 간절히 밀요로 하고 있으면서 내가 꺼내 입은 엄마의 옷은 또 다른 복잡한 감정의 혼란이었다. 그것이 편했다. 혹은 내게 맞는 옷을 입은 듯 했다,라는 거짓말 같은 느낌은 아니었는데, 아이들의 시선이 달라지는 것을 느끼며, 몇몇 철없는 아이들의 환호성을 들으며 나는 옷을 벗고 싶지 않았다. 그 당시 보통 남자아이들의 스타일이었던, 짧은 중학생 머리를 하고 있었으면서도 아이들은 여자 옷을 입은 내게 어쩜 저렇게 어울릴 수 있느냐 말했지만, 그리고 그들의 그런 말에 내심 기분이 좋았는지는 모르지만, 어쨌든 그것도 분명 혼란이었을 것이다. 그리고 대회가 끝나고 나서도 옷을 벗지 않고 그대로 여자 옷을 입은 채 학급일지를 들고 교무실로 들어가 파란 셔츠의 아이를 보았을 때, 나는 어쩌면 그에게도 예쁘다, 혹은 잘 어울린다, 하는 이야기를 듣고 싶었던 건지도 모른다. 그러나 그 아이는 "그 꼴이 뭐냐?" 하고 내게 면박을 주었고, 나는 그때 많이 실망했다. 그 뒤로 다시 혼자서 엄마의 옷을 몇 번 입어본 적이 있기는 하지만, 그것을 즐기거나 좋아했던 것 같지는 않다. 나는 그저 혼란스러웠고, 그 혼란 속에서 누구나 저지를 수밖에 없는 혼란스러운 행동을 했을 뿐이었다.

몇몇 남자아이들은 여전히 내가 남자의 성기를 가졌는지 확인하려고 화장실로 나를 따라왔고, 성적으로 추행에 가까운 행동들로 내게 장난을 쳤으며, 나는 여전히 남자 목욕탕에 가지 못했고, 집에서는 이제는 내 몫이 되어버린 집안일들로, 아버지의 발작을 지켜보고 뒤처리를 하거나 술시중을 해야 하는 일들로, 그리고 말도 안 되게도 옆집 사람들에게는 종처럼 부려지면서 열다섯의 시간들을 지나가고 있었다.

그리고 나는 조금씩 깨달아가고 있었다. 혼돈과, 혼돈과 또 다른 혼돈이 겹쳐지는 여러 가지 혼란 속에서 나는 생존에 대해서 조금씩 떠올렸다. 그리고 어느 신산한 시간 속이 그러하듯이 조금씩 오기가 생기기 시작했다. 내 안에서 처음 깨달은 그 작고 단단한 감정의 덩어리는 그때부터 조금씩 지탱하며 나를 일으켜 세우고 있었다.


## 첫 번째, 생존하기

중학교를 졸업하고 고등학교에 진학하면서 나는 조금 달라졌다. 물론 키가 조금 더 컸고, 어깨도 조금 넓어졌으며 제법 수염도 자라나, 면도라는 것을 해야 하는 그런 모습이 되었다. 그러나 무엇보다 내 안에서 달라진 것은 '생존'이라는 목표였다. 나는 그때 처음 나를 객관적으로 보려고 시도했다. 혼란 속에서 평온한 밖을 동경하며 내다보는 것이 아니라, 오히려 혼란 속에 발을 빠트리고 있는 내 모습을 물끄러미 내려다보는 연습을 하기 시작했다. 그리고 깨달았다. 내가 남자의 몸을 가지고 있다는 사실, 누구도 나를 여자로 받아들여줄 수 없다는 사실. 아마 처음에 그 사실을 깨달으며 나는 조금 놀랐을 것이다. 내가 자연스럽게 느꼈던 감정들이 실은 사람들이 말하는 '정상'의 범주에서 벗어난 것이라는 사실을 알았을 때, 나는 조금 멍해졌을 것이다.

그러나 그 당시 생존의 목표를 떠올리는 습성을 가지고 있던 나는 내가 내 몸을 스스로 받아들이지 않으면, 나 자신에게도, 그리고 주위의 환경에도 좋지 않은 영향을 주게 되며, 그것이 결국 나 자신의 생존을 위해 걸림돌이 된다는 사실을 깨닫게 되었다.

그래서 중학교를 졸업하며 나는 몇 가지 작전을 세우는 치밀함을 보였다. 일단 보통의 남자아이들의 모습과 내 모습이 어떻게 다른지 살펴보기 시작했고, 그리고 가장 중요한 것이 말투라는 사실, 그리고 걸음걸이와 생각하는 방식들이 다르다는 사실을 깨달았다. 물론 그것은 거의 전부가 달랐다는 말과 다름없다. 몸가짐, 행동, 말투, 게다가 생각하는 것까지 달랐다는 것은 어떤 두려움이나 도움을 요청할 만큼의 차이임에도 불구하고, 이미 나는 혼자서 생존하는 법을 조금씩 배워가고 있었다. 그리고 누구도 나를 도와줄 수 없고 나 혼자만이 생존의 열쇠를 가지고 있다는 사실을 생활 속에서 조금씩 깨닫고 있었다.

그리하여 나는 일단 말투와 목소리부터 고치는 훈련을 했다. 거울을 보며, 혹은 혼자서 나 자신의 목소리를 듣고 조금 더 굵은 목소리를 내기 시작했다. 아침저녁으로 팔굽혀펴기를 하기 시작했으며, 의식을 하며 남자의 몸짓을 그대로 따라 하기 시작했다. 물론 그건 참 불편한 일이기는 했지만, '생존'이라는 목표가 생긴 만큼, 그리고 내가 변하지 않으면 내 주변이 변하지 않는다,라는 깨달음을 얻은 만큼, 내 결심은 그만큼 단단했다. 그리고 운동도 한 가지 배우기 시작했다. 남자아이들이라면 축구든 배구든, 누구나 하나쯤 운동을 배우고 또 잘해야만 다른 아이들로부터 남자로 인정받거나 혹은 친구로 인정받게 마련이었다. 그래서 나는 그때부터 농구공을 들고 농구를 하러 다니기 시작했다. 이유는 아주 간단했다. 그나마 큰오빠와 농구공을 들고 운동장에 한 번 나가본 기억이 있었기 때문이었다. 게다가 다른 아이들보다 조금은 큰 키 때문에 나는 농구가 내게 적절하다고 생각하게 되었고, 작은 바스켓 안에 공을 집어넣는 놀이는 생각보다 재미있다고 느꼈다. 그래서 시간이 날 때마다 농구공을 들고 운동장으로 향했다. 점프 실력을 향상시키기 위해 다리가 굵어지도록 계단을 뛰는 연습도 했다. 남자가 되지 않으면 생존할 수 없으리라는 판단이 섰기 때문에 몸이 망가지거나 예뻐지지 않거나 하는 생각 같은 것은 하지 않았다. 내게 중요한 것은 오직 '생존' 그뿐이었다.

또한 지금 내가 하고 있는 공부 중에 내 생존에 도움이 될 공부가 무엇일까 하고 생각했다. 그리고 '영어' 공부를 하기 시작했다. 물론 누구도 가르쳐주지도 않았고, 도움을 요청하지도 않았다. 어떻게 공부를 해야 하는지도 알지 못했고, 누군가에게 물어볼 생각도 할 줄 몰랐다. 그저 중학교를 졸업하고 나서 영어문법책을 무작정 읽어 내려갔다. 무슨 말인지 생각하지도 않고, 단어를 외우거나 문장을 외우거나 하는 전략 같은 것도 없이 완전히 무작정이었다.

그렇게 중학교를 졸업한 겨울방학 동안 나는 나 스스로 여러 가지 전략을 시행했다. 나는 조금씩 농구를 잘하게 되었고, 영어는 문법책 하나를 열 번 가까이 읽었지만 여전히 도무지 무슨 이야기인지 알지 못했고, 훈련 덕분에 목소리도 조금씩 변하는 것처럼 느끼게 되었다.

여전히 해야 하는 집안일은 똑같았고, 엄마가 부재하는 가정은 위태롭고 시끄러웠지만, 그 와중에도 차근차근 내 작전을 시행해나갔다. 발기하는 성기는 여전히 불편했지만, 농구를 하고 오면 파김치가 되는 덕분에 조금씩 편해졌고, 고등학교에 올라가며 조금씩 남자가 되어가는 것 같은 생각에 어깨가 으쓱했으며 나는 남자가 된 고등학교 생활에 조금씩 자신감이 생겼다. 내 삶에서 처음 느끼는 어떤 성취감, 혹은 작전의 결과였다.

물론 어떤 작전도 여자를 남자로 바꾸는 일이 불가능하다는 사실을 그때 나는 전혀 깨닫지 못하고 있었다.

## 남자 화장실 가기, 남자 목욕탕 가기

가장 힘든 건 화장실을 가는 일이었다. 아무리 애써보아도 남자아이들과 주욱 늘어서서 볼일을 보는 일은 정말 쉽지 않았다. 단순히 서 있는 것, 지퍼를 여는 것까지는 가능했지만, 아무리 애써 보아도 편하게 볼일을 볼 수가 없었다. 몸속에서 무언가 닫혀 있는 것처럼 나는 그저 멍하니 서 있다가 화장실을 나서는 것이 대부분이었고, 대변이라도 보려는 사람처럼 배를 움켜쥐고 화장실 칸 안으로 들어가서 볼일을 봐야 했다.

목욕탕을 가는 일은 더욱 심각했다. 처음부터 우리 가족이 살고 있는 집은 옛날에 지어진 기역자 형 한옥의 구조라서 화장실마저 집과 떨어져 있는 구식의 가옥이었다. 그러니 목욕탕이나 샤워 시설 같은 건 상상할 수도 없을뿐더러, 세수를 하려고 해도 마당 한 가운데에 있는 수도꼭지 앞에서 손을 호호 불어가며 하는 수밖에는 달리 도리가 없었다.

그러니 목욕탕을 가는 일은 적어도 2주일에 한 번, 혹은 한 달에 한 번이라도 해야 하는 필수적인 일이었다. 그럼에도 불구하고 나는 중학교 시절 단 한 번도 목욕탕에 가보지 않았다. 엄마가 나가기 전에는 집에서 받아놓은 물로 대야에 들어앉아 목욕을 하는 것으로 족했지만, 몸집이 커가며 더 이상 대야 안에서 목욕을 하는 일은 불가능했고, 엄마의 부재 때문에, 목욕탕에 가야 한다는 생각도 할 줄 몰랐다. 부친이나 손위의 남자 형제라도 목욕탕에 가자, 했을 수도 있었을 텐데, 처음부터 우리 집안의 분위기는 아버지를 따라 남자 형제들이 주욱 목욕탕을 가는 분위기 같은 건 존재하지 않았다.

고등학교에 올라가며 이제는 남자가 되어야 겠다, 하는 다짐을 하면서 목욕탕 가는 일에 도전을 해본 적이 있었다. 남자아이가 남자 목욕탕에 가는 일이 대단한 일도 아닌데 나는 전날부터 잠을 설쳤다. 아무래도 낮에 가는 것은 자신이 없고, 새벽부터 일어나 목욕탕에 가야겠다, 다짐을 했던 터라, 더욱 일찍 눈을 떴다. 여명도 밝아오지 않은 새벽 시간에 혼자서 산길을 지나 목욕탕에 가던 길이 아직도 떠오른다. 그리고 목욕탕 앞에서 아무렇지 않게 돈을 내고 계단을 올라가며 쿵쾅대던 심장 소리도 들리는 듯하다. 구경이라도 하듯 욕실 안을 홀끔거리며 고개를 푹 숙이고 들어섰을 때, 콧속으로 스미는 비누 냄새는 묘하게 나를 긴장시켰다.

다행히 목욕탕의 직원마저 청소를 시작하는 이른 시간이어서 사람이 없었던 때에는 문제가 없었지만, 운동이라도 하고 들어온 남자들이라도 있는 날이면 전전긍긍 고개도 들지 못하고 한쪽 구석에 대충 쭈그리고 앉아 물을 끼얹고 돌아오기 일쑤였다. 똑같은 몸이었는데, 분명 내가 가진 것과 다를 것 없는 몸이었는데, 자꾸 심장이 뛰고 얼굴이 붉어지는 이유를 나는 도저히 알 수 없었다.

한 번은 그런 내 꼴이 하도 꼴사나워, 사람이 가장 많은 일요일 한낮에 작정을 하고 목욕탕을 찾은 적이 있었다. 문을 열자마자 와글와글거리는 벌거벗은 남자들의 모습이란 악 소리가 나도록 놀라운 광경이었다. 빈 사물함을 찾아 더듬거리고 있는 내 손은 부들부들 떨고 있었다. 도대체 이 꼴이 뭐냐, 바지를 벗었는데도, 유리문 안에 가득 들어찬 벌거벗은 남자들의 실루엣은 도저히 들어갈 수 없는 어떤 경계의 너머 같았다. 결국 나는 그날, 도로 바지를 입고 목욕탕을 나오고 말았다.

스물네 시간, 의식이 있는 시간 동안 나는 모든 내 행동과 말과 생각을 통제하려 애썼다. 단순히 나쁜 버릇을 고친다, 하는 개념의 것이 아니라, 사람 전체를 개조하는 것과 마찬가지인 나의 전략은 그만큼 치밀하고 스스로에게 가혹했다. 고등학교를 졸업하고 사고로 다친 무릎을 수술하느라 병원에서 검사를 했을 때, 왜 이렇게 간이 망가져 있느냐, 무슨 스트레스를 받았기에 술이나 담배도 해보지 않은 사람의 간이 이렇게 망가져 있느냐, 하는 의사의 질문을 받아야 했던 것도, 어쩌면 고등학교 시절 나 자신을 억누르며, 내 본모습을 바꾸려고 애를 쓰면서, 내 몸이 받았을 혹독함을 간접적으로 보여주는 예였을 것이다.

나는 그만큼 절박했다. 남자라는 모습에 나 자신을 끼워 넣지 않으면 살 수 없을 것이다,라는 절박함이 내 안에 있었다. 그리고 그것은 가족의 문제와 뒤엉키며 지독하고 표독스럽게 매달리며 달려드는 습성과 어울려, 내 안의 고통을 억누르고 벼랑 끝까지 나를 밀어내기에 충분했다. 보통의 성전환자들처럼 여자가 되려고 애를 썼던 것이 아니라, 남자가 되려고 애를 썼다는 사실은 이상한 아이러니이지만, 그것은 열쇠를 찾기 위한 또 다른 작은 힌트가 될 수도 있을 것이다.

물론 말하기 좋아하는, 몇몇 호기심 많은 사람들은 모두가 생각하는 남자의 모습이, 혹은 여자의 모습이 자신도 모르게 세뇌된 편견의 산물이라고 말하며, 중성적인 모습의 스스로를 인정하고 받아들였다면 수술까지 할 필요 없지 않았겠느냐, 하는 이야기를 조심스럽게 건네기도 한다. 그러나 그것이 단순히 성격이나 취향의 문제였다면 바꾸거나 받아들이기 쉬웠을지도 모른다. 남자가 되려고 애를 쓰면서, 그리고 시간이 지나 내가 여자가 아니라는 사실을 받아들이려고 노력하면서, 나는 자연스럽게 중성적인 내 모습에 익숙해졌을지도 모른다.

모든 정신적인 끌림이나 생각의 흐름은 차치하고서라도, 그 당시 내게 가장 힘들고 어려웠던 것은 몸의 힘겨움이었다. 발기가 스트레스가 되고, 자위가 환멸이 되는 끔찍한 경험은 아마 보통의 사람들은 상상도 하기 힘든 일일 것이다. 수술을 하고 난 지금은 희미해졌을 정도로 가뭇한 기억이 되었지만, 혼자서 많이 울었던 기억이 있다. 내가 왜 이렇게 살아야 하는 걸까, 나는 왜 이게 힘겨울까. 어둠 속에서 벌거벗은 바지 속을 내려 보며 많이 울었더랬다. 그런데도 이를 악물고 나는 남자가 되는 연습을 했다. 모두들 내게 그렇게 살아야 한다고 말했고, 나는 이 사회가 내게 던진 그 충고를 철석같이 믿고 있었다.

## 계집애

그러나 스물네 시간 남자로 살아야 하는 일상은 자주 틈이 벌어졌다. 당연했다. 연기나 작전만으로 한 사람이 다른 누군가가 되는 일은 가능하지 않은 일이다. 요즘에도 배우나 연기자들이 자신이 아닌 다른 사람으로 오랜 시간 살다가 끝내 그 배역 속에서 벗어나지 못해 끔찍한 행동을 저지르는 이야기를 신문 기사 속에서 종종 읽게 된다. 그것은 한 사람이 인위적으로 만들 수 있는 모습의 한계, 혹은 두 사람의 경계 위에서 사는 일의 한계를 보여주는 참으로 안타까운 일인 것이다.

그 당시 나도 마찬가지였다. 의식을 하며 행동한다고는 하지만, 나도 모르게 발걸음은 다소곳해지기 일쑤였고, 소리 내어 웃는 목소리

끝에서 여자 같은 목소리는 튀어나왔다. 무엇보다 가슴을 떨리게 하는 누군가 앞에서 얼굴이 발그레해지며 고개가 숙여지는 것은 그 어떤 훈련이나 작전으로도 어떻게 감출 수 없는 본능이었다.

그나마 다행인 것은 내가 들어간 고등학교에 나보다 더 여성스러운 남자아이가 있었다. 누군가 나에게 찾아와 너랑 비슷한 애가 있더라, 하는 이야기를 듣고, 나는 처음에 그 말이 무슨 이야기인지 알아듣지 못했다. 그러나 내가 직접 본 그 아이는 정말 완전히 여자아이 같았다. 발걸음은 물론이고, 목소리며 행동까지, 남자아이다운 구석을 찾아보기 힘들 정도였다. 다른 아이들은 그 아이를 놀리는 데 재미를 들이고 있었으며, 그 아이에 비하면 나 같은 건 여자도 아니었다. 게다가 나는 남자가 되려는 훈련을 하고 있었던 터라, 여자다운 모습은 거의 지워진 채였다. 그러나 그 아이는 아이들의 놀림에 얼굴이 붉어졌으며, 자연스럽게 친하다고 생각하는 남자아이의 팔짱도 꼈으며, 호호호 웃기까지 했다.

아이들은 그 아이가 화장실에 갈 때 뒤따라가며 놀렸으며, 체육복을 입고 운동을 하는 그의 여성적인 몸짓에 폭소를 터뜨리기도 했다. 교련복을 여자 옷처럼 줄여 입은 그의 모습은 모든 아이들의 구경거리가 되기도 했다.

미안한 이야기이지만, 그 아이 덕분에 나는 고등학교 시절을 조금은 편안하게 지냈다. 나보다 더 여성스러운 아이가 있었으니, 나는 이미 아이들의 관심 밖이었다. 물론 내 안에서 나 자신과의 싸움은 그 어떤 때보다 혹독했지만, 최소한 외부적인 놀림이나 폭력은 중학교 때보다 훨씬 덜했다.

성전환수술을 하고, TV에 나오고, 책을 내면서 나는 가끔 그 아이가 궁금했다. 그는 지금쯤 어떻게 살고 있을까. 수술을 했을까, 안타까운 운명에 휩쓸려 유흥업소에 들어간 것은 아닐까, 하는 걱정까지. 어떤 모습으로 살고 있을지 친근한 그리움보다는 미안한 마음이 더 커져 그 아이의 얼굴을 떠올려보곤 했다.

그런데 얼마 전 전해들은 그 아이의 이야기는 지금도 평범한 남자로 살고 있다는 것이었다. 여전히 여자 같고 여성스럽지만, 남자로 살아가고 있더라고. 직접 만나보지는 않았지만, 어떤 모습일지는 조금은 상상이 갔다. TV나 많은 대중매체를 통해서 여자보다 더 여성스러운 목소리와 말투, 그리고 몸짓을 가졌으면서도, 한 사람의 남자로 자신의 삶을 충실하게 살고 있는 사람들을 적잖게 볼 수 있으니 말이다.

그러고 보면, 남자에게 여자답다, 혹은 여자 같다, 하는 말의 덫은 결국 아무것도 아닌 것인지도 모른다. 손가락질을 하며 놀릴 일도, 자신과 다르다고 어딘가 부족한 존재로 폄하하는 일도 해서는 안 되는 일일 것이다. 물론 본인 스스로도 그런 성격이나 취향을 가지고 있다고 해서, 자신의 정체성에 대해서 의심하거나 혼란스러워할 일은 아닐 것이다. 남자이면서, 여자를 이해하고 자신의 일부로 받아들이는 그들이야말로, 어쩌면 정말로 그 누구도 가질 수 없는, 폭 넓고 생각이 깊은 그런 능력의 소유자일지도 모를 일이다.

# 다시 찾은 집

그즈음 우리 삼남매는 옆집의 그늘에서 벗어날 수 있었다. 그것도 억지스레 찾은 싸움의 결과였다. 매년 나라에서 나오는 국가유공자에게 주는 연금은 천정부지로 늘어가는데, 이상하게 쪼들리는 우리 집안의 가계를 더 이상 두고 볼 수가 없었다. 이제 스무 살이 된 큰오빠도 비합리적인 현실에 대해서 무언가 타파할 때라고 생각했던 모양이었다.

그래서 옆집 부부에게 맡겨둔 연금통장을 되돌려 달라, 이야기를 전했다. 그런데 이야기를 전하러 갔던 큰오빠가 낙심한 얼굴로 되돌아왔다. 그들이 말하길, 엄마가 집을 나갈 때 그들에게 빚을 진 것이 있었고, 첫 번째 달에 생활비를 받지도 못하고 생활을 하게 해주었으니, 자신들이 그 빚과 그동안 알게 모르게 들어갔던 돈들을 한꺼번에 돌려받아야겠다, 단서를 달았다는 것이다. 그 바람에, 큰오빠는 통장을 돌려받지도 못하고 쫓기듯 돌아오고 말았던 것이다.

그러나 옆집 사람들의 불합리하고 기괴한 처사를 더 이상 견딜 수 없었던 나는 대놓고 그들에게 그렇더라도 우리들 스스로 집안 살림을 하겠노라 선언했다. 내내 얌전하기만 했던 내게 그런 소리를 듣고 나니 괘씸했던 모양이었다. 그들은 연금통장을 돌려줄 테니, 그러면 한 달 동안 돈 한 푼 없이 어디 살아봐라, 말해놓고는 자신의 집으로 돌아가버렸다. 내심은 우리들이 돈 없이 한 달을 견디는 일은 불가능할 거라 생각했던 모양이었다. 그린네도 우리들은 내일을 세단 하나와 단무지만으로 연명하며 한 달을 살아냈다. 그건 그동안 우리 식구들이 그들에게 받았던 부당한 처사에 대한 발버둥이었을 것이다. 배려나 도움으로 포장한 그들의 사기 행각을 이제는 더 이상 방관할 수 없었기 때문이었다.

그들이 그동안 밀린 월세며, 엄마가 돈을 빌렸다는 계약서라도 내밀어라, 말할 수도 있었겠지만, 그때에는 우리 삼남매 중 아무도 그런 이야기를 할 줄 몰랐다. 참으로 어리석어 그 오랜 시간 우리들은 끔찍한 구덩이에 빠져 있었던 것이었다.

연금통장을 돌려받고 처음 돈을 받아 들던 날, 그동안 손보지 못했던 집 안 여기저기를 손보며 가슴이 뜨거워졌던 기억이 있다. 뚱땅뚱땅 못질을 하며 땀을 흘리던 큰오빠의 모습도 머릿속에 희미하게 남아 있다. 널따란 마루에는 장판을 깔고, 사방을 비닐로 쳐 찬바람이 들어오지 않도록 막아, 그 한가운데에 연탄난로도 하나 놓았다. 마당에 있던 수도도 마루로 끌어 올려, 부엌일을 하기 편안하도록 입식 부엌도 만들었다. 훈훈한 온기가 도는 집에서, 설거지를 하고 요리를 하며 눈물 나도록 행복했다. 어린 여동생과 간식거리를 만들어 먹으며 많이 웃었다. 그때 처음, 나는 집을 그리워하며, 집에 대해 감사하고 있었다. 집이 훈훈한 온기가 도는 곳이라는 사실을 나는 그때 처음 알게 되었다.

# 아버지의 의수

아버지에게는 의수義手가 있었다. 그것은 후크 선장 이야기에 나오는 갈고리처럼 휘어진 것이었는데, 어린 우리 삼 남매에게 언제나 그것은 공포의 대상이었다. 어깨 뒤로 반대쪽 어깨까지 이어진 긴 끈으로 힘을 주어, 두 개의 고리가 벌어지며 물건을 집는 형태인데, 그것은 존재하지 않는 아버지의 왼쪽 손목에 달려 아버지의 또 다른 손이 되었다.

그런데 언젠가부터 그 손이 사라졌다. 아마도 이제는 너무도 낡아 미군부대를 다닐 때 만들었던 그 의수의 부품을 구할 수 없었기 때문이었을 것이다. 아버지가 그 의수를 어디다가 버렸는지, 아니면 우리가 모르는 곳에 숨겨놓았는지는 모르지만, 내가 고등학교에 다닐 즈음, 아버지는 언제나 손목이 없는 팔을 감추기 위해 주머니에 찔러 넣고 다니셨다. 의수를 잃어버리며, 아버지가 기운을 조금씩 잃어가고 있다고 느꼈던 것은 아마 그 물건에 대한 우리들의 공포가 너무 심했던 건지도 모른다. 아니면 삼손의 머리칼처럼 아버지에게도 의수는 아버지의 부족한 몸을 지탱해주는 그런 것이었던 건지도 모를 일이다.

아버지의 흰머리가 무수히 늘어난 것도 그즈음이었다. 여전히 장롱 속에는 엄마가 돌아오면 찔러 죽이겠다던 그 칼을 숨기고 계신지는 모르지만, 아침을 하려고 눈을 떠 마루에 나오면 아버지는 항상 그저 멍하니 앉아 담배를 피우고 계셨다. 내게 라면을 하나 끓여라,

하며 냉장고 안에 잘 넣어두었던 막걸리 병을 끌어 내리는 것이 아버지가 하는 일과의 시작이었다.

아버지는 우리 가족들에게, 그리고 내게 항상 짐이라고 생각했다. 엄마가 집을 나가고 난 후, 아버지의 간질 발작이 더욱 심해지면서 우리 삼남매는 고스란히 발작의 뒤치다꺼리를 해야 했다. 발작을 하는 아버지에게 달리 무언가를 해줄 수 있는 일은 없었다. 온몸이 뻣뻣하게 굳어가며, 입 안에서 거품을 쏟아내며 바닥에 쓰러지는 아버지를 우리는 그저 물끄러미 바라봐야 했다. 처음에는 아버지에게 매달려 정신을 차리라고 흔들어보거나, 차가운 물수건으로 얼굴을 적셔보기도 했지만, 모두 소용없는 일이었다. 그것은 아버지의 발작을 없애기는커녕, 발작의 시간을 더욱 늘리는 일에 불과했다. 결국 물끄러미 아버지의 발작을 지켜보는 일이 우리가 할 수 있는 일의 전부였다. 막대기처럼 뻣뻣하게 굳어가며 온 방 안을 버둥거리는 아버지의 모습을 지켜보는 일이 우리들이 해야 하는 일이었다.

문제는 발작 이후였다. 발작을 하게 되면 온몸에 경직이 오게 되고, 아버지의 몸속에 있던 모든 분비물들이 몸 밖으로 밀려나오게 마련이었다. 그것은 죽음 직전의 사람들이 겪는 증상과 비슷한데, 그렇게 발작을 겨우 끝내고 나면 아버지의 주변에는 아버지의 몸에서 밀려나온 소변과 대변으로 엉망이었다. 그래서 아버지가 발작을 시작하면 이불이나 옷가지부터 치워내는 것이 우리 삼남매가 하는 일이었는데, 한겨울이라도 되면 아버지는 한기가 느껴져 자꾸 이불을 끌어 당겨 덮었다. 그리고 그건 여지없이 아버지의 오물들과 엉겨 엉망이 되었다.

집 안은 순식간에 참을 수 없는 냄새로 가득차고, 모든 것을 내다 버리고, 닦아내는 일을 며칠 간격으로 해야 하는 연속이었다.

그러던 어느 날, 그날도 변함없이 아버지의 발작이 시작되었다. 그리고 아버지의 몸에서 대변이 밀려나오기 시작했다. 물론 아버지는 내 목소리를 들을 수 없었지만, 나는 온 방 안을 휘저으며 여기저기 똥구덩이를 만드는 아버지를 참을 수가 없었다. 아버지를 흔들며, 밀치며, 저리 가라고, 이제 그만 하라고, 마구 소리를 질렀다. 하지만 아버지는 계속해서 입에 거품을 물며 뻣뻣해져 온 방 안을 휘젓고 다닐 뿐이었다. 그의 다리 사이에서는 끈적끈적한 것들이 계속해서 흘러내리고 있었다. 온 방 안이며, 이불은 물론이고, 내 온몸도 전부 똥칠이 되어 있었다. 아버지의 몸은 물론이고 내 몸에서도 참기 힘든 역겨운 냄새가 났다. 참을 수 없는 현실에 대한 환멸이 내 안에서 화약처럼 터지고 있었다.

나는 엉망진창이 된 아버지를 그대로 마당으로 끌어냈다. 한 겨울이었고, 한밤중이었다. 칼바람이 불고 있었고, 마당에는 얼음이 버적버적 밟혔다. 그런데도 나는 내복바람인 아버지를 마당 한가운데 수돗가로 끌어내렸다. 얼기 직전인 수도꼭지를 틀어 아버지의 몸에 뿌리기 시작했다. 아직 발작에서 깨어나지 않은 아버지는 외마디 비명을 질렀지만, 나는 찬물을 아버지에게 뿌리며 소리를 질렀다. 가만히 있으라고, 씻어야 될 거 아니냐고. 씻어야 되니 가만히 있어야 할 것 아니냐고.

아무것도 보이지 않았다. 내 눈앞에 있는 건 아버지가 아니라, 나를 이 끔찍한 구렁텅이에 밀어 넣은 역겨운 시간처럼 느껴질 뿐이었다. 버둥거리며 아버지가 나를 붙들었지만, 내가 원하지 않은 내 몸은 이미 건장해져 있었고, 그런 나를 아버지의 힘없는 팔꿈치가 어쩌지는 못했다. 나는 계속해서 아버지에게 얼음장 같은 물을 쏟아 부었고, 아버지는 파랗게 얼어가며 헉헉거렸다. 옆집 여자가 아무리 그래도 찬물에 그렇게 씻기면 어쩌느냐, 소리를 질렀지만, 아무것도 들리지 않았다. 아무 말도 하고 싶지 않았다. 너희들이 이 끔찍한 시간 속을 알고 있느냐, 내가 지나고 있는 혹독한 시간들을 알고 있느냐, 내 안에서 내가 모르는 괴물이 꿈틀거리며 일어났다. 너희들도 한 번 이런 꼴을 당해봐라, 이보다 더 나을 수 있을지 어디 나처럼 살아봐라, 비명 같은 외침은 꽝꽝 울리고 있었다. 으유, 독한 것! 문을 꽝 닫으며 여자의 욕지거리가 쏟아졌지만, 나는 대꾸도 하지 않았다. 나는 그때, 사람이 아니었다.

그날, 가벼운 몇 가지 이불들은 빨려고 담가놓았지만, 두꺼운 이불들은 어쩔 수 없이 다 내다버렸다. 그 전쟁을 치르고 나서, 오빠가 들어왔다. 버려진 이불과, 천지가 냄새로 배어 있는 방 안을 바라보며 그가 할 수 있는 말은 아무것도 없었다. 나도 그에게 아무 말 하지 못했다. 그냥 지친 모습으로 처연하게 앉아 있었을 뿐이었다.

그러던 어느 날, 아마 내가 열여덟, 혹은 열아홉이 되어가던 시간이었을 것이다. 저녁상을 차려 아버지에게 가지고 갔는데, 밥을 입에 넣던 아버지가 갑자기 퍽 울음을 터뜨렸다. 밥숟가락을 입에 물고 눈물을 뚝뚝 떨어뜨리고 있는 아버지의 모습은 너무 낯설고 충격적이어서 나나, 내 동생이나 말을 잃고 있었다. 그런데 아버지는 밥알을 입에 물고 말했다. 엄마를 찾아오라고, 지금 당장 엄마를 찾아오라고. 눈물을 뚝뚝 떨어뜨리며 울먹이는 아버지의 얼굴은 볼썽사납게 꿈틀거렸다. 곁에서 밥을 먹던 큰오빠는 이제 와서 엄마를 어디 가서 찾아오느냐고 소리를 질렀다. 내쫓을 때는 언제고 이제 와서 찾아오라 하느냐고, 숟가락을 던지며 나가버렸다.

나는 그때, 처음 깨달았다. 어쩌면 이 모든 끔찍한 상황들의 가장 커다란 피해자는, 아버지, 당신 자신이 아니었을까. 젊은 시절, 전쟁이라는 소용돌이에 휘말려 젊음을 잃어버리고, 몸까지 망가지고, 게다가 간질이라는 끔찍한 병에 남은 인생을 고통 속에 살아야 하는 사람. 단연코 나는 단 한 번도 아버지를 사랑하지 않았다. 사랑은커녕 그는 나에게 환멸과 고통의 중심이었다. 그런데 그날, 나는 처음 아버지가 불쌍했다. 울컥 치밀어 오르는 눈물을 감추느라 자꾸 빈 국그릇만 뒤적였다. 밥알 속에 눈물을 집어삼키느라 자꾸 목이 멨다. 그냥 우리 가족 모두를 둘러싸고 있는 그 시간이 너무 안타깝고, 속상했다.


## 안녕, 십대

대학교를 들어가야 하나, 말아야 하나를 놓고 고민을 하지는 않았다. 대학 입학금이며 등록금을 떠올리면 당연히 대학 입학을 결정하는 일이 쉽지는 않았겠지만, 아버지 덕분에 우리 삼남매 모두는 어디에서 공부를 하든, 교육비 전액을 면제받게 되어 있었다. 아무리 공부가 싫다고 하더라도, 대학교육을 포기하는 일은 남들은 힘겹게 마련해야 했던 엄청난 대학 교육비를 그대로 낭비하는 꼴이나 다름이 없었다. 영어와 관련된 학과를 찾는 일은 너무도 당연한 수순이었다. 치열하게 공부를 하지는 않았지만, 중학교를 졸업하며 세웠던 작전 덕분에, 영어만큼은 다른 공부보다 훨씬 더 익숙해져 있었다. 게다가 고등학교 시절에도 틈틈이 영어 공부만큼은 계속하여 나는 어느 정도 자신감이 있었다. 물론 그것은 공부에 매달렸던 다른 아이들에 비하면 턱없는 수준이었지만, 내게는 붙들 수 있는 유일한 것이었다.

엄마는 계속해서 연락이 없었다. 어디서 다른 남자와 살림을 차리고 있다더라, 가끔씩 동네에 나타나 우리 남매들을 둘러보고 간다더라, 여러 가지 소문들이 있었지만, 중학교 시절 이후로 나는 단 한 번도 그녀를 보지 못했다. 엄마가 없다는 사실은 처음에는 충격과 불안감으로 다가왔지만, 끔찍한 시간들을 견뎌낸 우리 남매들에게 그것은 단지 지나간 기억 같은 것에 불과했다. 이젠 중학생이 된 여동생마저도 엄마가 없다는 사실 때문에 불평을 하거나 울음을 터뜨리지 않았다. 동생은 혼자서 교복을 맞춰 입고, 혼자서 머리를 매만졌으며, 혼자서 중학교 생활을 열심히 하고 있었다. 공부도 꽤 잘했다. 반 아이들에게는 꽤 인기도 있는 모양이었다. 나는 그런 동생을 바라보며, 엄마가 느꼈음직한 그런 대견함을 느끼고 있었다. 어쩌면 엄마의 가출로 가장 힘겹고 충격이 컸을 초등학교 4학년짜리 여자아이였던 내 동생, 그 아이가 그렇게 예쁘게 자라준 것은 아마도 그 아이 속에도 드러나지 않은 그런 처절함과 절망이 차곡차곡 쌓여 있었기 때문에 가능한 것이었을지도 모른다.

중고등학교 시절에는 근방에서 미술 천재라는 소리까지 듣던 큰오빠는 이제는 더 이상 그림을 그리지 않았다. 엄마의 가출로 뒷바라지를 해줄 사람이 없어 그의 꿈이 무너진 것은 사실이지만, 그렇다고 그렇게 힘없이 무너져 내리는 그의 모습은 안타깝고 속상했다. 예술이라는 것은 가족과 사랑과 모든 것을 버릴 만큼 달콤한 환각이라고 하는데, 아마도 그는 예술을 알기에 그때에는 너무 어렸을지도 모른다. 그는 그렇게 예술가의 꿈을 버렸고, 대학교에 진학하지 않은 채, 작은 레코드 가게에서 아르바이트를 했다. 그곳에서 사람들을 만나며, 사랑을 만나며, 가족에게서 받지 못했던 외로움을 위로받고 있었던 모양이었다. 내가 그랬듯이, 내 동생이 그랬듯이, 그도 많이 외로웠을 것이고, 그건 견디기 쉽지 않은 고통이었을 것이다.

아버지는 점점 말이 없어졌다. 이제는 큰오빠와 싸우는 일도 언제나 아버지가 먼저 꼬리를 내리며 흐지부지 끝나버리고 말았다. 발작은 더욱 심해지고 빈번해졌으며, 그럴수록 아버지가 술을 마시는 횟수도 늘어났다. 아버지는 언제나 술에 취해 얼굴이 벌게져 집 안을 서성거렸고, 새벽 일찍 일어나 목적도 없이 동네 여기저기를 돌아다녔다. 사람들은 아버지의 뒷모습을 보며 많이 수군거렸지만, 아버지는 그런 사람들의 말 같은 건 신경 쓰지 않았다. 지금 생각해보면 아버지는 누군가를 찾아, 혹은 누군가를 기다리며 그렇게 새벽마다 서늘한 이슬을 맞으며 돌아다녔던 건지도 모를 일이다. 사랑이나 그리움 따위는 아니었겠지만, 후회나 회한 같은 마음을 지닌 채였을 것이다. 두 분 모두에게 그건 참으로 안타까운 시간들이었다.

나는 고등학교에 들어와서도 꾸준히 농구를 했고, 졸업을 할 즈음에는 누구보다 농구를 잘한다는 소리를 들을 정도였다. 처음에는 남자가 되기 위한 전략들 중 하나였는데, 농구를 하다 보니 나는 까맣게 모르고 있었던, 땀을 흘리며 뛰어다니는 스포츠의 재미를 알게 되었다. 일요일이면 아침에 집안일을 해놓고 농구공을 들고 운동장으로 나갔다. 같이 운동을 하는 다른 남자아이들이 있었고, 농구공을 들고 그들과 부딪히면서는 남자니, 여자니 하는 생각들은 까맣게 잊을 수 있었다. 어쩌면 그래서 더 농구에 집착했는지도 모른다. 유일하게 아무것도 생각할 필요 없이, 그저 공을 바스켓 안에 집어넣는 것만 생각하면 되는 시간. 그리고 남자도 여자도 아닌 나를 한 사람의 선수로 인정하며 모두 박수를 쳐주던 시간. 지나고 보면, 바로 그것이 중요한 것이지 싶다. 남자로 살든, 여자로 살든, 자기 안에 모든 것을 쏟아 부을 수 있는 것을 찾는 것. 그리고 어쩌면 바로 그 안에, 그 열정 안에 자신의 혼란과 스스로의 삶에 대한 해답이 존재할 수도 있다는 것. 오랜 시간이 지나고 나서야, 나는 겨우 그 시간의 의미를 조금씩 깨닫고 있었다.

나는 조금씩 남자가 되어갔다. 아니, 남자가 되어가고 있는 거라고 믿었다. 여전히 말 한마디를 하기 위해서는 침을 꿀꺽 삼키며 준비를 해야 하고, 발걸음을 옮기는 데에도 조금이라도 여자 같은 모습이 비치지는 않을까 조심을 하며, 발걸음을 옮겼다. 그런 와중에도 친구들이나, 주위 사람들은 내 안에서 여자의 모습을 흘끗흘끗 목격했고, 낄낄거리며 농담처럼 이야기하는 그들의 말을 들으면 나는 또 더욱 날카롭게 그런 내 모습을 지우려고 나 자신을 몰아세웠다.

어느새 거울 속에 나는 매일 수염을 깎아야 하고, 어깨도 넓어졌으며, 178센티미터의 거구가 되어 있었다. 매일 팔굽혀펴기를 한 덕분에 팔뚝도 굵어져 있었고, 커진 몸집은 기다란 목 한가운데 있는 목젖과 너무도 잘 어울렸다. 이제는 됐다, 생각하고 다짐했지만, 나는 스스로를 가두고 있다는 사실을 알지 못했다. 지우고 바꾸는 것이 아니라, 숨도 쉴 수 없이 남자의 몸이라는 독방 안에 나 자신을 꽁꽁 감금시키고 있었다는 사실을 나는 조금도 알아채지 못했다.

그렇게 나는 스무 살이 되었다.

Chapter 3

스물에서 스물아홉

# #1 +2.

## 남자 되기, 두 번째

대학교에 입학하면서 내가 가장 신경 썼던 것은 역시 나 자신을 감추는 일이었다. 가장 먼저 떠올린 것은 말을 줄여야 한다는 것이었다. 아무리 목소리가 바뀌어도 시간이 조금 지나고 나면 여지없이 드러나는 말투나 목소리는 단박에 사람들로 하여금 조금 이상하다, 하는 생각을 갖게 했다. 그런 여지를 주지 않기 위해 나는 먼저 교정에서 만나는 거의 모든 사람들과 말을 주고받지 않았다.

옷을 입는 것도 신경을 썼다. 캐주얼한 복장보다는 양복바지와 비슷한 종류를 주로 입고 다녔다. 상의도 티셔츠보다는 와이셔츠에 가까운 옷을 입고 다녔고, 가방은 항상 서류가방을 준비해 책들이며 물건들을 넣고 다녔다. 헤어스타일 또한 직장인들이 주로 하는 스타일인 상고머리를 유지했고, 남자 냄새가 나도록 냄새가 신한 남자 스킨도 바르고 다녔다. 그 당시 내 대학동기들은 하나같이 나를 보며 복학생이라고 생각했다. 큰 키에, 덩치도 좋은 데다가, 말도 없이 직장인 같은 모습을 한 나는 영락없이 그렇게 보였을 정도였다. 신입생들이 가는 오리엔테이션에도 참석하지 않았고, MT도 가지 않았다. 사람들 사이에서는 내가 가까이 하기 힘든 사람이라는 소문이 퍼졌고, 나는 말없이 무게 있는 사람으로 인식되었다. 선배들은 조금 나이가 많아 입학을 한, 건방진 후배쯤으로 나를 알게 되었고, 아무도 내가 다른 내면을 가진 사람이라는 사실을 눈치 채지 못했다.

그렇게 나의 작전은 철저하고 치밀했다.


## 미안하고 고마운 벗들

대학교에 들어와서 또 하나 마음에 염두에 두었던 것은 내 안에서 느껴지는 떨림을 지우는 일이었다. 사람의 본능이나 다름없는 것을 지우려고 한 것은 어느 정도 나 스스로 남자가 되어가고 있다는 자신감이 붙어서였다. 이제는 가장 근본적인 것에 손을 델 때가 된 것이라고 나 스스로 판단했던 것이다.

나는 우선 중학교 고등학교 내내 나를 가슴 떨리게 했던 파란 셔츠 입은 아이에게 편지를 썼다. 그리고 잠깐이나마 나를 가슴 떨리게 했던 몇몇 다른 아이들에게도 편지를 보냈다. 요지는 이랬다. 이제 성인이 되어 대학생들이 되었으니, 서로 학업에 대한 것들도 공유하며 친하게 지내보자, 하는 것이었다. 물론 그 친구들 대부분 정말로 고맙고 따스한 답장을 전해왔고, 그래서 나는 정말 처음으로 친구라는 이름으로 그들을 대하기로 마음먹었다. 그것은 단순히 친구 하나를 가지는 의미가 아니라, 저 밑바닥 안에 남아 있던, 내가 원하지 않는 나 자신을 지워버리는 마지막 단계라고 생각했다. 이제 그 아이들에게서도 더 이상 떨림을 느낄 필요가 없다면, 혼돈이나 혼란 같은 건 내 삶에는 존재하지 않을 것이라고 믿었다.

파란 셔츠를 입은 아이는 대학생이 되어서 더욱 멋진 모습이었다. 더 근사하고 넉넉한 미소를 가진 그는 자신의 집에 나를 데리고 가서 자신이 찍은 사진과 자신이 일일이 손으로 써가며 만든 문집을 소중하게 보여주었다. 그리고 다음부터 내게도 하나씩 보내주겠다 말하며, 내 집 주소를 꼼꼼하게 옮겨 적었더랬다. 그에게서 받은 편지는 편지가 아니라 작품에 가까웠다. 흰 종이에 세로 줄을 간격에 맞추어 그어놓고 그 위에 펜글씨로 써내려간 사연들은 꼼꼼하고 사려 깊은 그의 모습을 잘 보여주는 것이었다. 게다가 편지의 맨 마지막에 낙관처럼 찍은 새빨간 도장 하나는 예술적으로도 상당한 감각을 가진, 까맣게 모르고 있던 그의 모습을 잘 보여주는 것이었다.

커다란 미소를 가진, 남자다운 또 다른 친구 하나는 까만 보석처럼 반짝거리는 모습으로 우리 집에 찾아왔다. 고등학교 때부터 운동도 잘하고 서글서글한 미소를 지닌 그는 모든 사람들에게 인기가 많은 아이였다. 작은 엽서 한 장으로 받은 그의 답장은 남자다운 그의 외모와는 다른 소박하고 담백한 것이어서 또한 신기하게 다가왔다. 게

다가 다니는 대학교도 비슷한 지역에 있는 처지라서 학교를 가거나 집으로 돌아갈 때에는 같이 움직였다. 그렇게 많은 이야기를 나누면서 단단하고 모범적인 미래를 꿈꾸는 그를 알게 되었다. 스무 살 젊은이의 열정이 어떤 것인지, 어쩌면 나는 그의 안에서 들여다보기도 했던 것 같다. 남자의 젊음이란 이런 것이구나, 하는 것을 깨닫기도 했다. 군인이신 아버지, 경쾌하신 어머니, 반듯하게 자라난 형제들의 모습은 처음 가족이란 어떤 것인지 그 따스함을 알게 해주었다. 내가 놀러갈 때마다 환하게 웃으며 반겨주시는 가족들은 너무도 감사하고 고마운 경험이었다.

그러나 결론부터 말하자면 내 작전은 실패였다. 친구들이 내게 보여준 우정과 배려는 참으로 고맙고 따스한 것이었지만, 나는 그것들을 우정으로 받아들이지 못했다. 친구가 다가오면 다가올수록 자꾸 가슴이 뛰었고, 시간이 지나며 이제는 친근한 친구처럼 대해주고 나를 챙겨주는데도, 그건 마치 내게 진행 중인 사랑처럼 느껴졌다. 자꾸 그들을 위해 편지를 쓰고, 무언가를 챙기며 준비하는 중에도 나는 친구가 아니라 이제 막 사랑을 시작한 스무 살의 연인처럼 행동하고 있었다. 겉모습은 누가 보아도 번듯한 남자이면서도, 내 안에 갇혀 있던 소녀는 어느새 조금씩 여자가 되어가고 있었다.

그런 내 모습 때문에, 내 행동 때문에 가끔 그들을 괴롭히고 곤혹스럽게 했던 일들이 있었다. 지금 생각해보면 얼굴이 뜨거워질 정도로 미안하고 부끄러운 일이지만, 핑계를 대자면 그때의 내가 그토록 혼란스러운 한가운데 있었다고 말해주고 싶다. 정에 굶주리고, 따스함이 부족했던 내 삶에 너희들이 보여준 모습들은 참으로 감사한 축복이었다고.

몇몇 아이들은 다행히 지금도 연락이 닿아 가끔씩 안부를 전하며 지내고, 몇몇 아이들은 전혀 연락이 닿지 않아 끊긴 상태이지만, 그때 그 친구들을 떠올릴 때마다 미안하고 고맙고 그렇다. 그리고 남자, 혹은 여자를 떠나서 너희들은 내게 참으로 고마운 벗이었다고 분명히 말해두고 싶다.


# 게이, 성의 두 얼굴

대학교에 들어가서 1년여 동안 남자가 되기 위한 나의 계획은 차근차근 진행되고 있다고 믿었다. 물론 가장 힘겨운 것은 사람을 대하는 마음이었다. 좋은 사람 앞에서, 내가 어찌 해볼 도리가 없는 사랑이라는 끌림 앞에서 나는 자꾸 허물어졌고, 남자라는 껍데기는 여기저기 틈이 벌어졌다. 더 많이 팔굽혀펴기를 하고, 더 많이 자위를 하면서, 나는 남자인 스스로를 인식하려고 애썼다. 그러나 내가 감추었던 내 모습은 셔츠 밑으로, 양복바지 안으로 질질 샜다. 그리고 내가 가진 남자의 몸에 대한 환멸만 더욱 커져갈 뿐이었다.

남자가 되기 위해 일부러 여자아이들과 친하게 지내며 바람둥이나 호색한쯤으로 보이기를 바랐지만, 여자아이들 틈바구니에 있는 나는 어느새 편해졌다. 처음에는 자신들에게 접근하는 내게 이성을 대하는 어색함을 보이더니, 자꾸 이야기를 나누며 친해지면서 어느새 그들은 나를 동성 친구처럼 대하고 있었고, 나도 그들과 허물없이 친해지고 있었다. 그들에게서 여자아이를 소개받기도 했지만, 미안하고 곤혹스러운 생각만 자꾸 커져 내 안에 죄책감으로 차곡차곡 쌓여갔다.

결국 2학년이 되면서, 나는 대학이라는 공간 속에서 지쳐 있었다. 일부러 학회의 임원 자리도 맡아보고, 농구부에 가입해 남자아이들과 함께 땀을 흘려보기도 했지만, 움직이면 움직일수록, 말을 하면 할수록 겹겹이 둘러쌌던 내 껍질들은 우수수 떨어져나갔다. 결국 어느새 나는 본래의 내 모습으로 돌아와 있었다. 이젠 어쩌지 못하는, 완전한 남자가 되어버린 내 외모는 거추장스러운 혹처럼 덜렁거리며 내게 매달려 있었고, 나는 내가 가질 수 없는 그것을 끌고 다니며 조금씩 피폐해지고 있었다.

그러던 어느 날 저녁이었다. 나는 저녁을 준비해서 식구들과 늦은 저녁을 먹고 있던 중이었다. 갑자기 텔레비전에 등장한 그들 때문에 나는 밥도 먹지 못하고 넋을 놓고 앉아 있었다. 짙은 화장을 하고, 눈물을 흘리며 차분히 이야기를 하는 그들은 여자가 아닌, 여자였다. 그들이 전해주는 이야기는 하나같이 나의 지난 과거의 혼란과 혼돈의 복사판이었고, 내가 느꼈던 것들, 내가 안고 있던 힘겨움들이 고스란히 그들의 입에서 흘러나왔다.

'게이, 성의 두 얼굴'이라는 제목의 프로그램(물론 '게이'라는 말은 남자 동성애자를 가리키는 말로서, 그 당시에는 '트렌스젠더' 혹은 '성전환자'라는 것에 대한 인식조차 제대로 되어 있지 않아 발생한, 얼마나 이 사회가 무지했던 것인지 잘 보여주고 있는 오류였다)이었다. 그들은 고등학교 때 집을 나왔다고 했다. 그렇게는 도저히 살 수가 없어서 무작정 집을 나와 유흥업소로 향했다고 했다. 자신의 모습이 아닌 모습으로 살지 못해, 밀려나듯 쫓겨나듯 이태원으로 향했다고.

순간 많은 생각들이 머릿속에 뒤엉켰다. 갑자기 지나갔던 시간들이 날을 세워 머릿속을 찔렀다. 옳은 것이라고 생각했던 믿음들이 커다란 소리를 내며 무너지고 있었다. 나는 그때 무엇을 하고 있었을까. 가족이라는 혼란 속에 빠져 있었고, 생존이라는 혼란 속에 빠져 있었고, 남자가 되어야 한다는 혼란 속에 빠져 있었다. 부끄러움이나 자괴감 같은 것은 아니었는데, 단단하게 믿고 있던 바닥이 무너져 내리는 것 같았다. 사람들에게 손가락질을 당하고 돌을 맞으며 살고 있다는 그녀들의 삶이 갑자기 꿈속에서 만난 오아시스처럼 한 순간 내 머릿속을 스쳐지나갔다. 내가 그들과 다른 길을 걸어서 갖게 된 남자라는 삶이, 남자라는 모습이 누구를 위한 것인지 의문스러워졌다. 내가 그동안 치열하게 지나왔던 시간들이 나 자신이 아니라, 나 자신의 행복을 위한 것이 아니라, 이 사회가 만들어놓은 규칙이나 틀을 위한 것이라는 생각을 하니, 갑자기 억울한 생각이 치밀어 올랐다.

같이 프로그램을 보던 오빠는 "너도 저런 데 가서 게이나 하면 딱 어울리겠다." 피식 웃으며 중얼거렸다. 물론 농담이었겠지만, 그가 던진 이야기는 송곳처럼 심장을 꿰뚫고 있었다. 그날 밤, 나는 잠을 이루지 못했다. 정말 그렇게 살아야 했던 것은 아니었을까. 나는 되돌아온 길들을 한참이나 되짚었다. 그러나 이미 너무 늦어버린 시간이었다. 나는 이미 스무 살을 넘긴 청년이었고, 이제는 다시 돌이킬 수 없는 시간들이었다. 이미 그들과 나의 시간의 간극은 너무 멀고 아뜩했다.

나는 포기하면 안 된다고 다그쳤다. 끝까지 남자가 되어서 살아야 한다고 나 스스로에게 소리치고 있었다. 남자의 몸을 가지고 남자에게 느끼는 끌림 따위, 남자 동성애자들처럼 살면 그뿐이다. 나는 나 스스로에게 점점 더 가혹해지고 있었다. 다음 날, 학교에 가자 학교 안은 온통, 지난밤의 프로그램 이야기로 시끌시끌했다. 아무도 나를 그런 사람으로 생각하지는 않겠지만, 그런 이야기를 나누는 사람들 곁에서 나는 괜히 고개가 숙여졌다. 친한 후배 하나가, "형도 게이 하면 예쁠 것 같은데?"라고 말했을 때, 괜히 뜨끔해서 얼굴이 붉어졌지만, 나도 농담처럼 씨익 웃어버리고 말았다.

그 후로 오래도록 나는 그 프로그램에서 본 사람들과, 그들이 말했던 이야기들을 머릿속에서 지울 수가 없었다. 나와는 아무런 상관없는 이야기다,라고 치부해버릴 수도 있는 일이었지만, 그럴 수 없었다. 그 누구보다 나 자신이, 나 스스로가 나를 잘 알고 있었다. 그런데도 나는 인정하지 않았다. 이제 와서 다시 여자로 삶을 살다니, 그건 있을 수 없는 일이다, 생각했다.

조금 더 표독스럽게 나를 다그치기 위해, 동성애자든, 이성애자든, 어쨌든 남자인 나를 확인하고 확신하기 위해, 일부러 동성애자들이 모인다는 장소를 찾아갔다. 나와 똑같은, 그 누가 보아도 조금도 의심하지 않는 남자의 모습을 한 사람들이 서로를 찾아다니는 모습을 지켜보았다. 나에게 접근을 하는 한 남자와 이야기도 나누었고 그들이 생각하는 것과 내가 생각하는 것의 공통점을 찾으려 애썼다. 그들이 생각하는 사랑과 내가 생각하는 사랑이 다르지 않다는 사실을 확인하려고 발버둥 쳤다. 아무렇게나 몸을 굴려, 남자인 나를 확신하고, 만족스러운 나를 찾으려고 몸부림을 쳐보았다.

그러나 그러면 그럴수록 자꾸 나와 다른 그들만 확인할 뿐, 그들과 다른 나만 알게 될 뿐이었다. 내가 내 스스로에게서 괴리되는 기괴한 혼란 속으로 나는 자꾸 빠져들었다. 그렇게 내 안에서는 내 존재에 대한 환멸이 곰팡이처럼 온몸에 피어 썩어들어가고 있었다.


## 아버지, 아버지

그렇게 혹독하고 차가운 한 해가 또다시 지나갔다. 피폐해진 나는 존재하는 즐거움도 없이 기계처럼 걷고 말하며 내게 다가오는 시간들을 지나가고 있었다.

그러던 어느 쌀쌀한 봄날, 아버지는 며칠째 계속해서 배가 아프다고 말했다. 나를 혼란의 구덩이에 살게 하고, 우리 가족에게 끔찍한 현실을 선물해준 아버지를 나는 이미 경멸의 눈으로 보고 있었다. 배가 아프다는 아버지의 이야기를 듣는 둥 마는 둥 하다가, 나는 아버

지에게 활명수와 소화제 몇 알을 사다 주고 말았다. 아버지는 약을
드시고, 막걸리 몇 사발만을 입에 넣으셨을 뿐, 국이며 밥에는 손도
대지 않았다.

그리고 내가 혼미한 혼란 속에서 잠을 깬 아침, 아버지는 다급하게
내 방의 얇은 문을 두드리고 계셨다. 나는 게슴츠레 뜬 눈으로 일어
나 귀찮은 듯 아버지를 바라보았다. 그런데 아버지의 눈빛이 심하게
흔들렸다. 그에게서 그런 불안한 눈빛을 나는 처음 보았다. 발작을
하기 전의 눈빛도 아니었고, 발작을 하는 도중의 고통스러운 눈빛도
아니었다. 그것은 무언가 엄청나게 두려운 것을 본 공포를 가득 담은
눈이었다.

아버지는 계속해서 배가 아프다고 말했다. 아무래도 무언가 잘못
된 것 같다, 못 견디겠다, 하셨다. 나는 아버지의 배를 들춰보았다.
그런데 깜짝 놀라 눈이 휘둥그레졌다. 그의 배가 임산부의 그것처럼
커다랗게 부풀어 있었다. "아버지, 간밤에 뭘 드셨어요?" 불안하기
는 했지만, '설마' 하는 생각에 며칠 동안 이상한 것을 드셨던 것은
아닌지 찬찬히 가늠해보았다. "화장실에는 가봤어요?" 그런데 아버
지는 변이 나오지 않더라 말했다. 그리고 휘청거리며 그대로 마룻바
닥에 주저앉고 말았다.

택시를 불렀다. 택시는 좁은 달동네 꼭대기까지 올라오지 못하고
언덕 중턱에 차를 대놓고 있었다. 나는 아버지를 들춰 업었다. 다행
히 남자가 되기 위해서 단련이 된 내 몸은 커다란 몸집의 아버지를
쉽게 들어올렸다. 오빠는 지난밤에도 들어오지 않았다. 누구와 무엇

102

을 하며 밤을 지새웠는지 모르지만, 그의 외박은 요즘 들어 하루건너 일어나는 일상적인 것이었다. 가족의 붕괴로 자신의 꿈을 이루지 못했다, 탓하며 흥청망청하는 그의 모습이 싫었다. 누군가 중심을 잡아주었으면, 내 안에 혼란에도 어떤 중심이 있으면 바랐듯, 집안에도 어떤 중심이 있기를 바랐지만, 처음부터 집에는 아무도 없었다. 혼란에 빠진 나와 어린 동생뿐이었다.

택시에 오르자, 아버지의 숨이 가빠왔다. 맑은 봄 햇살에 보니, 그의 얼굴은 하얗게 질려 있었다. 며칠째 저런 얼굴을 하고 계셨을 텐데, 왜 나는 그런 아버지의 얼굴을 보지 못했을까. 또 다른 자책감이 큰 소리를 내며 밀려왔다. 나는 눈이 없는, 움푹 들어간 아버지의 얼굴을 쓰다듬었다. "괜찮을 거예요. 체하기도 엔간히 체하셨나 보네." 나는 부러 말끝을 가볍게 만들어 공포에 질린 아버지의 얼굴을 풀어보려고 애를 썼다. 그러나 그의 얼굴은 쉽사리 창백한 기운을 거둬내지 못했다. '설마……?' 그러나 나는 이내 고개를 저었다. 아직까지 바짝 다가온 공포를 믿고 싶지 않았다. 그건 너무 갑작스러워 무서웠다.

겨우겨우 만든 의료보험카드를 가지고, 가끔 가던 동네 의원에게 찾아갔다. 가끔 보던 네모난 그의 얼굴은 아버지의 배를 두어 번 꾹꾹 눌러보더니, 소스라치게 놀랐다. 그러고는 내게 황급히 덧붙였다. 빨리, 더 큰 병원으로 가보라, 부산을 떨었다. 등 뒤로 무언가 서늘한 공포가 스치고 지나갔다. 아니다, 그럴 리가 없다. 아버지는 빗발치는 전쟁 속 총알들 속에서도 세상이 무너질 것만 같은 포타들 속에서도 살아남으신 분이다. 가슴에 대검을 찔리고도, 머리에 총알 파편들을 고스란히 담고 살아왔으면서도 멀쩡히 그 시간들을 견뎌내오신 분이다. 눈을 파내고, 손목이 잘려나가도 고개 빳빳이 들고 살아 계셨던 분이 바로 우리 아버지다. 더 큰 병원으로 가기 위해 택시를 잡으면서도, 나는 그 의사의 법석을 믿지 않았다. 그건 정말 아버지처럼 강철 같은 양반에게는 쓸모없는 법석이라고밖에는 생각되지 않았다.

금촌의 더 큰 병원으로 가는 택시 안에 나와 아버지는 이제 말이 없었다. 아버지는 그냥 멍하니 봄 햇살이 비치는 창밖을 바라보고 있을 뿐이었다. 무엇을 바라보고 계셨을까. 아버지는 그 서늘하도록 맑은 햇살 속에서 무엇을 바라보고 계셨을까. 순간, 앞에 흙더미를 잔뜩 싣고 가는 화물차에서 돌 하나가 튕겨 나왔다. 그리고 그것은 총알처럼 택시의 앞 유리를 치고 지나갔다. 쩍 소리가 나며 앞 유리에 금이 갔다. 맑게 투명했던 택시 앞 유리에 정말 거짓말처럼 거미줄 같은 금이 가 있었다. 운전사는 욕지기를 하며 화물차를 피해 앞으로 나섰다. 화물차 운전자에게 손가락질이라도 하려고 자꾸 고개를 뺏지만, 이미 화물차는 속력을 높여 멀리 다른 쪽 방향으로 사라져가고 있었다. 불안이 그물처럼 우리를 덮쳤다. 자꾸 밀어내고 있었지만, 그건 스멀거리며 나와 내 아버지의 발밑으로 기어 올라오고 있었다.

큰 병원의 의사는 더 젊었다. 엑스레이를 찍고, 청진기를 대보고, 그래도 작은 동네의원의 의사보다는 침착해 보여 안심이었다. 아버지의 배를 뒤집어 여기저기 눌러보고, 링거를 아버지의 팔에 꽂아주며 엑스레이 결과가 나올 때까지 기다려야 한다고 말했다. 나는 처음 아버지의 손을 잡았다. 순간 울컥 눈물이 치밀어 올랐다. 아니다, 지금 울면 안 된다. 아무 일도 아닐 것이다. 냉정해야 한다. 나는 이를 악물고 스스로에게 다그치고 있었다. "괜찮을 거예요." 천장을 보고 누워 있는 아버지에게 나는 애써 아무렇지 않은 얼굴을 만들어 말했다. 그러나 아버지는 내 가면 쓴 모습을 흘끗 보고는 아무 말 없이 다시 천장을 올려다보았다.

소식을 듣고 오빠가 찾아왔다. 멋을 내느라 입은 녹색 정장이 온통 구겨져 있었다. 어디서 어떤 모습으로 간밤을 지새우고 왔는지, 그의 얼굴에는 덕지덕지 피곤한 것들이 묻어 있었다. 소리라도 질러주고 싶었지만, 그러지 못했다. 지금은 그럴 때가 아니었다. 아무 일도 일어나지 않겠지만, 어쨌든 지금은 그럴 때가 아니라고 믿고 있었다.

의사가 돌아왔다. 그의 손에는 흑백 사진 한 장이 들려 있었다. 그가 보여주는 아버지의 뱃속에는 무언가 허연 것이 가득 들어 있었다. 의사는 그것이 복수腹水가 터져서 찬 것일 수도 있고, 아니면 변이 뭉쳐 찬 것일 수도 있다고 했다. 변이라면 그나마 다행인데, 복수가 터진 것이라면 심각한 것이라고 말했다. 좀 더 커다란 병원으로 가서 정밀 검사를 받아봐야 알겠다고 덧붙였다. 나는 의사의 얼굴을 올려다보았다. 도대체 어디까지 가야 하는 걸까? 얼마나 더 큰 병원으로 가야 아버지의 뱃속에 무엇이 들어 있는지 알 수 있는 건지.

이번에는 오빠가 아버지를 업었다. 나는 택시를 잡았다. 택시 안에 나는 아버지와 둘이 뒷자리에 앉았다. 아버지는 자꾸 햇살에 비치는 창밖과 내 얼굴을 번갈아 바라보았다. 그러고는 처음으로 입을 열어 중얼거리듯 말했다. "안 되겠다, 안 되겠어." 그의 고개가 푹 꺾여졌다. 아니다, 그럴 리가 없다. 나는 소스라치며 아니라고 대답했다. 뭐가 안 된다는 것인지도 모르는데, 그저 집에 가서 소화제 하나 먹자, 이렇게 병원까지 오락가락 할 것은 아니다, 하는 이야기인지도 모르는데, 나는 와락 겁부터 났다. 괜찮다고, 괜찮다고 말하며 아버지의 얼굴을 쓰다듬었다. 허옇게 센 머리카락을 쓰다듬었다. 도대체 아버지의 머리는 언제 이렇게 다 세어버린 것인지. 아버지가 이렇게 되는 동안 나는 도대체 어느 구렁텅이에 빠져 있었던 건지.

국가 유공자들이 치료를 받는다는 보훈병원에서, 아버지는 응급실로 들어갔다. 살려달라고 아우성치는 사람들 사이에 아버지가 눕혀졌다. 의사는 다시 엑스레이를 찍었다. 다시 아버지의 불룩한 배를 만져보았다. 관장을 해보아야겠다며, 아버지에게 알약을 먹였다. 그리고 비닐장갑을 낀 의사가 코미디 프로그램에서나 보았을 커다란 주사기를 들고 다가왔다. 아버지의 바지를 벗겼다. 그리고 아버지의 몸속에 그 엄청난 주사기를 밀어 넣었다. 아버지는 힘겨운 신음소리를 냈다. 내게는 너무도 익숙한 똥 덩어리들이 몰려나왔다. 우리 가족의 온 시간 속에 덕지덕지 묻어 있던 원수 같은 똥 덩어리들. 이젠 된 건가? 이제 아버지는 괜찮아지는 건가?

아버지는 다시 침대에 눕혀졌다. 힘겨운 아버지의 신음소리도 이제는 들리지 않았다. 아버지는 아무 말 하지 않았다. 그저 가녀리게 눈을 뜨고 옆에 있는 나를 바라보고 있었을 뿐이었다. 그 눈빛은 무언가 말을 하고 싶은데, 하지 못하는 것만 같았다. "아버지, 아버지?" 나는 자꾸 아버지를 불렀다. 어딘가로 가려는 아버지를 자꾸만 불러 세웠다. 그러나 아버지는 대답이 없었다. 아버지의 손을 잡았다. 아버지의 머리를 쓰다듬었다. 그런데 이제는 아버지의 손에, 얼굴에 아무런 느낌이 남아 있지 않았다. 의사가 달려왔다. 보호자는 잠깐 나가 있으라며 아버지의 침대 주위에 커튼을 쳤다. 아니다, 이건 정말 아니다. 이렇게 갑자기는 정말 아니다. 나는 겁에 질린 얼굴로 큰 병원의 복도를 서성거렸다.

의사들이 다시 커튼을 치고 나오자, 아버지의 입에 이상한 쇠뭉치가 박혀 있었다. 가녀리게 눈을 뜨고, 아귀 입을 벌린 아버지의 모습을 보자 참았던 눈물이 와락 쏟아져 내렸다. 의사는 그 쇠뭉치에 관을 연결했다. 공기를 넣기 위한 호흡기였다. 그러면 괜찮은 건가? 저 관은 생명을 넣어주는 관인 건가? 나는 입을 틀어막았다. 아직 아버지가 보고 계셨다. 분명히 아버지의 하나뿐인 눈은 희미하게 벌어져 내 쪽을 응시하고 있었다. 그래, 분명히 저 눈은 날, 우리를 보고 계실 거다. 나는 솟구치는 눈물을 뱃속으로 꿀꺽꿀꺽 집어삼켰다.

의사가 말했다. 가족들에게 연락을 해라. 오빠가 여기저기 전화를 했다. 그러나 전화를 끊기도 전에 의사가 다급한 발걸음으로 아버지의 침대로 달려왔다. 아버지의 입 안에서 쇠뭉치를 꺼냈다. 아버지의 가슴을 내리쳤다. 아버지의 입에 펌프를 들이댔다. 아버지의 가녀리게 뜬 눈에 촉촉하게 물기가 맺혔다. 아픈 거다. 아버지는 의사의 그 무지막지한 손길이 아픈 거다. 안 된다, 저렇게는 안 된다. 의사를 뜯어말리고 싶었다. 그러나 내가 의사에게 매달리기도 전에 의사는 허무한 등짝으로 돌아섰다. 그리고 우리들에게 천천히 말했다. "운명하셨습니다."

오빠가 아버지에게 무너지며 울음을 터뜨렸다. 하지만, 나는 아버지에게 무너져 울 수가 없었다. 내가 무슨 낯으로 아버지에게 무너져 우는가. 아버지 병 수발이 힘들어, 제발 돌아가시게 해달라고, 죽게 해달라고 기도하던 것이 바로 나였다. 나는 겨우겨우 발걸음을 옮겨 복도에 나와 주저앉았다. 아무도 보지 못하도록 그 구석에 혼자 앉아 하염없이 울었다. 엉엉 소리 내어 나는 울고 있었다. 아버지가 돌아가시면, 눈물 한 방울 흘리지 않을 것이라고, 아버지의 똥이 범벅이 된 이불을 빨며 그런 생각들을 했었는데, 나는 볼썽사나운 꼬락서니를 하고서 구석에 처박혀 울었다. 어디서 어떻게 숨어 있던 눈물들인지, 온 새벽이 쩌렁쩌렁 울리도록 엉엉 울었다. 비명처럼 죄송하다고, 울음 속에 속죄하고 있었지만, 너무 늦은 것이었다. 너무 늦어버린 사죄였다.

아버지는 그렇게 허무하게 우리 가족들을 떠났다. 1991년, 이른 봄의 일이었다.

## 아버지의 장례식

아버지의 영정은 병원 안에 모셔졌다. 뒤늦게 여동생이 빈소에 도착해 그 작은 눈으로 울음을 터뜨렸다. 저렇게

108

작은 것도 고스란히 슬픔을 간직하고 있었던 걸까. 나는 우는 여동생을 토닥이며 다시 치밀어 오르려는 눈물을 애써 감추었다.

사람들이 찾아왔다. 오빠의 친구들, 한 번도 찾아오지 않던 먼 친척들, 가장 힘들고 어려울 때 조금의 위로도 되지 않던 차가운 친척들이 아버지의 영정 앞에 대성통곡을 하며 우는 모습을 보니, 분노로 얼굴이 딱딱하게 굳었다. 나는 내 앞에 울고 있는 친척이라는 이름의 그 사람들 앞에서 눈물 한 방울 보이지 않았다. 오빠는, 친척들은 문상객들을 맞이하며 엉엉 울고 있었지만, 나는 울지 않았다. 슬픈 표정 같은 것도 깨끗이 지웠다. 사람들이 그런 내게 손가락질을 했다. 넌 어쩜 그렇게 눈물 한 방울도 흘릴 줄 모르느냐, 어쩜 그렇게 독하냐, 소리를 지르며 내 얼굴을 후려칠 기세였다. 그런데도 나는 아무런 대답도 없이 그들을 외면했다. 잘난 척하는 오빠의 친구 하나가 내게 다가와 돌아가신 분 앞에 그런 뻔뻔스러운 얼굴을 하고 있는 게 아니라고 점잖게 나무랐다. 그러나 나는 그의 말에 꿈쩍도 하지 않았다.

화장터에 가는 운구 행렬의 맨 앞에 나는 아버지의 사진을 들고 섰다. 사람들은 울고 있었지만, 내 얼굴에 눈물은 없었다. 사람들의 쑥덕거림이 들렸다. 애비를 잡을 듯 몰아세워놓은 아이가 바로 저 둘째라더라, 표독스러운 것이, 자식들을 버리고 간 지 에미를 닮은 것이 빤하다, 하는 손가락질이 눈에 보였다. 하지만, 나는 이를 악물었다. 끝까지 눈물 같은 것 그들에게 보이지 않았다.

아버지의 몸이 불구덩이 속으로 들어갔다. 아이들을 위한 맛있는 빵 덩어리가 되기 위해 오븐에 들어가는 밀가루 반죽 같았다. 흐륵,

벌건 불꽃이 일더니 아버지는 한줌 재가 되어 밀려나왔다. 직원이 회색의 재를 조심스레 쓸어 담는데, 투둥투둥 쇠붙이들이 떨어지는 소리가 들렸다. 평생 동안 아버지를 고통 속에 살게 했던 것들이 이제야 우수수 떨어져 내리고 있었다. 아버지는 내가 모르는 저런 덩어리들을 몸속에 지니고 사셨던 거구나. 그 누구의 눈에도 보이지 않는 저 고통의 덩어리들을 몸속에 지닌 채, 혼자서 그 고통을 감내하며 시간을 버텨왔던 거구나. 가슴을 치는 깨달음 때문에 울컥 눈물이 솟구쳤다. 사람들이 보지 못하도록 고개를 돌려 흐르는 눈물을 닦아냈다.

아버지의 묘지는 대전 국립묘지에 마련되었다. 능력 없는 자식들을 생각하면, 들판에, 강에, 허무하게 뿌려졌을지도 모르는데, 아버지는 처음부터 당신이 묻힐 자리 하나는 마련해놓고 사셨던 것이었다. 긴 나팔소리가 울려 퍼지고, 반듯한 제복을 입은 군인들이 경례를 했다. 나는 그제야 그들과 함께 아버지를 나팔소리 속으로 떠나보냈다. 이 나라가 망가뜨린 한 사람의 영혼을 보내는 소리였다. 아버지에게는 너무도 죄스럽고 못난 자식이 아버지의 영혼을 보내며 드리는 마지막 인사였다.


## ●아버지를 따라 사라진 것들

몰랐는데, 아버지가 없다는 것은 집이 조용하다는 것이었다. 아버지가 없다는 것은 막걸리를 살

110

필요가 없다는 것이었고, 아버지가 없다는 것은 똥 냄새, 오줌 냄새로 범벅이 된 이불이 없다는 것이었다. 그리고 아버지가 없다는 것은 우리 삼남매가 비로소 이 세상에 고스란히 혼자 남겨졌다는 사실이었다.

아버지가 돌아가시고 나자, 나라에서 나오던 연금은 나오지 않았다. 나는 겨우 대학교 3학년이었고, 오빠는 비디오 가게에서 아르바이트를 하며 자기 용돈을 벌고 있을 뿐이었다. 그동안 걱정할 필요가 없었던 생계를 이제부터 걱정해야 하는 때가 시작되었던 것이다. 나는 학교를 계속 다니는 일을 포기해야 할지도 모른다는 생각을 하고 있었다. 이제는 혼란이고 뭐고, 당장 먹고사는 일이 급해졌다. 그래서 학교의 교수님께 학업을 중단하겠다고 말씀드렸다. 그러나 교수님은 그래서는 안 된다고 나를 붙잡아주셨다. 평소 언어적인 감각이 있는 아이로 나를 기억하고 계셨던 교수님께서는 감사하게도 나를 적극적으로 돌려세웠다. 나는 꽤 고집을 부렸던 것으로 기억한다. 그런데도 교수님께서는 절대 학업 중단은 안 된다고 나를 붙들어주셨다. 그래서 나는 학업을 멈추지 않고 계속하게 되었다. 그리고 그것은 내 삶의 아주 중요한 전환점이 되었다.

그즈음, 나는 엄마를 만났다. 엄마는 어느 날 외삼촌을 학교로 보내 나를 만나고 싶다 했다. 그동안의 일들을 생각하면 엄마를 만나고 싶은 생각은 들지 않았지만, 단지 궁금했다. 어떻게 사셨는지, 우리들을 버리고 나가서서 어떻게 행복한 삶은 누리고 살아오셨는지.

그러니 외삼촌과 함께 할머니의 집에 들어갔을 때, 나는 엄마를 알아보지 못했다. 분명히 엄마의 얼굴을 기억하고 있다고 생각했고, 엄마에게 날카롭게 쏘아붙여주겠다, 하는 생각까지 하고 있었다. 그런데 나는 머쓱한 얼굴을 하고 있는 그 여자가 엄마라고는 절대 생각할 수 없었다. 엄마는 말 그대로 반쪽이 되어 있었다. 수척해진 얼굴에, 퀭한 두 눈은 돌아가시기 직전의 아버지를 떠오르게 했다.

엄마는 여기저기 음식점 주방을 떠돌아다니다가, 한 남자를 만나 시집살이를 했다고 했다. 그 남자와 시댁의 식구들은 아기를 가질 수 없는 엄마를 무던히도 구박했던 모양이었다.(엄마는 동생을 낳고 수술을 해서 더 이상 임신을 할 수 없는 상태였다.) 게다가 잘살자는 약속은 온데간데없이 버젓이 다른 여자를 들여 같은 집에 살림을 차리고 살았더라고 말했다. 엄마는 그 모습을 보고 있을 수는 없었지만, 갈 데가 없었다고 했다. 우리들과 아버지를 버리고 집을 나온 일을 참혹히 후회하면서 엄마는 결국 방에 휘발유를 뿌리고 자살을 시도했다고 했다. 불이 붙은 방 안에서 시어머니에게 끌려나와 병원에 있는 것을 외할머니가 집으로 데리고 왔다는 것이었다.

엄마는 잇몸이 허옇게 드러나고, 광대뼈가 툭 튀어나온 채 두 눈이 움푹 들어가 있을 정도로 비썩 말라 있었다. 나는 그런 엄마를 외면하고 앉아 있었지만, 외할머니가 엄마가 살아온 시절들을 이야기해줄 때 등 뒤에서 흑흑 흐느끼는 엄마의 울음소리는 참으로 안타깝고 안쓰러운 것이었다. 어느새 내 두 눈에서도 눈물이 흘러내리고 있었다. 나는 천천히 돌아앉아 엄마의 손을 잡았다. 그제야 엄마는 엉엉 소리를 내며 내 앞에 엎드려 울기 시작했다.

'그때 나가지 말지 그랬어요. 힘들어도 우리랑 같이 살지 그랬어요. 그랬으면 엄마나 나나, 아버지나 우리 식구들이나 훨씬 덜 힘들었을 거 아니에요.' 나는 마음속으로 그렇게 중얼거리고 있었다. 이제는 되돌릴 수 없는 시간 앞에 모두들 초라한 모습이었다. 그건 자기 자신을 지키지 못한, 자기 자신의 삶을 지키지 못한 어리석은 자들의 안타까운 마지막이었다. 나는 엄마의 어깨를 오래도록 쓰다듬어주었다. 너무 돌아왔다. 힘든 길을 우리 너무 멀리 돌아왔다. 그렇게 중얼거리면서. 엄마의 울음소리는 내 품 안에서 자꾸 커지고 커졌다. 내 울음도 마찬가지였다.

## 시간에게 길을 묻다

그즈음 나는 무릎 수술을 했다. 농구를 하다가 다쳤던 무릎을 그대로 놔두었더니, 무릎은 이미 수술로도 완쾌가 어려운 엉망진창이 되어 있었다. 그마저도 스트레스로 나빠진 간 때문에 수술을 하지 못하고, 나는 한동안 약물치료를 하다가 다시 돌아가 수술을 받아야 했다. 담배나 술도 하지 않는 사람이 어떻게 이렇게 간이 나빠졌느냐고 의사는 물었지만, 대답하지 않았다. 그건 대답할 수 없는 것이었다.

그러나 그것도 어떤 시간의 의도였는지, 무릎 수술을 받고 얼마 지나기 않아 입영을 위한 신체검사 통지서가 날아왔다. 무릎에 부ㅎ대를 한 채로 신체검사장에 들어선 나는 나 자신에 대해서는 다른 이야기를 할 필요도 없이 군의관의 손에 이끌려 한쪽 구석에 가서 앉아 있어야 했고, 그렇게 나는 내 인생에서 군대라는 곳을 비껴갔다.

기계처럼 나는 아침마다 팔굽혀펴기를 했고, 농구부원들과 함께 농구를 했으며, 이제는 엉망이 되어버린 남자 옷들을 들고 학교로 등교했다. 그러나 만신창이가 된 내 모습은 터진 주머니처럼 질질 샜다. 농구부원들과의 술자리에서 나 자신의 이야기를 하다가 그만두었으며, 여자아이들과 친해져 남자아이들보다 여자아이들과 더 많은 속 깊은 이야기를 주고받았다. 내게 친절한 농구부원들 몇몇에게 바보처럼 가슴이 떨려 혼자서 앓이를 했으며, 남자가 되기 위해 친해지기로 한 고향 친구들 몇몇을 볼 때마다 가슴이 뛰고 얼굴이 붉어져 그들을 곤혹스럽게 했고, 나 자신을 힘들게 했다.

결국 그러던 와중에, 교내 영자 신문사에 다니던 후배 하나에게 나 자신에 대해서 털어놓고 말았다. 아무래도 나는 남자가 아닌 모양이다. 남자로 사는 다른 사람인 것 같다,라고 말하며 그에게 고백 비슷한 말들을 털어놓아버렸다.

그런데 의외로 그는 내가 무엇이든 간에 곁에 있어주고 싶다,라는 살가운 이야기를 건네 왔다. 그리고 그건 단번에 나를 일으키는 신기한 말이 되었다. 왜냐하면, 나는 이미 그 시간 속에서 피폐해져 있었고, 내가 호감을 가지고 있던 그 누구에게도 받아들여지는 것은 불가능하리라 믿었기 때문이었다. 그래서 그의 그 한마디는 나를 지탱해주는 유일한 버팀목처럼 다가왔고, 나는 그에게 오래도록 많이 의지

했다. 나를 처음으로 인정해준 사랑이었으니 어리석게도 내 모든 것을 걸겠다, 다짐했다.

사실 그때 그 후배 때문에 내 혼란은 곪고 터져버렸던 것인지도 모른다. 물론 모든 것은 신기루였다. 서로 사랑하는 사이였어도, 8년이나 한 사람을 마음에 담아놓는 일이 얼마나 지난하고 힘겨운 일인지 상상도 하기 쉽지 않은데, 나는 "무엇이 되었든, 네 곁에 있어주고 싶다"라는 그 한마디만을 의지한 채 8년이라는 시간을 버텼다. 그 시간 속에서 나는 조금씩 나 자신을 찾고 있었고, 그리고 처음 이룰 수 없는 사랑이라는 처연하고 청승맞은 이야기들을 글 속에 풀어놓기 시작했다.

충격적인 것은 그 후배는 나중에 내게 말하기를, 자신은 그런 이야기를 한 기억이 없더라, 하는 것이었다. 내가 자신을 그렇게 좋아하는지 알지도 못했으며, 자신은 그저 친한 선후배 관계였더라고. 내가 믿고, 나를 깨우고, 그 힘겨운 시간 동안 나를 살게 했던 모든 것이 환상이었을지도 모른다는 사실은 꽤 오랜 시간 동안 나를 멍하게 만들었다.

내가 몰랐던 시간의 장난은 그렇게 혹독하고 난해한 것이었다. 나를 어느 구석으로 몰고 가는 시간의 의미는 혼란 속에 빠진 나를 더욱 혼란스럽게 만들 뿐이었다. 그리고 나는 조금씩 그런 시간에게 질문을 던지기 시작했다.

# 자해

　조금씩 내 자신과, 이미 남자가 되어버린 내 껍데기 사이의 혼란은 극에 달했다. 한 번도 진정한 나 자신의 모습으로 세상에 받아들여질 수 있으리라 생각하지 않았기 때문에, 그건 곧 생존의 끝과 같은 의미라고 생각했기 때문에, 견디기 힘든 존재의 이물감은 내 생활을 조금씩 짓누르고 있었다. 나는 비쩍비쩍 말라갔고, 매일 뜨는 태양이 귀찮아졌다. 거울 속에는 내가 아닌 다른 사람이 서 있었고, 그는 나를 따라 팔을 움직이며, 얼굴을 움직이며 내 흉내를 내고 있었다. 가끔 그런 그에게 누구냐고 물었다. 거기, 거울 속에 서 계신 그분, 누구시냐고.

　내가 아닌 나와 대화를 나누며, 나는 조금씩 자해를 하기 시작했다. 몸이 망가지면 망가지는 대로 그냥 내버려두었으며, 아무런 느낌이나 감정도 없이 자위를 하기도 했고, 그러다가 혼자서 구석에 앉아 엉엉 울기도 했다. 얼어 죽으려고 한겨울에 벌거벗은 모습으로 묘지에 가서 찬 이슬을 맞고 누워 있기도 했고, 또다시 숨을 쉬고 있는 내 자신의 모습에 비명을 지르며 소리치기도 했다. 아마 술이나 담배가 삶에 대한 내 환멸을 달래줄 수 있다고 믿게 되었다면 그랬을지도 모른다. 마약이나 대마초 같은 것으로 내 혼란을 위로할 수 있다고 생각했다면 그랬을지도 모른다. 그러나 모든 것이 쓸모없게만 느껴졌다. 그것 또한 어떤 위로가 되지 않는다,라는 사실을 나는 이미 알고 있었다.

지금 생각해보면 나는 심각한 우울증 증세에 빠져 있었던 것 같다. 아무도 나를 위로할 수 없다는 고립감과 오직 죽음만이 나를 해방시켜줄지도 모른다,라는 생각. 이런 식의 삶은 쓸데없는 시간의 낭비에 불과하다는 믿음.

나는 자꾸 말을 잃었다. 대학교의 마지막 시절도 모두 끝나가고, 동기들과 선배들은 모두 제자리를 찾아가고 있는데, 아무런 준비도, 내가 누구인지조차도 찾지 못한 나는 점점 고립 속으로 기어들어가고 있었다. 나를 안타깝게 여긴 교수님께서 도움을 주시겠다는 말씀도, 직장을 구해 자신의 삶을 시작했다고 말하는 동기들의 모습도, 내게는 아무것도 들리지 않았다. 나는 자꾸 내 안으로 쪼그라들고 있었다.

나는 그때 자살을 떠올리고 있었다. 가족들로 인해 힘겨웠던 그 시간을 견뎌오면서도 떠올려보지 않던 자살이라는 극단적인 선택을 나는 스무 살 초입, 무수히도 여러 번 떠올리며 나를 벼랑 밖으로 밀어내고 있었다. 삶은 더 이상 내게 의미가 없었다. 그런 식으로 삶을 유지하는 것 자체가 내게는 고통이었다. 모든 것이 너무 늦어버렸고, 나는 이미 너무 멀리 와 있다고 믿었다. 나는 남자가 되기 위해 입었던 양복들을 벗어던지고 고향으로 내려왔다. 그리고 사람들과 세상과 연락을 끊었다. 삶의 마지막을 준비하기 위해 제가 태어난 곳으로 돌아오는 생물처럼, 나는 그렇게 내가 태어난 곳으로 돌아왔다. 조금씩, 조금씩 내 삶의 마지막을 준비하고 있었다.

# 고립의 뒤편

　　　　　　오랜만에 다시 만난 친구들은 내 망가진 몰골을
보고는 무슨 일이 있느냐 물었다. 남자 중학교, 남자 고등학교 친구
들인 두 사람은, 하나는 내성적이고 말수가 적은 아이였고, 또 다른
한 아이는 제법 남자다운 테가 나는 단단한 친구였다. 중학교, 고등
학교 시절 내내 친구가 없던 내게 그들은 어쩌면 선물 같은 존재였
다. 떨림이나 기대 없이 흐르는 물처럼 섞여서 만나, 어느 순간 가장
가까운 곁에 있던 존재. 그들에게 나는 처음 내 자신에 관한 이야기
를 했다. 내가 가지고 있는 혼란에 관한 이야기를 처음 그들 앞에 내
어놓았다. TV에서 그런 프로그램을 보았는데, 아마도 내가 그런 사
람이었던 것 같다, 나는 조심스럽게 고백했다.

　그러나 한 아이는 내 자신의 생각에 대해, 내가 그런 생각을 갖게
된 것에 대해 적극적으로 반대했다. 그럴 리가 없다, 너는 그저 성격
이 여성스러운 것뿐이다. 그는 조금은 커진 목소리로 내 말을 끊었
다. 놀랍게도 그는 이전까지 내내 조용하고 내성적인 모습으로 내 곁
에 친구로 머물렀던 사람이었다. 오히려 보수적인 생각을 가지고 있
다고 생각했던, 남자다운 테가 났던 친구보다 그의 반대가 더욱 심했
다. 그는 내가 만약 그런 치료를 하고, 수술을 하게 된다면 다시는 친
구라는 이름으로 보고 싶지 않다고 말했다. 생각을 바꾸면 모든 것이
바뀔 것이다, 내가 빠져 있는 것이 단순한 생각의 혼란이라고 단정
지으며 하루라도 빨리 그 소용돌이 속에서 빠져나오라고 충고하는

것도 잊지 않았다. 헤어지는 순간에도 그는 끝까지 내게 그 혼란에서 빠져나오라고 말해주었다. 너는 할 수 있다고, 생각의 울타리란 아무 것도 아닌 허공일 뿐이라고, 너는 충분히 남자다우며, 남자로 살 수 있을 거라고 말하는 친구의 눈빛은 참으로 고마운 것이었다. 그러나 그때 당시, 나는 조금 섭섭했다. 어떤 위로를 기대했던 건 아니었지만, 집으로 돌아오는 내 발걸음은 무거웠다. 친구들이 미웠거나, 그들을 다시 보지 말자, 하는 어리석은 다짐 같은 걸 했던 건 아니었는데, 어떻게 설명할 수 없는 혼란 때문에, 벽에 부딪힌 것처럼 나는 그저 먹먹했고, 답답했다. 또 다른 벽 하나를 확인했으니 당연했다.

동굴처럼 숨어든 집에는 오빠와 그의 아내가 날마다 무슨 일이든지 툭탁거리며 싸움을 이어갔다. 오빠는 나라에서 지정해준 은행 업무를 하는 일을 얻어 자신의 가정은 물론이고 아버지가 사라진 집 안의 생계를 유지할 수 있음에도 불구하고 아버지처럼 술에 빠져 살았다. 그를 괴롭히고 있던 힘겨움이 무엇인지, 가정 사정으로 인해 자신의 꿈을 이루지 못했다는 자괴감이 그토록 끈질긴 것이었는지, 집 안은 하루도 조용한 날이 없었으며, 아버지가 계셨을 때처럼 시끄럽고 어지러웠다.

그 깜깜한 속을 고등학생이 된 여동생은 조용히 드나들었다. 이제 어른이 다 된 그녀는 다행히 쉽게 자신의 속내를 드러내지도 않았고, 차분히 자신의 미래를 준비하고 있던 모양이었다. 그녀에게 아무런 도움도 되지 못하고, 오빠의 노릇도, 언니의 노릇도 할 수 없는 내 모습은 너무나 참혹했고 부끄러웠다. 나는 커다란 몸을 구겨 그녀의 방

한 구석에 자리를 잡았다. 창문은 없었고, 불을 꺼놓으면 사방은 어두웠다. 안방에서 시작된 싸움은 걸핏하면 건넌방까지 건너와 혼란에 빠진 나를 찔렀다.

결국 나는 집을 나왔다. 내가 가진 것은 가방 하나였다. 아무것도 가진 것은 없었다. 그저 내 안의 혼란만으로도 견디기 힘든데, 생활이라는 집의 혼란은 더욱 견디기 힘들었다. 나는 먹고 자는 것까지 함께할 수 있는 도서실에, 있는 돈을 모두 털어 자리를 마련했다. 그곳에서 만난 고등학교 동창 하나가 자신이 일하는 호프집 아르바이트 이야기를 했다. 작은 호프집이었다. 인상이 험악한 사장님은 알고 보니 부드러운 속내를 감추고 계셨다. 어느 날 구토라도 하듯 나 자신에 대해서 쏟아냈을 때, 그는 아무렇지 않게 치료를 하고 수술을 하라고 말했다. 지금 생각해보면, 아무런 상관없는 사이여서, 가족이나 친구도 아닌 사이여서 쉽게 말할 수 있었으리라, 짐작할 수 있는 일이었다. 그러나 그 당시 아무렇지 않게 지나치듯 전해지는 그의 말은 납작하게 깔려 있던 나를 슬쩍 들어올렸다. "그래도 한번 해보고 싶은 걸 해보고 죽어야지, 그대로 죽는 것 보다는 낫잖아?" 그렇게 투덕거리며 말을 했던 것 같은데, 나는 그 속에서 생전 처음 까맣게 잊고 있던 반짝이는 것을 들여다보았다.

다음 날, 도서실 의자 위에서 새우잠을 자고 몸을 일으켰는데, 생각보다 몸이 가벼웠다. 거울을 보며 헝클어진 머리를 슬쩍 빗었던 것 같기도 하다. 어쨌든 처음으로 나는 내 자신의 마음이 가는 대로 행동하며, 생각하기 시작했다. 머리도 조금 더 길렀고, 몸짓이나 목소리도 더 이상 애써 바꾸려 하지 않았다. 그러면서 웃음소리는 조금 더 커졌고, 사장님과 직원들이 장난처럼 여자로 취급해줄 때에도 구석에 처박혀 울거나 하지 않고, 깔깔깔 웃어버릴 수 있었다. 그리고 다시 내 웃음소리는 더욱 커졌다. 그건 처음 느껴보는 신기한 경험이었다.

도서실에 앉아 나는 조금씩 미래를 떠올려보기 시작했다. 그런 시간은 내게 없는 거라고 생각했는데, 갑자기 어둠 한쪽이 깨지며 끼이익 문이 열렸다. 왜 늦었다고만 생각했을까. 죽음을 각오하는 일보다는 삶을 각오하는 일이 훨씬 쉬운 거라는 사실을 왜 몰랐을까. 조금씩 고개를 돌려 나 자신을 되돌아보았다. 내게 남겨진 것은 한 달의 아르바이트로 벌고 있는 30만 원 남짓의 돈. 지금까지 살아온 25년 정도의 시간을 버리고 새로운 삶을 준비하기 위해 내가 가진 것은 너무 형편없었다. 그런데도 미래를 떠올리고 있는 나는 슬그머니 웃고 있었다. 수술을 할 돈을 모으고, 치료를 시작하고, 수술을 받는 날까지는 앞으로 10년, 혹은 20여 년이 걸릴지도 모른다. 이미 모든 것이 다 늦어져, '너무 늦어 수술을 할 수 없습니다' 라는 의사의 이야기를 들을지도 모른다. 그런데도 입가에 그려진 내 미소는 자꾸 커졌다. 미래를 꿈꾸는 것만으로도, 거짓된 내가 아니라, 비로소 세상에 나온 내 자신으로서 미래라는 시간을 꿈꾸는 것만으로도 자꾸 가슴이 부풀어 올랐다.

나는 한밤중에 뚜벅뚜벅 도서실 바깥으로 나와본다. 차가운 밤바람을 맞으며 여기저기 발걸음을 디뎌본다. 공터 벤치에 앉았다가 일어나기도 하고, 뚜벅뚜벅 소리를 내서 걷기도 하고 잠깐 달려보기도 한다. 숨이 차오른다. 심장이 뛰고 있다. 나는 살아 있다. 남자, 혹은 여자가 아니라, 미래를 떠올리는 한 사람으로서 나는 지금 살아 있다. 그때, 생전 처음 나는 함박웃음을 웃고 있었다.


## 다락방에 핀 꽃

집으로 돌아가 나는 오빠에게 말했다. 내가 그런 사람이고 아무래도 치료를 하고 수술을 해야 할 것 같다고. 그는 어렸을 적부터 내가 좀 이상한 것 같더니, 결국 그렇게 되고 마는구나, 고개를 끄덕였다. 그러나 그는 내 치료나 수술을 위해 돈을 줄 수는 없다고 말했다. 나를 인정하고 있으면서도 내 미래를 위해 아무것도 해줄 수 없다고 말하는 그를 나는 거부감 없이 받아들였다. 아버지와 살던 때부터, 우리들에게 가족이라는 의미는 커다란 울림이나 기대 같은 것을 주지 못했다. 그래선지 그의 말은 섭섭함으로도 충격으로도 받아들여지지 않았고 나는 오히려 담담했다. 나는 그에게 말했다. 그렇다면 내 월세 방을 하나 얻으려고 하는데 보증금 60만 원을 해달라, 이야기했다. 앞으로 돈을 달라거나 하지 않을 테니, 가족이라는 이름 같은 것으로 귀찮게 하지 않을 테니, 그 돈을 마련해달라고 했다. 그는 고개를 끄덕였고, 나는 그렇게 60만 원이라는 돈을 받아들고 집을 나왔다. 어쩌면 그때 그는 내가 고작 60만 원이라는 돈을 들고 무엇을 할 수 있었을까, 하는 의심을 하고 있었던 건지도 모르겠다. 어디서 힘겹게 며칠 굴러다니다가 돌아오겠지, 하는 기다림을 가지고 있었던 건지도 모르겠다. 그러나 내가 겪었던 혼란이나 절망은 어디서든 나를 생존하게 할 만큼 혹독한 것이었으며, 그 며칠간 내가 경험한 희망은 그 어떤 약보다도 달콤했다. 처음 본 희망을 향해 걷고 있는 나는 두려울 것 하나 없는 강한 자였다.

나는 그 보증금으로 길가에 보아두었던 다락방 하나를 얻었다. 두어 평이나 될 듯한 그 다락방은 바닥이 마루로 되어 있었기 때문에, 방에 온기가 전혀 없었다. 그러나 사방이 막혀 있었고, 예전에 살던 집보다 바람은 덜 들어올 것처럼 보였다. 게다가 길가 쪽으로 난 작은 문 하나는 언제든 열고 나가서 환하게 열린 바깥을 내다볼 수가 있었기 때문에 나는 망설임 없이 그 집을 계약했다.

맨 먼저 침대 하나를 샀다. 그 집을 얻은 것은 가을이었지만, 곧 겨울이 닥쳐올 것이었고, 그러면 맨 바닥에서 겨울을 나는 일은 쉽지 않을 것이기 때문이었다. 침대를 사는 데, 거의 한달 월급을 다 써버렸지만, 먹는 것은 거의 대부분 아르바이트를 하는 호프집에서 해결을 하고, 버스비 동전 몇 개만을 들고 한 달을 살아냈다. 그리고 그다음 달에는 작은 석유난로를 하나 샀다. 난로를 들이고 보니, 조그만 다락방이 훈훈해지며 제법 따스했다. 조금 냄새가 나고 공기가 탁해지는 단점이 있기는 했지만, 그제야 나는 따스한 내 보금자리를 만들었다는 생각에 웃으며 잠이 들었다.

머리도 조금씩 기르기 시작했다. 한 번도 길러본 적이 없는 머리를 조금씩 기르기 시작하면서 나는 처음 거울 속에 나를 조금씩 유심히 들여다보기 시작했다. 옷가지 하나를 사더라도 예전에는 부러 눈을 두지 않았던 예쁘고 환한 색깔의 것들을 선택하기도 하고, 몸에 딱 달라붙는 옷들도 입어보기 시작했다.

사람들에게 내 이야기를 하는 데에도 주저하지 않았다. 몇몇은 의외로 쉽게 받아들여주며 가까워지기도 했고, 몇몇은 강한 거부감을 나타내며 멀어지기도 했지만, 이제 나는 더 이상 그런 사소한 일상들로 절망하거나 낙담하지 않게 되었다. 받아들여주든, 받아들여주지 않든 나는 나 자신에게 솔직하다는 사실만으로도 만족했다. 그것은 어차피 세상을 향했던 것이 아니라, 한 번도 솔직해본 적 없던 나 자신에게 주는 소중한 선물이었다.


## 글과의 조우

글을 쓰기 시작했던 것도 그즈음이었다. 미래를 떠올리기 시작하면서, 내가 남자이든, 여자이든, 수술을 했든, 하지 않았든 그것과는 상관없이 생계를 이어갈 수 있는 일이 무엇일까, 하는 생각에 내가 떠올렸던 것은 글 쓰는 일이었다. 물론 한 번도 글 쓰는 일을 전문적으로 공부해본 일도 없고 배워본 일도 없었다. 그렇다고 중학교, 고등학교 때 글을 잘 쓴다고 선생님이나 다른 친구들에게 주목을 받지도 못했다. 그 흔한 백일장 같은 데서도 나는 상 하나 타본 적이 없었다. 글을 쓰는 일이라고는 마음이 떨렸던 남자애들에게 편지를 보내며 썼던 것이 전부였다. 그들에게 글을 잘 쓴다,라는 이야기를 듣기는 했지만, 그건 생계를 이어줄 만한 그런 대단한 글쓰기는 분명 아니었을 것이다.

그런데도 글을 쓰는 일이 나를 살게 할지도 모른다는 생각을 했던 이유는 어쩌면 내가 지나왔던 삶의 고립이 약이 될 거라는 예감 때문이었다. 아무에게도 방해받지 않으며, 내 안에 차곡차곡 쌓여 있던 이야기나 글들을 세상에 내어놓는 일. 평생 단 한 번도 세상 밖으로 나오지 못하고 머릿속에서 썩어가고 있던 경계 위의 시간들. 어쩌면 그게 특이한 무언가가 되어 세상에 나올 수도 있겠다는 생각을 겁 없이 떠올리기 시작했다.

맨 처음 글쓰기의 시작은 방송극이었다. 글쓰기에 대해서 아무것도 알지 못하면서, 무작정 글쓰기 중에 돈을 많이 버는 글쓰기,라는 생각에 방송 드라마에 관한 책들을 보기 시작했다. 등장인물들을 만들고 이어나가며, 제법 이야기 하나가 묶어지면서 나는 조금 더 구체적인 계획을 실천했다. 없는 월급을 쪼개어 드라마작가 교육원에 등록을 하고 본격적인 글쓰기 수업을 시작했다. 초반에는 독특한 소재와 이야기를 풀어가는 방식에 선생님이나 동기들도 내 글에 관심을 가졌지만, 조금씩 상급반으로 올라가면서 내 이야기는 '난센스'라는 규정을 받게 되었다. 글로서는 가능하지만, 방송드라마로는 전혀 가능하지 않은 이야기들을 쏟아내는 내 작품을 사람들은 뜨악하게 대했으며, 내 이야기는 번번이 혹평을 받으며 아무렇게나 던져졌다.

지금 생각해보면 그들이 생각하는 상식과 이성 안에 나 같은 존재는 처음부터 없는 것이었으니, 받아들이지 못하는 것은 당연했을 것인데, 게다가 방송극이라는 것은 소수를 대상으로 하는 것이 아니라 다수를 대상으로 하는 것이니만큼, 대중적인 코드를 갖지 못하고 있는 내 이야기는 거부를 당하는 것이 당연한데도, 나는 그대로 방송드라마 공부를 그만두었다. 그리고 그와 유사한 시나리오 공부를 시작했지만, 그 분야에서 또한 내 글의 한계가 오롯이 드러나며 결국 그것마저 포기하고 말았다.

　하지만, 그 정도의 좌절감을 가지고 무너질 나는 더 이상 아니었다. 나는 계속해서 혼자서 방송극과 시나리오를 쓰기도 했고 여기저기 출품이라는 것도 해보았다. 물론 단 한 번도 당선이 된 적은 없었지만, 나는 그렇게 처음으로 글이라는 것에 매달리며 내 안에 있던 것들을 풀어놓는 방법을 알게 되었다. 그리고 몸서리쳐지도록 짜릿했던, 하나의 글이 완성되어 나오는 순간의 기쁨은 참으로 고맙고 감사한 것이었다. 나는 그렇게 조금씩 글 쓰는 즐거움을 알게 되었다. 그리고 그 즐거움이 맨 밑바닥에 있는 내 삶을 끌어올리고 있다는 사실도 깨닫게 되었다.

　나는 여전히 좌절했고 밀려났지만, 세상은 이미 더 이상 나에게 절망이 아니었다. 나도 이 세상에 절망의 일부분이 되고 싶지 않았다. 아니, 되지 않겠다는 단단한 다짐을 이미 끝내고 난 후였다. 나는 분명하게 흔들리지 않고 앞을 향해 또박또박 걷고 있었다.

# 정신병원에 가다

성전환수술을 위한 치료의 단계에 대해서도 조금씩 떠올리기 시작했다. 제일 먼저 신경정신과에 찾아가 정신과적 소견에 관한 진단서를 받아야 한다는 것을 알게 되었고, 호르몬 치료는 그 후에 이어진다는 사실도 알게 되었다. 그러나 대부분의 트랜스젠더들은 정식으로 상담과 치료를 받지 않고, 혼자서 혹은 같은 트랜스젠더들의 도움으로 암암리에 수술을 진행한다는 사실을 알고 있었다. 그러나 나는 굳이 감추면서 내 삶에 대한 치료를 진행하고 싶지는 않았다. 내 스스로가 이미 나 자신에게 당당했고, 내가 선택한 삶에 부끄러움은 없을 것이라는 사실을 알고 있었기에 나는 당당하게 치료를 받고 수술을 할 수 있기를 바랐다. 아니, 그렇게 될 수 있으리라, 믿고 있었다.

내가 맨 처음 찾아간 곳은 을지로에 있는 국립병원이었다. 지금처럼 인터넷으로 마음대로 정보를 얻을 수 없는 시절이었고, 그런 큰 수술을 하려면 우리나라에서 가장 큰 병원을 찾아가는 것이 옳다고만 생각했다. 막상 마음을 다잡고 돈을 모아 병원을 찾았지만, 병원 입구를 들어서면서 내 심장은 요동치고 있었다. 한나절을 망설이다가 문을 두드려 마주한 의사는 나 자신에 관한 이야기를 하자, 일단 심리검사를 해보자고 말했다. 무언가 여러 가지 문항이 적힌 시험지가 내 앞에 놓였고, 나는 그것들을 하나하나 차근차근 풀어갔다.

겨우 심리검사를 하나 끝마친 것에 불과했지만, 나는 병원을 나오면서 뛸 듯 기뻤다. 이제 치료는 시작되었고, 본격적으로 나는 내 삶에 관한 준비를 할 수 있게 된 것이라고 믿었다. 겨우 첫 발걸음에 불과했지만, 나는 모든 것을 다 얻은 것처럼 희망으로 부풀었다. 다시 다락방의 집으로 돌아와 나는 그 어느 때보다 달콤한 꿈을 꾸며 잠이 들었다. 겨우 아르바이트에 불과했지만, 술 취한 사람들의 짜증 섞인 말들이 괴롭혀도 나는 편안하게 웃음으로 마주할 수 있었다. 어디에도 받아들여지지 않는 글이었지만, 글도 열심히 썼다. 희망은 그렇게 한순간에 내 모든 시간들을 바꾸어버렸고, 나는 세상에서 가장 행복한 사람처럼 그 시간을 살았다.

심리검사 결과를 듣고 다음 치료 절차를 밟기 위해 병원을 찾았을 때, 나는 의사에게 신이 나서 이것저것 이야기들을 털어놓았다. 의사는 그런 내가 재미있는지 같이 웃어주기도 하면서도 성전환수술은 힘들고 어려운 수술이니만큼, 쉽게 결정을 해서는 안 되는 일이다, 단단히 일러두었다. 알고 있다, 알고 있다, 나는 마구 고개를 끄덕이고 있었지만, 왠지 의사의 얼굴은 자꾸 어두워졌다.

다음 상담 날짜가 다가와 병원을 찾았을 때, 의사는 내게 자신이 있는 병원에서는 성전환수술을 하지 않으니 다른 병원에 가보라고 이야기했다. 심리검사가 여성적인 성향이 많은 것으로 나왔지만, 그것만으로 성별을 판단할 수는 없으며, 원래부터 그곳에서는 성전환수술을 하지 않는다고 못 박았다. 물론 지금 생각해보면 성전환자라는 것이 의사인 그에게도 생소했거나, 아니면 내가 성전환수술을 받을 만큼 심각한 정체성의 혼란을 가지고 있다고 판단하지 않았을 수도 있을 것이다. 당연했다. 겉으로 보자면 나는 조금도 여성적으로 보이지 않았을 테니까.

억울하고 속상했지만, 나는 그대로 물러나지 않았다. 소견서를 써 달라고 했다. 그리고 그다음 날로 그 의사가 써준 소견서를 들고 신 촌에 있는 다른 대학병원의 신경정신과를 찾아갔다. 이제는 더 이상 망설이거나 긴장하지도 않았다. 나 자신의 삶을 위해서, 내 희망을 위해서 내딛는 발걸음이니만큼, 나는 당당했다. 처음 본 의사에게 나 는 똑똑히 말했다. 나는 성전환자이며, 적절한 치료와 수술을 해야 하겠다고. 의사는 이번에는 심리검사가 아니라 호르몬 검사와 염색 체 검사를 해보자고 말했다. 염색체를 검사하는 일은 적은 금액의 돈 이 드는 일이 아니어서, 나는 그 달 남은 생활비 전부를 검사비로 털 어 넣어야 했다. 하지만, 망설이지 않았다. 살기 위해 이쯤이야, 하는 생각이었으니 당연했다.

검사 결과가 나오기까지는 거의 보름이 넘게 걸렸다. 단순히 심리 적인 것이 아니라, 신체적인 증상에 관한 것이니만큼, 나 자신의 모 습과 미래에 대한 어떤 판단의 근거가 될 것 같아 검사 결과를 듣기 위해 찾아가는 내 발걸음은 긴장감으로 딱딱하게 굳었다. 아무런 이 상이 없는 것으로 나오면 어떻게 해야 하나. 원래 남자였는데, 정신 적인 문제가 있어서 스스로를 여자로 생각하고 있는 거라는 진단이 나오면 어떻게 할까. 의학적인 지식 같은 것도 없던 나는 그 결과가 어쩌면 나 자신을 옥죌 수도 있을 것이라 두려워하고 있었다. '넌 남 자다' 라고 종이 위에 큼지막한 글씨로 검사 결과가 나오지나 않을까,

나는 조마조마해하고 있었다.

의사는 무언가 여러 가지 종이쪽지들을 들고 한참이나 결과의 수치들을 들여다보았다. 그러다가 문득 고개를 들어, 호르몬 주사를 맞은 적이 있느냐, 내게 물었다. 나는 그때까지만 해도 호르몬 주사를 약국에서 구입할 수 있는 것이라는 사실을 알고 있지 못했기 때문에, 호르몬 주사는 구경해본 적도 없다, 맞은 적이 없다고 말하자, 의사는 다른 남자들에 비해 남성 호르몬 수치가 턱없이 낮게 나왔다고 덧붙였다. 남자의 호르몬 비율이라기보다는, 여자의 호르몬 비율에 가깝다고 의사는 신기한 듯 말했다. 순간, 나는 안도의 숨을 내쉬고 있었다. 마치, '합격했습니다' 라는 통보라도 받은 것처럼 내 얼굴에는 커다란 웃음이 그려지고 있었다. 정신병이 아니었구나, 나는 원래부터 그럴 수밖에 없는 운명을 타고난 아이였구나. 내가 아무리 몸부림을 쳐도 이렇게 될 수밖에 없는 것이었구나, 하는 사실을 알게 되자, 괜히 울컥한 마음에 눈물이 핑 돌았다. 그리고 또한 이제는 적절한 치료를 거쳐 내 삶을 찾을 수 있겠다는 생각을 하니, 그건 또 다른 무게의 희망이었다.

나는 마음속으로 여러 번 고개를 끄덕였다. 의사는 계속해서 무언가 이야기를 중얼거렸지만, 아무런 이야기도 들리지 않았다. 나는 그저 감사함에 고개를 끄덕이고 있었다. 그건 내 시간 위에 희망의 깃발을 꽂은 누군가에게 보내는 모종의 감사였다.

# 오빠, 징그러워

　　　　　　　의사는 일단 보호자에게 모든 것을 이야기하고 허락을 맡아야 한다고 말했다. 쉬운 수술도 아닐뿐더러, 또한 한 사람의 인생을 바꾸어놓는 수술이기 때문에 보호자의 동의가 절대적으로 필요하다고 말했다. 아버지는 돌아가셨고, 그리고 엄마는 이미 내 호적에 존재하지 않았기 때문에, 법적인 내 보호자는 손위의 오빠이자 '형'이었다. 엄마에게 이야기하는 것은 탐탁지 않았지만, 그에게 이야기하는 것은 어렵지 않았다. 생각대로 그는 쉽게 고개를 끄덕였고, 그의 아내도 고개를 끄덕여주었다. 깊은 생각으로 전하는 이야기는 아니었지만, 잘되었다, 듣기 좋으라고 하는 이야기도 고맙고 감사하게 느껴졌다.

　워낙 낙천적인 성격의 그녀는 지금 당장이라도 화장을 한번 해보자고 부산을 떨었다. 나는 괜찮다고 했지만, 그녀는 이미 화장품 가방을 들고 나서며 나를 부추겼다. 그래, 해보자. 한 번도 그런 것 생각해보지 않았는데, 나는 처음 화장이라는 것을 하기 위해 거울 앞에 앉았다. 그동안 남자로 만들어지면서 거칠고 딱딱해진 피부 위로 하얗고 뽀얀 화장품들이 움직이기 시작했다. 거울 속에 내가 아닌 나는 사라졌고, 아직은 조금 어색한, 웃는 모습의 내가 조금씩 그려지고 있었다. 화장을 끝내고 그녀는, 화장한 내가 어색하지 않다고, 남자가 화장한 것 같지 않게 어색해 보이지 않는 게 신기하다고 나를 부추겼다. 내가 보기에는 분명 이상하고 어색했는데, 그녀는 그 정도면 충분히 괜찮다고 덧붙였다. 목을 감싸는 티셔츠 같은 것을 입고 나간 다면 지금 그대로 나가도 누구든 여자로 봐줄 것 같다고 너스레를 떨었다. "정말 괜찮아요? 남자 같지 않아요?" 괜히 기분이 좋아져 나는 그녀에게 묻고 또 물었다. 처음이라 그렇지 조금만 더 잘 다듬고 나면 금방 자연스러워진다며 앞에 늘어놓은 화장품들을 찔러가며 이것저것 가르쳐주었다. 조금만 더 연습을 하면 금방 예뻐질 수 있다며 그녀는 까르르 웃었다.

갑자기 문이 열렸다. 그리고 여동생이 교복을 입고 들어섰다. 나는 조금 놀랐지만, 최대한 자연스럽게 동생 앞에 웃었다. 미안하지만, 이게 원래 내 모습이었다, 처음부터 나는 네가 알던 오빠가 아니었구나, 미안하다, 그렇게 말해주고 싶었다. 그러나 동생은 문을 열고 들어서자마자 화들짝 놀라며 말했다. "오빠, 그게 뭐야, 징그럽게!" 화장을 해주었던 그녀가 황급히 무어라 덧붙였지만, 동생은 계속해서 화를 내며 말을 이었다. "뭐가 괜찮아? 그게 뭐야, 징그러워!" 그렇게 쏟아놓고 화난 얼굴로 돌아앉았다.

나는 그제야 화장을 지우기 시작했다. 그래, 징그럽다. 그제야 나는 거울 속에 있는 내 모습을 똑똑히 바라보았다. 그래, 분명히 징그럽다. 나라는 존재, 그건 징그러운 것이다. 아이라인을 닦아내고, 아이섀도를 닦아내고 립스틱을 지워내는데, 조금씩 눈물이 차오르기 시작했다. 그래, 나는 아무리 발버둥을 쳐도 징그러운 존재밖에는 되지 않는다. 그런 꼴로밖에는 살 수 없는 것이다. 수술을 하더라도, 여자 옷을 입더라도, 남자가 되기 위해서 치열하게 살아왔던 나는 이런 징그러운 꼴이 되어 평생을 살아야 하는 것이다. 자꾸만 치밀어 올라오는 울음 때문에 나는 화장실로 뛰어갔다. 그리고 변기 위에 앉아 엉엉 울었다. 너무 늦은 걸까. 정말 너무 늦은 걸까. 이대로 포기해야 하는 것일까.

그러나 나는 돌아가고 싶지 않았다. 거짓 희망이라도 붙들고 싶을 만큼, 그 시간들은 너무 혹독했다. 반짝거리는 그것은 곧 손에 닿을 것처럼 바로 내 앞에 다가와 있었다. 나는 눈물과 화장으로 번들거리는 얼굴을 열심히 닦아냈다. 눈물은 계속해서 흐르고 흘렀지만, 나는 양 손에 든 휴지가 새까매지도록 닦아내고 또 닦아냈다. 그것 또한 중독이라고 말한다면, 나는 분명 희망에 중독되어 있었다.


# 나는 더 이상 쓰러지지 않는다

다음 날 나는 꽤나 비감한 얼굴로 병원을 다시 찾았다. 상관없다. 징그러운 꼴로 사는 일. 그렇게 힘겹게 고통스러웠던 혼란을 다시 고스란히 끌어안고 평생을 사느니보다는, 차라리 손가락질을 받더라도 내 안에서 자유롭게 사는 일이 훨씬 더 나은 일이라 생각했다. 내가 아닌 다른 사람이 되어 사는 일이 얼마나 끔찍하고 치명적인 일인지 나는 잘 알고 있었다.

나는 의사에게 보호자에게 허락을 받았다고 말했다. 살을 깎아내는 고통도 목숨을 위협하는 수술도 모두 다 괜찮다, 하는 이야기를 나는 마음속으로 중얼거리고 있었다. 그러나 의사는 당찬 내 얼굴 앞에 곤혹스러운 표정을 짓더니, 힘겹게 입을 벌렸다. 그러고는 내 귀를 의심할 만한 이야기를 내게 건네고 있었다. 그의 말은 치료를 위한 상담이나 절차 같은 것에 관한 이야기도 아니었고, 마치 고집을 부리는 젖먹이와 기싸움이라도 하는 모습 같았다.

그는 내게 여자 옷을 한번 입고 와보라고 말했다. 순간 뜨거운 것이 가슴속에서 치밀고 올라왔다. 한순간 옷가지 하나로 나의 모든 삶이 가늠당하고 있다는 불쾌감이 내 안에 있는 줄 몰랐던 뜨거운 것들을 한꺼번에 끌어 올렸다. 그깟 천 쪼가리를 걸친 나와 걸치지 않은 내가 도대체 무슨 차이가 있는지 도저히 이해할 수가 없었다. 물론 나이가 든 지금에서야 그때 그 의사의 의도가 무엇이었는지, 전문가들 사이에서도 트랜스젠더나 성전환자에 대한 지식이 거의 전무하던 것과 다름없던 그 시기, 멀쩡하게 남자의 모습을 하고 있는 내가 성전환수술을 해달라고 이야기했을 때, 의사 자신도 어떤 근거나 확신을 가지고 싶었을 것이었다. 그러나 그 당시 나는 가족들마저 등지고 살기로 작정한 지독한 마음가짐을 가지고 있던 터여서, 여자 옷을 입고 오라는 의사의 말은 영락없이 놀림이나 비아냥거림처럼 들렸다.

입을 벌려 나는 되도록 이성적으로 그의 이야기에 반론을 재기한다고 생각했지만, 이미 내 목소리는 커지고 있었다. 감정에 격해진 내 모습은 영락없이 극도의 흥분 상태였을 것이다. 당황한 얼굴의 의사는 애써 침착하게 말을 이어갔다. 지금까지 남자로 잘 살아왔으니, 앞으로도 그렇게 살아가는 것이 좋을 듯싶다는 것이었다. 누가 보아도 나는 남자의 모습이고, 성전환수술을 하는 사람들은 훨씬 더 심각한 상태의 사람들이니, 나는 충분히 남자로 살아갈 수 있을 것처럼 보인다는 것이었다. 그러니, 조금 더 당당하게 남자로서의 스스로의 삶에 자신감을 갖도록 해라, 충고하는 것도 잊지 않았다.

그러나 나는 이미 피가 거꾸로 솟구치고 있었다. 그렇다면 여태까지 했던 검사들은 다 무엇인가. 보호자에게 허락을 맡아 오라는 이야기는 다 무엇이었는가. 지금 당장 일바지라도 입고 오면 수술을 해준다는 이야기인가. 아무렇게나 립스틱을 바르고 오면 수술을 해주겠다는 이야기인가. 나는 그때, 의사의 의중을 충분히 알 수 있었다. 처음부터 그는 내게 치료나 수술 따위를 해줄 마음이 없었을 것이다. 어떻게 해서든 나를 설득시켜 돌려보내기 위해 적절한 시기를 파악하고 있었을 것이다. 성전환자들에게 수술을 위한 가장 큰 걸림돌이 보호자의 허락이며, 그것이 나를 가로막는 어떤 벽이 될 것이라 그는 생각했을 것이다.

내 안의 고통과 혼란 같은 것은 전혀 상관없고, 지금 내가 남자의 외모를 가지고 있으니 남자로 살아야 한다는 아주 간단한 논리였다.

나는 다시 의사에게 매달렸다. 이렇게는 살 수 없다, 너무 힘들게 여기까지 살아왔다, 나를 제발 살려 달라. 어느 드라마의 주인공처럼 나는 거의 울부짖고 있었다. 그러나 의사는 완고했다. 그런 수술은 함부로 해줄 수 있는 수술도 아니고, 쉽게 결정할 수 있는 문제도 아니라고 못 박았다. 호르몬 때문이라면, 남성 호르몬을 처방해줄 수는 있으니 한번 시도를 해보라고 권유했다. 나를 바꾸겠다는 것이었다.

남자의 몸으로, 남자의 몸을 견디며 사는 일이 끔찍하고 고통스러워 찾아온 내게 그는 더욱더 단단하게 남자가 되라고 말하고 있었다. 더 끔찍한 속으로 들어가 살아보라고 강요하고 있었다. 나를 인정하지 못하면서, 내가 아닌 다른 사람이어야 한다고 그는 너무나도 쉽게 판단하고 있었다.

나는 그대로 진찰실에서 쫓겨나듯 밀려나고 말았다. 그날 그 병원 현관에 쭈그리고 앉아 한참이나 울어야 했다. 조금씩 쌓아왔던 희망이 한꺼번에 무너져 내리는 모습을 지켜보는 것은 참으로 고통스러운 일이었다. 처음부터 나는 나 스스로 이상하다는 생각을 했어야 했다. 내성적이고 소심한 성격 같은 것은 집어치우고, 미친놈 소리를 듣더라도 여자 옷을 입고 살거나, 온 세상 사람들에게 나는 여자다, 남자가 아니다,라고 소리쳐 외쳤어야 했던 일이었다. 가출을 한 엄마를 찾아가, 나 남자가 아니라 여자예요,라고 이야기하고 병원 치료를 종용해야 했으며, 간질발작을 하고 있는 아버지를 붙들고 병원에 가야겠으니 돈을 달라, 손을 내밀어야 했던 것이었다. 학교나 가족 같은 것, 다 때려치우고 술집으로 들어가 여자 옷을 입고 여자처럼 살았어야 했다. 몇 번쯤 사람들이 던지는 돌을 맞아주고 변태로 낙인찍힌 다음에야 가능했던 것이 바로 치료이고 수술이었다. 그것이 나 자신의 삶을 찾는 일이었다.

촘촘하게 날을 세워 지나갔던 시간들이 다시 한꺼번에 밀려왔다. 이번에는 온몸 여기저기를 마구 찔러대고 있었다. 거봐, 될 수 없지? 가능하지 않지? 시간의 혀 놀림이라도 듣고 있는 듯 했다. 열대여섯 살 즈음의 철없는 혼란 속 나라는 존재는, 그 누구도 풀기 힘든 '나는 누구인가?' 라는 물음에 답을 얻고 진정한 내 자신의 모습을 찾아 움직여야 했던 것이었다.

너무 늦은 것이었다. 스물다섯의 나이, 보통 남자들처럼 평범하게 살기 위해 몸부림을 쳤던 것은 오히려 내게 벗어버릴 수 없는 무거운 덫이 되었다. 이제야 나 자신을 찾겠다고, 당당하게 내 자신의 삶을 찾겠다고 그 혼란 속에서 겨우 빠져나온 나는 너무 늦어버린 것이었다.

그렇게 돌이킬 수 없는 회한은 그날 하루 종일, 병원 로비에서 울고 있던 내 머리 위로 한꺼번에 역류하고 있었다.


# 아, 이태원

나는 집으로 돌아와서도 다락방 침대 위에 앉아 계속 눈물을 흘려야 했다. 나를 이곳까지 몰고 온 지난 시간의 힘겨웠던 기억들이 속속들이 떠올라, 나는 거의 몰매라도 맞고 있는 심정이었다. 조금 더 현명했더라면, 아니, 어쩌면 조금 더 미쳤더라면, 정신병자라고 손가락질을 받아도 마음껏 내 안의 것들을 끄집어 내놓으며 나 자신을 드러냈다면 최소한 이렇게까지는 되지 않는 건데, 하는 회한이 밤새도록 나를 괴롭혔다.

다음 날 아침, 태양은 참 맑았다. 그러나 나는 그런 태양을 보고 있을 겨를이 없었다. 아침에 일어나 나는 짐을 싸기 시작했다. 그동안 써온 글들이 담긴, 그리고 글을 쓸 수 있는 컴퓨터를 들고 가지 못하는 것이 한스러웠다. 나는 잠시나마 내게 평안함을 안겨준 작은 다락방에 짧게 인사를 했다. 그러고는 이태원으로 가는 버스에 몸을 실었다.

그러나 이태원에서도 트랜스젠더들이 일하는 술집을 찾는 일은 쉬운 일이 아니었다. 지금이야 인터넷이 발달을 해서 어디에서든 정보를 쉽게 구할 수 있는 시대이지만, 그 당시만 해도 컬러 모니터가 막 대중화되던 옛날 시대였다. 게다가 나는 이태원에 한 번도 와본 적이 없었기 때문에, 그 화려한 불빛들, 그리고 외국의 거리 같은 풍경들은 내게는 그저 낯설기만 한 것이었다. 이런 곳에서 내가 과연 살아갈 수 있을까. 나는 가방을 들고 트랜스젠더들이 일하는 가게를 찾아 여기저기를 떠돌아다녔다. 하지만, 그 와중에도 나는 과연 이런 선택이, 나에게 또다시 지금과 같은 후회를 안겨주지 않을 만큼 현명한 것인가를 끊임없이 나 자신에게 묻고 있었다.

하루 종일 이태원을 헤매고 돌아다니다가 나는 다 저녁때가 되어서야 그때 그 TV에서 보았던 비슷한 술집 간판의 모습을 찾을 수 있었다. 나는 천천히 건물 안으로 들어갔다. 휘황하고 분주한 거리와는 달리, 2층으로 올라가는 계단은 일본풍으로 깔끔했고, 또한 교교한 정적이 흐르고 있었다. 그래, 이 집이 맞구나. 벽에 걸린 일본 기모노를 입은 여자들의 그림이 걸려 있는 모습을 보자 가슴이 뛰기 시작했다.

이제 나는 다시 여기에서 내 삶을 시작해야 하는 것이다. 너무 늦어버렸지만, 살기 위해서, 살아야 하기 때문에 이렇게 시작하는 수밖에는 도리가 없는 것이다. 나는 끊임없이 스스로 그렇게 세뇌시키고 있었지만, 자꾸 억울한 감정이 치밀어 올랐다. 돌아보면 이건 또다시 내가 원하지 않는 모습으로 살아야 하는 시간이 아닌가. 세상의 말에 이끌려 내가 원하지 않던 남자로 살려고 노력했던 것처럼, 이것 또한 세상에 떠밀려 내가 원하지 않는 유흥업소에서 평생 살아야 하는 그런 여자의 삶을 살게 되는 일이 아닌가. 돌이 부딪히듯 머릿속에서 많은 생각들이 떠오르며 커다란 울림을 만들었다. 다른 사람과는 다른 모습으로 태어났기 때문에, 보통 남자로, 혹은 보통 여자로 태어나지 못했기 때문에 나는 이런 굴레를 지고 살아야 할 운명이라는 생각을 하니, 무수히 많았던 내 삶의 또 다른 굴레들이 표지판처럼 선명하게 떠올랐다.

나는 2층 입구 유리문 밖에서 한참이나 그대로 서 있었다. 안에서는 아직 장사를 시작하지 않았는지, 침묵 속에서 깔깔거리는 사람들의 목소리가 들려왔다. 여자의 목소리 같기도 하고, 남자의 목소리 같기도 한, 오묘한 목소리들. 화투라도 치고 있는 것인지, 그 목소리들은 침묵을 가르며 이리저리 울림을 만들어내고 있었다. 그리고 그 울림은 또 다른 목소리가 되어 나 자신에게 다시 묻고 또 다시 묻고 있었다.

정말 이런 삶을 후회하지 않을 수 있을까. 남자로 살려고 노력했던 시간들이 몸부림을 치도록 후회스러웠던 것이 지난밤의 일이었는데,

나는 지금의 이 시간도 후회하지 않을 수 있을까. 마흔, 혹은 쉰이 되어서, 이렇게 시작된 내 삶을, 정말 힘겹게 찾은 내 삶을 이렇게 만들어야 하는 일일까.

나는 그 자리에 주저앉고 말았다. 이건 아니었다. 내가 그토록 간절하게 원하던 희망이 이런 색은 아니었다. 목숨을 걸어 내가 찾고 싶었던 내 삶의 모습이 결코 이런 것은 아니었다. 믿고 싶지 않았다. 나를 옥죄고 있는 시간이 날 어떤 구렁텅이에 몰아넣어도 나는 끈질기게 지금까지 살아왔다. 나는 생존했다. 그리고 나는 희망을 발견했다. 이대로 주저앉을 수는 없었다. 주저앉아서는 안 된다. 더 이상 그 무언가에, 그 누군가에 내 삶을 담보하여 이리저리 휘둘리게 하는 일이 있어서는 절대 안 된다. 운명이 나를 벼랑 밖으로 밀어낸다면 기꺼이 뛰어내려주마, 시간 앞에 당당해야 하는 것이 내 삶이다. 그때까지는 아무것도 날 좌지우지할 수 없으며, 나만이, 오롯이 나 혼자만이 내 삶을 지키며 치열하게 살아줄 것이다. 분명히 그렇게 살아남을 것이다. 나는 그저 내 삶을 살고 싶을 뿐, 절대 포기하고 싶지 않을 뿐. 나는 반드시 살아남는다, 반드시.

뜨거운 불덩이가 내 온몸을 감싸고 있었다. 뜨끈한 땀으로 목덜미가 축축했다. 나는 비로소 처음 내 삶을 사랑하는 법을 깨닫고 있었다.

나는 그대로 발길을 돌려 천천히 계단을 내려갔다. 그러고는 또 다른 나 자신인 그녀들의 웃음소리를 뒤로하고 다시 이 치열한 세상 속으로 뛰어들고 있었다. 나는 그때 죽음을 생각하고 있었다. 그리고 매일매일 그 죽음을 새롭게 하며 살아갈 것이다,라고 다짐하고 있었다. 절대, 지지 않겠다. 이를 악물고 있었다.


## 부활

죽음을 각오하고 나자, 산다는 것이 새로운 의미로 내게 다가 왔다. 나는 맨 처음 과연 내가 아르바이트를 하면서 얼마나 살아갈 수 있을까 곰곰이 가늠하기 시작했다. 그러나 아무리 생각해보아도 그런 푼돈을 가지고는 수술비를 마련할 수도 없을뿐더러, 내 생계도 꾸려나갈 수 없으리라는 것을 잘 알고 있었다. 가장 좋은 것은 내가 지금 쓰고 있는 글이 어딘가에 당선이 되어 그 돈으로 수술을 하는 것이 가장 좋은 일이기는 하지만, 그것은 꿈속에서나 있는 일이라는 것을 알고 있었다.

그렇다면 나는 과연 무엇으로 살아갈 수 있을까. 멀쩡한 몸으로도 자신의 목숨을 부지하며 살기 힘든 세상이라고들 말한다. 하물며, 트랜스젠더인 내가, 나의 성정체성과는 아무 상관없이 능력을 인정받으며 할 수 있는 일이 무엇일까, 나는 문득문득 골똘히 생각에 잠겼다. 물론 답은 쉽게 나오지 않았다. 스물다섯 살이 되는 지금까지 특별하게 배워둔 것은 없었다. 영어 공부를 좀 하기는 했지만, 그것은 공부를 한 친구들에 비하면 턱없이 모자라는 실력이었다. 내가 할 수 있는 일이라고는 아무것도 없었다. 문득 이태원에 있는 유흥업소에 가지 않겠다는 내 다짐이 쓸데없는 오만이 아닐까 생각했다. 현실을 파악하지 못한 철없는 오기 같은 것이었을까.

그러나 나는 다시 한 번 고개를 저었다. 이제는 속지 않는다. 세상에 쳐놓은 그물에 걸리는 일은 이미 여러 번 해보았다. 나는 가볍게 다른 물고기들이 한꺼번에 모여 유영하고 있는 그물 속에서 돌아섰다. 그리고 내가 가진 팔과 다리를 둘러보았다. '남자인 나', 혹은 '여자인 나'가 아니라, 사람으로서, 트랜스젠더라는 사람으로서 내가 할 수 있는 일이 무엇일까. 주먹을 불끈 쥐었다. 달리기라도 하려는 사람처럼 자꾸 몸을 풀었다. 여전히 내 머릿속에는 아무것도 떠오르는 것이 없었지만, 뜨거워진 나 자신만으로 나는 이미 충분히 만족하고 있었다.

그즈음 졸업한 대학교에서 연락이 왔다. 학업을 포기하려던 나를 붙들어주고 내 학업을 이어주셨던 바로 그 교수님이셨다. 교수님은 내게 지금 무엇을 하고 있는지 물으셨고, 뚜렷한 것이 없다면 학교에 돌아와 조교 일을 도와달라고 부탁하셨다. 물론 조교라는 자리가 정식 직원도 아니었고, 그리 넉넉한 생활은 아닐 것이었지만, 일단 지금 하고 있는 아르바이트와 비슷한 돈을 받는 수준에서, 훨씬 더 여유롭게 시간을 활용할 수 있을 것이기 때문에 나는 짧은 시간의 고민으로 어렵지 않게 교수님의 제안을 받아들이기로 결정했다. 물론 교수님께는 나 자신에 관한 아무런 이야기도 하지 않았다. 트랜스젠더라는 정체성이 조교 자리를 수행하는 데 있어서 어떤 식으로든 걸림돌이 되기는 하겠지만, 여자 옷이나 화장에 집착하지 않는 나는, 의사가 말했던 것처럼 사람들에게 여자 같은 남자처럼 보일 것이 빤했기 때문이다.

다락방으로 돌아와 나는 다시 짐을 쌌다. 이번에는 그저 가방 몇 개가 아니라, 다락방에 있는 모든 것들을 통째로 트럭에 실었다. 텅 빈 다락방을 휘 둘러보며, 난 참 많은 생각을 했다. 길지 않은 기간이었지만, 내게 많은 것들을 생각하게 하고, 또 많은 깨달음을 갖게 했던 소중한 공간이었다. 나는 차가운 그 공간에게 짧게 인사를 했다. 어디에서든 이곳의 기억은 아주 소중하고 감사하게 자리 잡으리라 그렇게 중얼거리면서.

## 미약한 시작

새로 학교 앞에 자리를 잡은 집은 달랑 방 하나였다. 부엌은 바로 옆에 붙어 있었지만, 화장실은 대문 옆에 붙어 있는 그런 허름한 집이었다. 하지만, 침대를 방에 들여놓고, 책상을 놓고 컴퓨터를 놓고 보일러에 기름을 넣고 보니, 방이 참 따스했다. 그러고 보니 그렇게 따스한 방은 내 평생 처음 가져보는 것이었다. 다락방에서는 매캐한 석유난로 때문에 이렇게 부드럽고 깨끗한 따스함은 느낄 수가 없었고, 그전에 살던 집은 방 안에서도 얼음이 꽝꽝 얼 정도로 허름했으니 작은 기름보일러이기는 하지만, 보일러가 돌아가는 집은 난생 처음이었다. 침대를 구석에 놓고 작은 창가에 컴퓨터를 놓으며 얼마나 행복했는지 모른다. 아무것도 가긴 것 없고, 여전히 나는 혼란 속에 있는데, 그때 그 작은 방에서의 따스한 첫날밤이 나는 정말 행복하고 감사했다.

학교에 출근을 하기 위해 나는 다시 구겨놓았던 남자 양복을 꺼내 입었다. 그러나 이번에는 세상에 이끌려, 운명에 이끌려 억지로 입는 것이 아니라, 직장에 다니는 직장인의 유니폼처럼 남자의 모습을 꺼내 입었다. 머리도 과하지 않게 짧게 다듬었고, 서류 가방을 꺼내들고, 구두를 사 신었다. 그러나 거울 앞에 서서도 나는 조금도 부끄럽거나 자괴감이 들지 않았다. 오히려 거울 속에 나는 그 어떤 때보다 당당했고, 기운이 넘쳤다. 당연했다. 나는 이미 나를 찾았고, 조금 더 완벽한 내 삶을 찾기 위해, 느린 걸음이지만 한 발 한 발 앞으로 나아가고 있으니, 내가 무슨 옷을 입고 있든, 어떤 외모를 하고 있든, 이제 그건 더 이상 내게 문제가 아니기 때문이었다.

다시 만난 교수님은 그동안 어디에 있었느냐, 얼굴은 왜 이렇게 망가졌느냐, 많은 것을 물으셨지만, 나는 너무 많은 일들의 어느 것을 이야기해야 할지 알 수 없어, 처음부터 드릴 수 없는 이야기들이어서 그저 환하게 웃어드렸다. 물론 언젠가 나중에 말씀은 드려야 하겠지만, 지금의 이 초췌한 모습이라면, 내가 느끼고 있는 자유를, 내가 가진 작은 불꽃을 교수님은 이해 못하실 것만 같았기 때문이었다.

학교는 많이 달라졌다. 오랜만에 보는 후배들은 내가 학교 다닐 때와는 조금 달라진 느낌을 받으면서도, 초췌한 내 모습을 안쓰러워하는 눈빛이었다. 하지만 나는 그들에게도 아무런 이야기를 하지 않았다. 이제 그런 이야기 필요 없었다. 내 안에서 이미 불꽃은 타고 있으니 나는 두려울 것이 없었다.

작은 방이었지만, 나는 룸메이트를 구했다. 조교 월급만으로는 월세를 내고 한 달을 버티기에는 불가능한 일이니, 룸메이트를 구하는 일은 가장 커다랗게 비용을 절약할 수 있는 방법이었다. 그러나 남자의 몸을 가지고 있었기에 여자 룸메이트를 구할 수는 없는 노릇이었다.

다행히 룸메이트가 된 농구부 후배는 커다란 덩치에 큼직큼직한 얼굴을 가진 남자다운 친구였고, 그 누구보다 순수하고 배려심이 강한 착한 사람이었다. 그래서 나는 가장 먼저 그 친구에게 내 이야기를 했다. 내가 특이한 사람이니 같이 생활하는 데 조금 불편할 수도 있을 것이다. 그러나 겉으로 보기에는 조금도 이상하거나 하지는 않을 테니 편안하게 생활했으면 좋겠다. 나는 거부감이 들지 않도록 어느 정도 시간을 가지고 그에게 털어놓았다. 다행히 그는 어렵지 않게 고개를 끄덕여주었다. 잠자리는 내가 침대 위에서, 그가 침대 밑에서 쓰기로 했고, 그는 청소를, 나는 밥하는 일을 담당했다. 그는 내가 끓여주는 찌개를 참 좋아했는데, 순수한 그 친구는 내가 견딜 수 없는 혼란과, 나 스스로도 어쩌지 못하는 남자의 몸을 갖고 살아가는 일의 이물감으로 고통스러워할 때, 언제나 푸근히 나를 감싸주었다. 내가 혼자서 부엌에 쭈그리고 앉아 울부짖을 때에도 그는 아무 말 하지 않고 그냥 묵묵히 그런 나를 지켜봐주었다. 그 당시 나에게는 동생으로도, 친구로도 참으로 고맙고 감사한 존재였다.

나는 그 시절, 많이 웃고 많이 울었던 것으로 기억한다. 학교가 기깝게 있어서 나는 그 친구와 같은 좋은 사람들을 많이 알게 되었고, 그들 중에 몇몇에게 철없이 가슴이 뛰기도 했으며, 또 절망하기도 했고, 조교 일을 하는 중에 책도 많이 읽고, 글도 많이 쓸 수 있게 되었다. 여전히 생활은 빡빡했지만, 나는 처음 내 안에 아무런 혼란 없이, 비록 남자의 몸에서 느껴지는 이물감은 상당히 괴로운 것이었지만, 내 안에는 아무런 혼란 없이 평화롭고 즐거운 시간을 보냈다. 지금 생각해보면 그 시절 내 주변의 모든 사람들이 지금의 나를 만들 수 있었던 아주 고마운 시작들이었다. '아줌마'라고 나를 부르던 내 룸메이트, '형'이라고 나를 부르던 농구부 후배들, '선배님'이라고 나를 부르며 내게 의지했던 학교 영자신문사 후배들, '김 조교'라고 나를 찾던 교수님들. 심지어 내 방문 앞에 네모나게 자리했던 보일러 기름통까지, 지금의 내 삶을 찾도록 도와주었던 참으로 고마운 존재들이었다.

## '누나'라는 말

그는 나와 방을 같이 쓰던 룸메이트의 같은 과 친구였다. 그는 도시공학과였고 나는 영문학과였지만, 룸메이트 때문에 나는 자주 도시공학과 작업실에 얼굴을 비쳤고, 그리고 그 친구들과 안면을 익히게 되었다. 처음에 그는 그런 그들 중에 한 사람이었다. 말끔한 외모와 털털한 웃는 모습을 가지고 있지만, 조금은 생각이 많아 보이는 눈빛이기도 했고, 어딘지 쓸쓸해 보이기도 했다. 오가며 그저 인사를 나누는 정도였는데, 룸메이트 덕분에 조금 더 친해졌고, 같이 몇 번 술을 마시기도 했으며, 유독 나를 반가워해주기도 해서 참 고마웠다.

그렇게 조금씩 가까워지던 중에 어느 날 술자리에선가 그는 내게 그런 말을 했다. 내가 남자로 보이지 않더라, 하는 이야기였다. 그러나 나는 그렇게 말하는 그의 이야기에 조금 의아했다. 왜냐하면 그때 나는 호르몬 주사도 맞지 않았을 때였고, 남자 양복을 입은 채, 누가 봐도 남자 같은 모습이었기 때문이다. 물론 보통 남자들과는 조금 다른 느낌이기는 했겠지만, 오히려 그것이 거부감이나 불편함을 일으킬 수 있는 것이지, 여자로 느껴질 만한 모습은 절대 아니었다. 그런데 그는 그때 이후로 나를 '누나'라고 부르기 시작했다. 그런 상황이 나에게는 굉장히 놀라운 것이었는데, 더욱 놀라운 것은 누나라고 부르는 그의 모습이 조금도 어색하거나 이상하지 않았다는 사실이었다. 그는 정말 자연스럽게 나를 '누나'라고 불렀고, 조금의 불편함이나 억지스러움 같은 것도 보이지 않았다.

물론 그런 그에게 고마운 마음이 들었던 것은 당연했다. 아무도 들여다보아주지 않던 내 모습을 들여다봐 준 것처럼, 아무렇게나 시간 속에, 혹은 남자라는 내 겉모습 속에 묻혀 있던 나를 세상에 나오게 한 것처럼, '누나'라는 그의 말은 참으로 감동적인 것이었다.

그렇게 조금씩 가까워지면서 나는 그가 나처럼 영화를 참 좋아한 다는 사실도 알게 되었다. 스탠리 큐브릭 감독을 유독 좋아해서 그의 작품에 관한 이야기를 할 때면 그는 언제나 엄지손가락을 번쩍 들어서 최고를 표시했다. 그리고 언젠가 같이 영화를 보러 가자고 말하기도 했다. 그러나 그는 곧 군대에 갔다. 충분히 친해질 수 있었다면 참 좋았을 텐데, 하는 아쉬움이 내 마음 가득했다. 물론 그것이 사랑을 시작하는 떨림이었는지, 고마움이었는지 지금은 잘 기억나지 않지만, 좋은 사람에 대한 고마운 호감이었던 것은 확실했다.

훈련소에 있는 그에게 자주 편지를 썼다. 그가 좋아하는 스탠리 큐브릭 감독의 '풀 메탈 자켓'이라는 영화를 혼자 보러 가서, 영화관 앞 카페에서 편지를 썼던 기억도 있다. 물론 그의 답장은 참으로 반가웠다. 워낙 남자답고 멋진 모습이기도 했지만, 까맣게 모르고 있었던 그의 글 솜씨는 또 다른 놀라움이었다. 그중에 마지막 훈련소를 나오면서, 부모님의 모습을 처음 보게 되는 장면을 묘사하던 구절들이 아직도 떠오른다. 비가 내리던 그날, 연병장에 마지막 도열을 하고 있던 모습을 묘사하며, 비를 말했고, 동기들과 인사를 하고 흩어지는 모습을 묘사하며, 다시 비를 말했고, 저 멀리 퇴소하는 훈련병들을 기다리는 부모님들의 모습을 묘사하며, 다시 비를 말했고, 그 속에 자신의 부모님들이 나타나는 모습을 이야기하며 다시 또 비를 말했다. 그리고 하늘을 올려보는 자신의 모습을 그리며, 그는 또다시 자신의 얼굴 위에 흘러내리던 비를 말했다. 그 편지를 읽으며 나도 모르게 촉촉이 눈가가 젖어오던 순간이 기억난다. 그만큼 그는 참 멋진 남자였다.

그러나 아쉽게도 그가 자대배치를 받으며 편지는 오지 않았다. 나중에 들으니, 그가 배치 받은 부대가 상당히 엄격하고 힘겨워 고생을 많이 했다고 들었다. 그래도 계속해서 그에게 힘을 주는 편지들을 써 보냈어야 했는데, 나도 그러지 못했다. 누군가를 좋아한다는 감정을 명쾌하게 이해하고 적극적으로 달려들 만큼, 그 당시 나는 나 자신을 신뢰하지 못했다. 나 자신의 혼란으로 발작 같은 시간들을 보내면서 나를 처음 '누나'라고 불러주던 그의 존재는 참으로 고맙고 감동적인 일이었지만, 그것을 지켜낼 만큼 나는 단단하지 못했다.

## •여성 호르몬제 D

생활이 빠듯하기는 했지만, 그렇게 조금씩 안정을 되찾아가면서 나는 본격적으로 나 자신의 삶을 찾기 위한 노력을 시작했다. 여성호르몬제인 D를 약국에서 구입할 수 있다는 이야기를 들었지만, 여자의 생리불순 치료용으로 나오는 처방약이었기 때문에 여자가 아닌 남자들이 사러 가는 경우는 드물었을 뿐더러, 약사들도 그런 약을 달라고 하는 남자들에게는 의심의 눈초리를 보내던 그런 때였다.

그러나 나는 그 약이 필요했다. 그 약으로 당장에 내가 원하는 삶을 찾을 수 있는 것은 아니었지만, 최소한 남자의 몸에서 느껴지는 이물감은 어느 정도 가라앉힐 수 있으리라 나 스스로 기대하고 있었다. 나는 어떻게 해야 그 약을 구입할 수 있을까 약국 앞에서 한참을 망설였다. 누구 다른 사람이 쓸 것이라고 이야기하고 호르몬제를 구할 수도 있었지만, 거짓말을 하며 그렇게 얻고 싶지는 않았다. 담대하게도 나는 더 이상 망설이지 않고 그대로 약국으로 들어가 호르몬제를 달라고 했다. 그러자 남자였던 약사는 아래위로 나를 훑어보더니, 어디에 쓸 것이냐고 물었다. 나는 겁 없이 내가 주사를 맞을 것이라 말했다. 그러니 그는 당연히 여성호르몬제는 아무에게나 팔 수 없는 것이라고 말하며 나를 물리쳤다. 나는 더 이상 아무런 이야기도 할 수 없었다. 의사에게 그랬듯 약사에게도 또다시 그렇게 매달리고 싶지는 않았다. 이제 더 이상 아무에게도 내 삶을 구걸할 생각 같은 건 없었다. 약사는 남성 호르몬제를 먹어보라고 권했다. 의사가 내게 말했던 논리와 똑같았다. 그깟 남성 호르몬제를 복용해 나을 것이었다면, 평생토록 그런 혼란 속에 살지 않았을 것이었다. 어차피 그들은 모르는 내 혼란 속, 나는 콧방귀도 뀌지 않고 그대로 등을 돌려 나왔다.

정식적인 절차를 거쳐서 치료를 받는 일이 그렇게 힘든 것인 줄 정말 몰랐다. 분명히 이상이 있다는 것을 알고 있으면서도 아무런 조치도 해주지 않던 의사나, 남자의 모습을 하고 있기에 남자로 살아야한다고 생각하고 남성호르몬을 건네주는 약사나, 그 당시 내게는 전혀 이해할 수 없는 모습들이었다. 인간에게 치료라는 것은 인간을 더욱 행복하고 안락한 삶을 오래 누릴 수 있도록 하는 것이 목적이어야하는데, 그들이 내게 보여준 모습은 영락없이 나를 또다시 구렁텅이로 밀어 넣는 것만 같았다.

나는 모종의 '거래'를 떠올렸다. 내 자신의 삶을 찾기 위해 지금 남자의 모습으로 살고 있는 것처럼, 세상과, 혹은 나 자신과 어떤 거래가 필요하다고 생각했다. 나는 다른 약국으로 다시 찾아갔다. 그리고 이번에는 이모의 심부름이라는 거짓말을 하고 호르몬제와 주사를 손에 넣었다. 지금이야 처방전이 없다면 불가능한 일이지만, 그 당시에는 의약분업이 되어 있지 않은 상황이라서 다행히 쉽게 문제는 해결되었다.

나는 여성 호르몬제를 가방에 넣고 집으로 돌아오며 참 많이 설레었다. 이제 시작이구나, 이제 시작이구나. 내 안에서는 그런 작은 목소리가 조금씩 울려 퍼지고 있었다. 기대와 흥분으로 들뜬 그 목소리는 나를 자꾸 설레게 하고 있었다.


# 죽음을 선택하고 살다

그러나 나는 주사기와 여성 호르몬제를 사다놓고도 며칠 동안 망설여야 했다. 그건 내 검사를 해주었던 의사가 했던 말들이 아직도 머릿속에 남아 있었기 때문이었다. 남자로 살아라, 하는 따위의 말들이 아니라, 내 피검사를 하고 간이 많이 나쁘다는 이야기를 하면서, 호르몬 치료는 상당히 많은 부담이 되며, 건강에 어떤 악영향을 미칠지 자신도 알 수 없다는 이야기였다. 실제로 나는 스트레스로 나빠진 간 때문에 농구하는 동안 다쳤던 무릎 수술을 하지 못했던 기억이 있었다. 그때 의사는 이런 상태에서 마취를 하게 되면, 영원히 깨어나지 않을 수도 있다고 덧붙였었다. 그래서 결국 몇 달 동안 간이 회복이 되도록 치료를 하고 난 후에야, 겨우 척추 마취를 해서 수술을 할 수 있었다. 무릎 하나 수술을 하기 위해서도 그렇게 엄청난 법석을 떨었는데, 하물며 생식기능을 하는 성기를 바꾸는 수술이라니. 그건 보지 않아도 충분히 상상할 수 있는 염려스러운 결과였다.

어쩌면 내가 지금 시작하는 치료가 내게 치명적인 것일 수도 있을 것이다. 게다가 한두 번 치료를 하고 말 것이 아닌, 수술을 받기 위해 몇 년 동안 꾸준히 지속해야 하고 수술을 받은 후에도 평생토록 계속 이어나가야 하는 호르몬 치료는 단단하지 않은 내 몸에 치명적인 악영향을 줄 수 있을 가능성이 높았다. 그 시간들을 버텨낼 수 있을지, 내가 아니라 내 몸이 버텨낼 수 있을지 자신이 없었다. 말 그대로 내가 그토록 바라는 내 삶을 찾기도 전에, 나는 최악의 상황까지 밀려날지도 모를 일이다.

나는 주사를 앞에 놓고 물끄러미 그것들을 바라보며 내 삶과 죽음을 가늠해보아야 했다. 이 치료를 시작하면서 죽기를 각오해야 하는 일이었다. 단순히 감정적으로 머릿속에 떠올리며 죽기를 각오하고 있다고 믿었지만, 눈앞에 있는 노란 약병과 주사기를 두고 떠올리는 죽음과 삶은 나를 두렵게 만들었다. 남자로서, 혹은 여자로서가 아니라, 인간으로서 이 시간의 마지막이, 죽음이 두려웠다. 그것은 마치 죽어야 하느냐, 말아야 하느냐를 떠올리는 자살을 시행하려고 하는 자의 짧은 망설임과 닮아 있었다.

지나온 시간들을 떠올렸다. 이상했던 나, 그로 인해 주위 사람들에게 받았던 갖가지 손가락질들. 운명이라는 시간 속에 갇힌 나, 혼란 속에 또 다른 혼란을 지닌 채 살아내야 했던 힘겨웠던 사춘기 시절, 한 번도 받아들여지지 못한 채 애틋하기만 했던 떨림들, 그리고 의사에게 들은 절망적인 말들까지. 나는 분명 이 세상에 존재하고 있었는데도, 한 번도 내 삶은 세상에 받아들여진 적 없었다. 말을 해도 그것은 내 말이 아니었고, 사람들을 보고 있어도 그것은 내 눈이 아니었다. 웃고 있어도 그건 내 웃음이 아니었고, 울고 있어도 그건 세상에게는 내 울음이 아니었다.

살고 싶었다. 너무도 간절히 살고 싶었다. 치열하게, 그 누구보다 더 열심히 이 세상을 살고 싶었다. 내가 살 수 없었던 이유는 단 하나였다. 세상이 나를 받아들여주지 않기 때문이었다. 눈에 보이는 나밖에 받아들일 줄 모르는 단순하고 어리석은 세상이었기 때문이었다.

나는 서투른 손놀림으로 주사기 안에 노란 액을 집어넣었다. 생명인지, 아니면 죽음인지 모를 노란 약체가 작은 방울들을 만들며 주사기 안으로 스며들어갔다. 팔뚝을 걷었다. 농구로 다져진 단단한 어깨 근육이 오늘따라 더욱 긴장한 듯 보였다. 알코올을 솜에 묻혀 그 한가운데를 천천히 닦아냈다. 시큼한 냄새가 나를 환각시키는 것만 같았다. 주사 바늘을 살 위에 갖다 댔다. 그리고 천천히 찔러 넣었다. 눈을 감았다. 그리고 피스톤을 천천히 눌렀다. 노오란 액체가 몸속 어딘가로 스며들어간다. 죽음이 슬쩍 떠오른다. 하지만 상관없다. 내 자신의 모습으로 찾을 수 없는 삶이라면, 죽음도 나쁘지는 않다. 세상에 안녕을 고하는 사람처럼 나는 쓴웃음을 짓고 있었다.


## 새로운 세상이 열리고

　　　　　　　　　다음 날 아침 눈을 떴을 때, 나는 맨먼저 눈을 여러 번 깜빡였다. 물론 그 주사 한 번으로 내가 당장에 어떻게 되리라고는 생각하지 않았지만, 세상을 다시 한 번 똑똑히 내눈으로 인식하고, 그리고 내가 살아 있음을 인식하고 싶은 마음에서였다. 침대에서 일어나 몸을 움직여보았다. 우득우득 평소와 변함없이 몸속 어딘가 잘 맞추어지지 않은 뼈들이 무거운 소리를 내며 제자리를 찾아갔다. 창문을 열어보니, 농익은 봄 햇살이 따갑게 세상을 내리쬐고 있었다. 나는 시리도록 맑은 공기를 한껏 들이마셨다. 어쩌면 이제 나는 조금 빠른 시간을 살게 될지도 모른다. 생각보다 그 시간은 빨리 다가올지도 모르는 일이며, 어쩌면 생각보다 느리게 올지도 모른다. 갑자기 마음이 조급해졌다. 느리든, 빠르든, 이제야 비로소 되찾은 것만 같은 나의 시간은 그냥 허비해버리기에는 너무도 소중한 것이라는 느낌이 들었기 때문이었다. 어쨌든 지금 이 순간 나는 온전히 내 모습으로 살아 있다.

　호르몬 치료를 시작하면서 가장 편해진 것은 남성의 성기가 더 이상 발기가 잘되지 않는다는 것이었다. 물론 보통 남자들에게는 성기

154

가 발기되지 않는다는 사실이 삶을 송두리째 앗아가는 절망적인 것이었겠지만, 내게 그것은 오히려 희망이었다. 사실 사춘기 시절부터 나는 발기하는 몸을 어떻게 할지 몰라 매번 난감했다. 자위를 하고 나면 발기가 사라진다는 것을 알게 되기는 했지만, 반복되면 반복될수록 발기가 더 빈번해진다는 것 때문에 곤혹스러웠다. 내게 자위는 쾌락이나 욕구를 해소하는 방식이 아니라, 매번 발기를 멈추는 하나의 방법이었다. 보통의 여자들은 남자의 몸이 얼마나 자주 반응을 하는지 잘 모르겠지만, 내가 가졌던 남자의 몸은, 특히 성기는 주체할 수 없을 정도로 자주 꿈틀거렸다. 그것은 단순히 성기에만 집중된 것이 아니라 온몸에 무언가 불끈거리며 미끄덩거리는 느낌이었고 그것은 도무지 쉽게 이해하고 받아들일 수 없는 힘겨운 것이었다. 그럴 때마다 나는 자위를 하여 발기를 멈추게 했지만, 사정을 한 후에 느껴지는 당혹스러움과 혼란스러움, 그리고 절망감들은 참을 수 없는 것이었다.

그런데 호르몬 치료를 하고 나서, 발기는 더 이상 예전만큼 빈번하지 않았다. 예전보다 몸이 조금 나른해지는 느낌이 있었고, 그리고 쉽게 피곤해졌다. 그 와중에도 나는 혹시 이것이 나의 생명을 조금씩 줄여가고 있는 것은 아닐까, 하는 짐작을 해보았지만, 발기의 부재만으로도 나는 이미 충분히 편안함을 느끼고 있었다. 피부 색깔이 조금 밝아지는 듯했고, 몸에 뭉쳤던 근육도 조금씩 풀어지는 느낌이 있기는 했지만, 체형이 변하지는 않았다. 목소리는 원래 여자 목소리에 가까웠기 때문에 거의 변화가 없었지만, 이제는 편안하게 내 목소리를 냈기 때문에 사람들이 인식하는 목소리는 많이 변했다고 생각했을 수도 있었다. 계속 주사를 맞으면서 간의 수치가 많이 떨어지면 어쩌나 하는 걱정도 있었지만, 그래서 더욱 나는 끼니를 거르지 않았고, 운동을 규칙적으로 했으며 잠을 푹 자며 몸 관리를 하려고 노력했다. 이제부터는 살얼음판을 걷는 일상일 것이라는 사실을 알고 있었다. 내가 나 자신을 추스르고 관리하지 않으면, 간신히 얻은 이 평화는 깨어질지도 모르는 일이었다.

치료를 시작하면서 수술을 해야겠다는 간절함이 더욱 컸기에, 나는 더욱 글을 열심히 썼다. 물론 그 어느 공모에도 당선되지 않았지만, 나는 그런 것에 신경 쓰지 않았다. 글쓰기는 이미 내 삶의 일부가 되어 빠트릴 수 없는 부분을 차지하고 있었다. 글 속에 내 자신이 끌려나와 꽁꽁 얼어 있던 마음이 녹아내리는 순간이면, 컴퓨터 앞에 앉아 나 혼자 눈물을 훌쩍이곤 했었다. 어쩌면 그 시절 나를 치료했던 것은 호르몬 주사와 함께, 내가 매일 생각하며 쓰고 있는 내 글과, 글 속 등장인물들의 삶이었던 것인지도 모를 일이다.

가장 큰 걱정거리는 여전히 돈이었다. 방세를 내고 나면 턱없이 부족한 생활비 때문에 나는 매번 카드빚에 의존해야 했다. 열심히 갚는다고 했지만, 실제로 카드빚은 조금씩 불어나고 있었고, 일주일에 한 번씩 맞던 호르몬 주사도 금세 동이 나고 말았다. 다시 약국에 찾아갔지만, 약사는 이제는 더 이상 호르몬 주사를 내어주지 않았다. 이상한 낌새를 눈치 챘는지 내게 이것저것 묻고는 본인이 직접 와서 구입을 하라고 말했다. 마치 마약이라도 구하러 다니는 사람처럼 죄인

취급을 받는 느낌은 상당히 불쾌했다. 나 자신의 삶을 찾는 내 행동들이 사회적인 해악처럼 느껴지게 하는 사실은 교묘하게 나를 어느 구석으로 밀어 넣는 듯했다. 살기 위해 어쩔 수 없이 어둠 속으로 숨어드는 내 삶에 세상은 다시 한 번 손가락질을 하게 될 거라는 사실도 나는 이미 알고 있었다. 그때마다 나는 이태원에 가지 않은 일은 옳은 결정이었다, 스스로에게 말하곤 했다. 말뿐인 자신감, 혹은 당당함이 아니라, 그 누구도 손가락질할 수 없는 삶을 보여주며 자신 있게, 당당하게 세상을 마주하리라, 그들의 손가락질을 부끄럽게 만들리라, 나는 더욱 스스로에게 다짐하고 있었다.

결국 호르몬주사는 오빠의 아내에게 도움을 받았다. 덕분에 많은 양의 호르몬 주사를 구할 수는 있었지만, 비용이 만만치 않았다. 나는 더욱 살림살이를 죄었다. 하루에 몇 천 원 이상의 비용을 쓰지 않도록 쪼개고 다시 쪼갰다. 살림은 더욱 힘겨워졌고, 빚은 조금씩 늘어났지만, 호르몬 치료를 시작하면서 나는 본격적으로 내 삶을 준비할 수 있었다.

## 강의하는 트랜스젠더

조교로 일을 하던 어느 날, 교수님은 내게 작은 서류 하나를 내밀었다. 용인에 있는 학원에서 강사를 구하는 공고문인데, 조교 일이 일찍 끝나는 편이니 저녁 때 아르바이트리도 하는 것이 낫지 않겠느냐, 하는 제안이었다. 순간 나는 망설였다. 돈이야 지금 그 어느 때보다 절실히 필요한 것이었지만, 나는 상당히 내성적인 아이였고, 다른 사람들 앞에서 강의를 하는 일 같은 것은 상상도 할 수 없는 일이었다. 나는 분명 하고 싶은 이야기도 제대로 하지 못하고, 사람들 앞에 꽁꽁 얼어버릴 것이 빤했다. 그러나 고개를 젓지 못했다. 그만큼 그 당시 내게 돈은 절실했다. 나는 한 달만 하고 쫓겨나는 한이 있더라도 충분히 가치가 있다고 생각했다. 몇 번의 곤혹스러움을 지나고 나면, 조교 월급보다 훨씬 더 많은 돈을 받을 수 있다는 생각에, 나는 애써 떨리는 마음을 진정시키며 교수님이 건네준 서류를 받아들었다.

학원은 제법 컸다. 중학교, 고등학교 아이들의 영어 강의는 내용적으로 그렇게 어렵지 않았지만, 문제는 내 모습을 어떻게 하면 들키지 않느냐 하는 것이었다. 방 안에 쑤셔 넣어두었던, 대학교 초반에 입었던 양복저고리를 대충 걸쳐 입고, 거울 앞에서 한참이나 그때의 남자 흉내를 내던 때를 떠올렸다. 목소리며, 발걸음이며 그때 했던 연습들을 기억하려고 애썼다. 그러나 이미 먼 시간 속의 일이 되어버린, 내 것이 아닌 가면들은 쉽게 머릿속에 그려지지 않았다.

아이들 앞에 서자 심장이 요동쳤다. 되도록 가장 저음의 목소리를 끌어내어 아이들에게 말했지만, 아이들은 산만하게 제멋대로였다. 진땀을 흘리며 첫날, 몇 시간의 수업을 끝냈지만 집으로 돌아오니 온몸이 두들겨 맞은 듯 아파왔다. 긴장과 억지로 만든 몸짓으로 몸은 하루 만에 거의 만신창이였다. 내가 앞으로 며칠을 이런 곤욕을 견딜 수 있을지 자신이 없었다.

하루가 지나고 이틀이 지났다. 조금 시간이 지나니 나를 만만하게 보는 사내놈들이 수업을 엉망진창으로 만드는 일이 더 심해졌다. 목소리를 높이면 여지없이 남자 목소리를 내려고 저음으로 만들었던 목소리가 찢어졌고, 조용히 타이르면 아이들은 말을 듣지 않았다. 다행히 영어를 가르치는 일은 영자신문사에서 후배 아이들과 영어 수업을 했던 경험이 있었기 때문에 어렵지 않았다. 어려운 것은 아이들과의 관계였으며, 남자로 아이들 앞에 선다는 사실이었다. 일주일을 시달리고 오면 거의 만신창이가 되었다. 한 달을 채우고 나면 반드시 그만두리라, 이렇게는 도저히 계속할 수 없다, 이를 악물며 나는 한 달을 버텼다.

그런데 의외로 처음 2주일이 지난 후, 남은 2주일이 빠르게 흘러갔다. 한 달이 다 되어 가는데 어느새 아이들이 가깝게 느껴지기 시작했다. 몇몇 아이들은 드러내놓고 내게 친근함을 표시하기도 하고, 사춘기 시절의 누구나 그러하듯이 과장된 웃음과 말들로 내 마음을 움직였다. 어느새 나는 그 누구보다 편안하게 수업을 하게 되었다. 아이들과 이야기를 나누며 나는 많이 웃었고, 아이들도 많이 웃었다. 김비 선생님 수업이 제일 재밌더라, 하는 이야기를 하는 아이들의 모습을 볼 때면 괜히 바보처럼 코끝이 찡해지기도 했다. 선생님 여자 같다,라고 말하며 까르르 웃을 때면 괜히 뜨끔했지만, 이제는 껄껄 웃고 지나갈 만큼, 아이들과의 사이가 가까워지고 있었다.

원장님도 내 강의를 좋게 보아주었다. 어른들의 영어 강의를 세인

했고, 겁 없이 또 어른들 강의를 맡게 되었다. 어른들의 수업은 아이들과는 달리 조금 더 단단한 긴장감이 있었지만, 이상하게도 사람들은 내가 하는 이야기에 조금 더 많이 귀를 기울였다.

몰랐는데, 사람들은 어느 땐가부터 내 목소리가 귀를 기울이게 하는 힘이 있다, 말했다. 나는 그것이 그저 여자 같은 목소리를 가져서 도드라진다,라는 이야기를 에둘러 하는 말이라고만 생각했는데, 조금씩 내 수업을 듣는 수강생들은 늘어났고, 수강생들의 칭찬이 이어졌다. 워낙 예민하고 감성적인 성격이기도 했지만, 그것이 무언가를 배우고 싶어 하는 사람들의 마음을 읽어내는 쪽으로 발전될 줄은 전혀 몰랐다. 자신들이 필요한 것이 무엇인지 알아서 가르쳐주는 선생은 학생들에게는 최고일 수밖에 없었다. 수업을 할 때마다 나는 조금씩 여유가 생겼고, 사람들에게 내가 알고 있는 것들을 전달하는 것을, 사람들과 이야기를 하며 마음을 소통하는 일을 어느새 나 스스로 즐기게 되었다.

그렇게 한 달이 지나고, 1년이 지나고, 다시 또 1년이 지났다. 나는 어느새 그곳에서 아이들이 자라는 모습을 지켜보고 있었고, 인근 대학교에 출강을 나가기도 했다. 원장님은 내 수업에 엄지손가락을 치켜들었고, 나는 그렇게 조금씩 사람들을 가르치는 내 능력을 깨닫게 되었다. 이전의 내 모습으로는 조금도 상상할 수 없었던, 정말 충격적인 내 삶의 변화였다.

# 성적소수자 모임 '레인보우'

그 무렵 나는 처음 컴퓨터 통신이라는 것을 접하게 되었다. 그리고 그 안에서 나와 같은 부류의 사람들이 모임을 만들어 서로 정보를 공유하고 있다는 사실도 알게 되었다. 물론 동성애자들이 주체가 되기는 했지만, 나와 같은 트랜스젠더들도 있다는 사실을 듣고 반가운 마음에 모임에 가입을 했다.

그곳에서 나는 비로소 성적소수자에 대해서, 트랜스젠더에 대해서 많은 것들을 알게 되었다. 나뿐만 아니라, 그곳에 처음 들어오는 많은 아이들이 그곳에서 자신의 삶에 대한 올바른 인식을 갖게 되었고, 동성애자나 성적소수자에 대한 쓸데없는 자괴감, 혹은 두려움 같은 것들을 깨트릴 수 있는 계기가 되기도 했다.

물론 그런 성적소수자 모임들 중에는 바람직하지 않은 방향으로 모임이 운영되어 성적소수자들이 정신적·육체적으로 피해를 보는 경우도 있었지만, 그것은 보통의 이성애자들 속에 온라인 모임들과 똑같은 흐름에 지나지 않았다. 몇몇 모임은 참 고마운 것들을 깨닫게 하고 좋은 사람들을 만나게 하는 반면, 오히려 사회적인 편견과 오해를 조장하는, 성적소수자들 스스로도 반대하고 기피하는 그런 온라인 모임들도 분명 존재했다.

다행히 내가 가입했던 그곳의 아이들은 정신적으로 건강한 친구들이었다. 나보다 두어 살 어린 친구들이 주축이었는데, 그들은 동성애자로서 자신들의 삶에 대해 긍정적으로 받아들이는 방법을 알고 있었으며, 쓸데없는 자괴감으로 자신들의 삶을 궁지에 몰아넣는 어리석은 짓들은 하지 않았다. 모임 속에서 다양한 종류의 소모임을 만들어 취미들을 공유하기도 하고, 사랑과 우정, 혹은 미래에 대한 진지한 고민들을 나누며 사람 대 사람으로 친밀함을 나누고 있었다.

그 안에 트랜스젠더들은 많지 않았다. 트랜스젠더라는 성정체성 자체가 5만 분의 1, 혹은 10만 분의 1 정도의 확률이라 그런지, 나와 같은 성정체성을 가진 친구들은 찾기가 쉽지 않았다. 그들은 이미 대부분 유흥업소에 가 있거나, 그곳에서 자신의 삶을 만들어가고 있었다. 트랜스젠더라고 말하면서, 유흥업소에 종사하지 않는 사람은 거의 나 혼자였고, 그렇지 않으면 대부분 자신이 동성애자인지, 트랜스젠더인지 아직 혼란스러워하고 있는 나이 어린 친구들이었다. 그만큼 트랜스젠더라는 집단은 소수 중에서도 또 다른 소수였다. 그런 현실이 씁쓸했지만, 받아들였다. 처음부터 그런 사회를 알고 시작한 걸음이었다.

하지만, 그곳에서 만난 친구들은 참 좋았다. 동성애자라고 밝힌 남자들이나, 혹은 여자들 모두 경계가 없는 사고방식을 가지고 있는 터여서 말도 잘 통했고, 사람들을 생각하고 배려하는 방식이 참 고마웠다. 가끔 트랜스젠더인 나보다 더 여성적인 모습의 남자 동성애자들을 만나면 나 자신도 조금 혼란스러웠지만, 그때 나는 외적으로 보이는 여성성과 자신의 성정체성과는 전혀 별개의 문제라는 사실을 알게 되었다. 나도 모르는 내 안에 껍질은 그곳에서 여러 겹 부서져 나갔다.

그 모임에서 나는 처음 내가 쓴 글을 소설로 올리기 시작했다. 그동안 나는 드라마와 시나리오만을 공부하며 써왔는데, 그곳에서 처음 그중 한 작품을 소설이라는 형식으로 올렸다. 처음 써보는 소설이라서 당혹스럽고 어렵기는 했지만, 이미 이야기의 틀이 잡혀 있는 만큼 금세 이야기는 풀려나갔다. 다행히 내 소설을 읽는 그곳의 친구들도 좋아해주었다. 한국전쟁에서부터 한국 역사의 근현대사와 맞물린 세 남자의 사랑, 혹은 우정에 관한 이야기인 그 소설은 나름 거대한 스케일을 가지고 있기는 했지만, 이야기적으로, 소설적으로 허점이 많았다. 그런데도 많은 친구들이 좋아해주었고, 마지막 장면에서는 짜릿한 느낌까지 받았다는 친구들이 있어서 나는 처음 글 쓰는 재미, 그리고 내 글을 누군가 읽어주는, 내가 이야기를 통해서 전달하고자 하는 생각이 누군가의 마음에 가 닿는 즐거움과 환희를 처음 알게 되었다.

그해 말, 그곳의 오프라인 모임에서 내 소설은 그곳의 1년을 돌아보는 5대 사건 중에 하나였을 정도로 많은 친구들에게 사랑을 받았다. 물론 그것이 내 소설 쓰기의 뿌리가 되었음은 말할 것도 없다. 그때부터 나는 시나리오 대신 소설을 쓰기 시작했다. 여전히 습작 수준에 불과한 것들이었지만, 그때의 작품들이 없었더라면 지금 글을 쓰고 있는 내 모습도 상상할 수 없었을 것이었다.

# 가장 아름다운 하늘 속 멋진 바람

가수 이상은 씨가

부른 '새' 라는 노래 중에 "가장 아름다운 하늘 속 멋진 바람을 타고"라는 부분의 노랫말이 있다. 나는 처음 그것이 노래의 가사라는 사실은 알지 못했는데, 그 모임 속에서 만난 친구 중에 하나가 바로 이 가사를 자신의 아이디로 쓰고 있었다. 그는 항상 게시판에 댓글을 달거나, 긴 글을 달게 되면 그 끝에 '가장 아름다운 하늘 속 멋진 바람' 이라고 쓰곤 했다. 물론 이미 존재하는 노래 가사의 일부분이기는 했지만, 아름다운 하늘 속을 유영하는 바람이 되고 싶은 그 마음은 아마도 소수자들 모두의 마음속에 심어져 있는 똑같은 바람이었을 것이다. 그리고 바로 그 '멋진 바람' 이 내 인생을 바꾸게 될 사람이었다는 사실을 나는 까맣게 모르고 있었다.

나보다 세 살 아래의 그 친구를 처음 만났을 때에 나는 그가 보여준 부드러움과 배려와 그리고 깔끔한 외모 때문에 깜짝 놀랐다. 그가 남자 동성애자라는 사실을 알고 있었지만, 여자인 내가 보기에도 그것은 충분히 가슴을 설레게 할 만큼 매력적인 모습이었고, 내가 모르는 부분들에 대해서 조목조목 설명을 해주며 친근하게 다가오는 그에게 한동안 마음이 끌리게 되었던 것도 사실이었다. 당연했다. 그는 어떤 여자가 보아도 충분히 반할 만큼 매력적인 모습을 가지고 있었고, 나는 외로움으로 힘겨워하던 사람이었으니 말이다. 그러나 그와 나 사이에 한계라는 것이 있다는 사실을 깨닫는 데에는 오래 걸리지 않았다. 그는 남자를 좋아하는 동성애자였고, 나는 남자의 몸을 가진 여자, 즉 그와 나는 남녀 사이였으니 말이다.

물론 그때 나는 남자의 몸을 가지고 있었으니 그게 무슨 상관일까 생각할 수도 있겠지만, 본질을 깨닫기에는 오랜 시간이 필요하지 않았다. 사랑은 몸으로 하는 것이 아니라, 마음으로 하는 것이라는 사실을 금세 서로 알게 되었다. 곧 우리들은 그저 좋은 누나 동생 사이가 되었고, 그리고 사랑하는 사람이 아니라 누나 동생이어도 충분히 괜찮은 그런 친구라는 사실을 깨달았고, 또한 그런 인연에 감사했다.

'멋진 바람'이라는 닉네임을 가진 그 친구는 컴퓨터를 상당히 잘 다루었는데, 그렇게 자주 만나며 친해지던 어느 날 그는 나에게 홈페이지를 하나 만들면 어떻겠느냐고 제안했다. 그러나 그 당시 나는 컴퓨터에 대해서 전혀 무지한 사람이었고, 워드프로그램만을 간신히 다룰 줄 아는 수준이었다. 게다가 인터넷이나 홈페이지가 일반 개인에게는 전혀 보급이 되지 않은 그런 시기였다. 당연했다. 그 당시 온라인 모임들도 지금처럼 와이파이니, 광케이블이니, 하는 것이 아니라 우리들이 가정에서 쓰는 유선 전화의 선을 이용하는 전화 모뎀이었으니 말이다. 그는 나에게 자신이 홈페이지를 만들 테니, 내가 그 안에 들어갈 자료들을 쓰라고 제안했다. 동성애자들의 홈페이지는 몇 개 있지만, 트랜스젠더의 정보에 관한 홈페이지는 전무한 상황이니, 내가 홈페이지를 만들면 사회적으로도, 그리고 성정체성에 혼란을 가지고 있는 친구들에게도 많은 도움이 될 것이다, 말했다.

처음에 나는 내 홈페이지를 갖는다는 일이 별 것일까, 하는 단순한 생각을 했다. 그저 남들이 가지지 않은 것을 내가 가질 수 있다는 것에 대한 작은 설렘이 전부였다. 소수자에 대한 사회적 인식의 오류, 그리고 그들에게 하고 싶은 말들은 내 안에 차곡차곡 쌓여 있으니 그것들을 글로 풀어내는 일 또한 어렵지 않을 것이었다.

　그렇게 우리 둘은 작업에 들어갔다. 나는 홈페이지에 들어갈 내용들을 쓰는 작업을 시작했고, 그는 홈페이지 자체를 어떻게 만들 것인가 제작을 하기 시작했다. 지금이야 많은 홈페이지 제작 프로그램들이 있어서 홈페이지를 제작하는 일이 쉬운 일이지만, 그 당시만 해도 모든 것들을 일일이 html언어(인터넷의 홈페이지를 만들기 위해 사용되는 명령어)로 지정해주어, 하나하나 모든 것들을 수작업으로 해야 하는 방대한 일이었다. 그런데도 그는 묵묵히 아무런 보답도 없이 그 많은 작업들을 해주었다. 처음에는 단순히 페이지 하나인 줄 알았는데, 그가 보여준 내 홈페이지는 너무도 멋진 것이어서 고마움과 함께 미안함을 감출 수 없었다.

　그래서 나는 더욱더 열심히 그 공간 안을 채워갔다. 이 '네꽃달'의 초안인 '김비 이야기'도 사실은 거기에서 시작되었다. 모든 인터뷰나 출판 제안도 그 홈페이지를 통해 이루어졌으며, 그 후로 모든 사람들과의 인연, 김비를 만들고, 김비를 세상에 있게 한 모든 연결고리는 바로 그 홈페이지를 통해서였다. 모든 사람들이 포털의 다양하고 편리한 블로그들로 이사를 하거나, SNS 같은 서비스로 옮겨갈 때에도 내가 지금도 나만의 홈페이지를 가지고 있는 이유도 바로 그것이다.

　내 홈페이지는 너무 소중한 것들을 내게 전해주었다. 내 인생 자체를 통째로 바꾼 또 하나의 전환점이 바로 그곳을 통해서 이루어졌다. 바로 '가장 아름다운 하늘 속 멋진 바람'을 통해서.

고맙다, 멋진 바람.


## 김비의 kimbee.net

　　　　　　　　홈페이지가 문을 열자, 꽤 많은 사람
들이 홈페이지를 찾기 시작했다. 물론 친분이 있는 지인들이나 친구
들도 많았지만, 성정체성에 대해서 혼란을 가지고 있는 친구들도 많
이 찾아왔다. 그들은 내가 적어놓은 자료들을 읽고 느낌들을 적어주
었으며, 특히 '김비 이야기'를 읽고 감동을 받았다는 친구들이 많았
다. 소설 속 같은 시간을 살아내야 했던 내 어린 시절이 누군가에게
어떤 감흥을 불러 일으켰다는 사실은 반가움이기도 했고, 그리고 묘
한 쓸쓸함이기도 했다. 그건 그만큼, 내가 살아온 시간들이 혹독했다
는 반증이었다. 문득 그 시절이 다시 떠올라 쓸쓸한 웃음이 지어지기
도 했고, 돌아가신 아버지가 자꾸 떠오르기도 했다. 문득 아버지가
지금의 내 삶에 무어라 하실까 걱정이 들기도 했고, 이내 털어버리며
쓴웃음을 짓기도 했다.

　그렇게 내 홈페이지는 사람들에게, 그리고 나 자신에게 많은 생각
을 하게 했다. 많은 깨달음을 갖게 했다. 황당한 질문들을 올리거나,
입에 담지도 못할 욕설들을 남기고 가는 사람들도 있었고, 점잖게 하
느님의 창조론을 들어 나를 타이르는 사람들도 꽤 많았다. 다양한 모
습이, 다양한 생각을 가진 사람들의 글을 읽으며 내 생각의 폭은 또

그만큼 넓어졌다. 내가 미처 모르고 있던 세상을 나는 내 홈페이지를 통해서 알게 되었다. 안다는 것과 이해를 한다는 것의 거리는 그토록 먼 것이었으며, 아무리 진실한 모습을 보이더라도 개개인 스스로가 가진 편견의 크기만큼의 진실만이 존재한다는 사실은 깨달음이기도 했고, 또 벽에 부딪힌 느낌이기도 했다.

　트랜스젠더인데 왜 여자 옷을 입지 않느냐고 묻는 사람들, 결국 여자 옷을 입지 않는 트랜스젠더는 동성애자가 아니냐, 화를 내며 반문하는 사람들, 자신의 운명을 거스르며 사는 일은 결국 최악의 삶을 살게 되는 것이다. 조언인지 악담인지 쏟아놓고 가는 사람들까지, 내 홈페이지는 그야말로 각양각색의 생각을 가진 사람들로 넘쳐났다. 심지어 홈페이지에 올린 내 사진을 보면서, 내가 남자의 몸을 가진 여자, 즉 Male to Female 트랜스젠더가 아니라, 그 반대인 여자의 몸을 가지고 태어난 남자, 즉 Female to Male이라고 생각하며 글을 남기는 사람들도 꽤 많았다. 그래서 나름 칭찬이고 응원이라고 '정말 남자다우시다' '여자 같은 모습이 아직 좀 남아 있기는 하지만, 지금도 충분히 남자답고 멋있으시다. 힘내시라' 하는 어이없는 응원 글까지 이어질 때에는 고맙다고 해야 할지, 말아야 할지 컴퓨터 앞에 앉아 폭소를 터뜨리는 일도 부지기수였다.

　그만큼 그 당시 사람들의 편견은 확고했다. 트랜스젠더라고 하면 짙은 화장에 야한 옷을 입은 남자의 모습을 떠올렸으며, 그리고 가끔씩 방송에 출연하고 사람들의 입에 오르는 트랜스젠더들의 모습은 영락없이 그랬으니 말이다. 그러니 사람들은 화장을 하지 않는 트랜스젠더, 치마를 입지 않는 트랜스젠더는 생전 처음 보는 것이었다.

그렇게 내 홈페이지에 대한 이야기들이 조금씩 알려지기 시작하면서, 여기저기서 인터뷰 제의가 들어왔다. 그 당시만 해도 트랜스젠더가 얼굴을 내밀고 자신의 이야기를 하는 모습은 상상하기 쉽지 않은 상황이었기 때문에, 그리고 트랜스젠더라는 이름으로 등장하더라도 대부분 천편일률적인 짙은 화장에, 화려한 옷차림의 여장 남자의 모습을 떠올렸기 때문에 밋밋한 내 모습이 오히려 더 이목을 끌었던 모양이었다. 게다가 유흥업소가 아니라 일반 직장에 다닌다는 내 경력은 그들의 호기심을 꽤나 자극했던 모양이었다.

초반에 그런 인터뷰 요청들이 들어왔을 때, 나는 상업적인 것이 아니라면 대부분 응해주어야겠다는 마음을 먹고 있었다. 그러나 대부분 학생 기자였던 그 친구들을 자꾸 만나면서 느꼈던 것은 '진실을 전했구나' 하는 생각보다는 '내가 누군가의 숙제를 해줬구나' 하는 느낌이 더욱 강했다. 때로는 트랜스젠더에 대한 사전 지식이 전혀 없는 상황에서, 심지어 내 홈페이지에 올린 글들조차 읽지 않은 상태에서 무작정 인터뷰를 해, 황당하고 어이없는 질문들을 해서 나를 당혹시키기도 했다.

내가 홈페이지를 통해 만난 것은 작은 사회였다. 그리고 그런 사회 속에서 내가 어떻게 비추어지고, 또 어떻게 행동해야 하는지 가르쳐주는 소중한 가늠자였다. 나는 단순히 내 개인적인 혼란과 개인적인 아픔만을 떠올렸다. 그러나 그것이 곧 내가 살고 있는 사회의 아픔과 사회의 혼란이라는 사실을 깨닫게 되었고, 그리고 내가 만든 홈페이지가 단순히 한 사람의 개인적인 기록이 아니라, 이 사회의 기록이라는 사실을 알게 되었다. 실제로 내 홈페이지에는 트랜스젠더들보다 트랜스젠더에 대해서, 소수자에 대해서 알고자 하는 사람들이 더 많이 찾아와 글을 남겼다. 좋든, 싫든, 그들이 이곳에서 느꼈던 것은 그들을 변화시켰을 것이며, 그리고 그것은 나를 변화시켰다.

나는 그렇게 내 홈페이지를 통해서 조금씩 자라고 있었다. 호르몬 치료가 내게 어떤 또 다른 탄생의 의미라면, 나는 내 홈페이지를 통해, 온라인상의 내 집을 통해 조금씩 걸음마를 하고 있었다. 아주 소중한 발걸음이었다.


## 미안해요, 김비 씨

학생기자든, 아니면 사회의 공식 언론매체이든 내가 인터뷰를 하는 내용은 언론매체마다 별다를 것이 없었다. 그들이 알고 싶어 했던 것은, 이 사회가 나에게 알고 싶어 하는 것은 정작 우리들 자신을 위한 이야기도 아니었고, 그렇다고 이 사회의 변화를 위한 것도 아니었다. 물론 인터뷰하는 사람들은 모두 내게 첫 발걸음으로 만족할 수는 없는 일이고, 나 같은 사람들이 자꾸 사회에 당당하게 등장하여 노출을 함으로써 사회의 생각이나 편견들이 조금씩 깨져나갈 것이라고 나를 설득했다. 사실이다. 연예인도 아니고, 유명인도 아니면서 내가 맨 처음 인터뷰를 하겠다고 마음먹었을 때에, 나에게는 그런 순수한 마음이 있었다. 나 자신에게 불편하고 곤혹스러운 일이지만, 이 사회를 위해서, 그리고 어디선가 힘겨워하고 있을, 나처럼 정체성의 혼란을 겪고 있는 누군가에게 힘이 되고 있는 일이다,라는 믿음이 깜냥도 되지 않으면서 겁 없이 인터뷰니 방송이니 하는 일들에 뛰어들었던 이유였다.

그러나 여러 번 갖가지 인터뷰를 계속하면서 나는 조금씩 사회에 대한, 그리고 나를 대하는 사람들에 대한 회의에 빠지기 시작했다. 특히 약속이나 한 듯 똑같은 질문을 던져대는 인터뷰에는 화가 치밀어 오르기도 했다. 도대체 언제까지 똑같은 이야기를 앵무새처럼 해야 하는 건지. 특히, 언제부터 트랜스젠더가 되었느냐, 언제부터 스스로를 여자라고 생각했느냐, 하는 질문이 그중에 가장 빠지지 않고 등장하는 것이었는데, 그때마다 나는 당혹스러움에 머리를 긁적여야 했다. 그것은 만약 당신에게 누군가, 언제부터 여자인 것을 느꼈느냐, 혹은 언제부터 남자인 것을 느꼈느냐 하는 질문에 당신이 느끼게 될 당혹스러움과 똑같은 것일 테니 말이다.

그렇게 찍어내듯 똑같은 인터뷰들에 회의를 느끼고 있을 때쯤, 모 월간지에 인터뷰를 하고 나서 얼마 지나지 않은 일이었다. S 방송국의 모 프로그램 작가에게서 메일이 왔다. 자신의 프로그램에 나와 인터뷰를 좀 해달라는 내용이었다. 그런데 그 프로그램은 내가 지켜본 프로그램의 성격상 트랜스젠더에 관한 심각한 이야기를 할 수 있는 그런 프로가 아니었다. 게다가 같이 출연을 할 트랜스젠더는 유흥업소에 종사하면서 누드집을 냈다는, 어느 트랜스젠더였다. 그들의 의도는 충분히 예상할 수 있는 것이었다. 좋게 말하자면, 전혀 상반된 삶을 살고 있는 트랜스젠더라는 사람들의 삶을 들여다봄으로써, 우리가 알고 있는 편견을 깨어보자, 하는 것이었고, 나쁘게 말하자면 그동안 트랜스젠더들의 출연은 너무 빤한 감이 없지 않으니 좀 더 색다른 삶을 살고 있는 사람을 출연시켜 이목을 집중시켜보자는 의도였을 것이다. 게다가 누드집을 낸 트랜스젠더와, 영어강사를 하고 있는 트랜스젠더라니 서로 정반대 지점에서 사람들의 호기심을 자극하기에 충분했을 것이었다.

나는 나가지 않겠다고 메일을 보냈다. 그러나 작가는 끈질겼다. 계속해서 내게 메일을 보내 자신의 프로그램에 꼭 나와 달라고 종용했고, 나오기 힘들다면 전화 인터뷰라도 좀 할 수 있게 해달라는 것이었다. 나는 남겨진 작가의 번호로 전화를 걸었다. 앳되지 않은 여자가 전화를 받았다. 나는 그녀에게 내가 왜 나가지 않으려 하는지 조목조목 따져가며 설명을 했다. 그리고 다시 한 번 출연하지 않겠다는 내 의중을 확실히 했다. 그러자 그녀는 전화의 말미에 그렇다면 홈페이지에 있는 자료를 가져다 써도 상관없겠느냐 물었다. 내가 그동안 외국의 트랜스젠더 관련 서적을 직접 번역한 내용이며, 트랜스젠더라는 이름으로 살아오면서 내가 느꼈던 곤란함들, 그리고 이 사회의 오류들에 대한 자료는 내 홈페이지에 충분했고, 오히려 그것이 내가 세상에 하고 싶은 이야기와 부합한다는 생각에, 나는 그렇게 하라고 말하고 전화를 끊었다. 내 홈페이지의 자료들은 모든 사람들에게 공개된 자료였기 때문에, 나는 보통 자료를 찾아 내 홈페이지에 들어와서 자료를 써도 되겠느냐,라고 묻는 사람들에게 고개를 끄덕이듯이 그렇게 전화를 끄덕였을 뿐이었다.

그런데 며칠 후, 방송된 프로그램을 보니, 트랜스젠더를 설명하는 과정에서 떡하니 내 사진이 텔레비전 화면 속에 등장하는 것이 아닌가. 내가 자료를 써도 좋다고 한 것은 내가 쓰고 번역한 내용에 한정된 것일 뿐이지, 내 일상의 사진까지 사용해도 좋다는 의도는 아니었는데, 작가는 뻔뻔스럽게도 정작 중요한 이야기들은 싹 빼놓고, 내 사진들만 모조리 가져다가 써서 프로그램을 만들어버렸던 것이었다.

나는 당장 작가에게 전화를 걸었다. 그러나 그 작가의 대답은 걸작이었다. 자신은 인터넷에 내 얼굴이 공개되어, 당연히 방송에 공개해도 상관없을 줄 알았다는 대답이었다. 그리고 결국 미안하다,였다. 이미 방송은 나갔고, 조금은 여성스러운 남자라고만 알고 있을, 내 직장의 모든 사람들, 나와 가깝지 않은 모든 사람들에게 내 의도와는 전혀 상관없이 까발려진 꼴이었다. 그것이 아직 수술을 하지 못한 내 삶에 어떤 영향을 미칠지, 어떤 곤란함을 겪게 할지 그녀는 배려 같은 건 고사하고, 생각조차 하지 않았을 것이 빤했다. 그런데도 이 나라의 방송국 작가가 한다는 이야기는 겨우 "미안하다"였다. 사람의 일상을 뒤집어놓고 한다는 이야기, "미안하다."

그건 평생 동안 내가 들은 말 중에 가장 어이없는 말이었다.

# 황색미디어

　　　방송이 나가고 난 후, 홈페이지는 거의 난리가 났다. 하루에 접속 건수가 2000건에 육박하고 있었다. 인터뷰에 등장했던, 누드집을 낸 트랜스젠더의 홈페이지인 줄 아는지, 그분에 대한 욕설도 여기저기 난무했다. 왜 그렇게 사느냐, 비아냥거림에, 욕이나 다름없는 긴 설교까지, 한순간 내 홈페이지는 엉망진창이 되어버렸다. 물론 위로를 해주시는 분들도 계셨지만, 모든 것은 내가 원하지 않은 결과였던 만큼, 나는 당혹스러웠고, 그리고 씁쓸했다. 다행히 직장에서는 그렇게 큰 영향을 받지 않았지만, 결과론적인 내용을 떠나서 그때 보여준 방송국의 처사는 내게 깊은 상처가 되었다. 말로만 들었던 '황색저널리즘'의 피해자가 된 것 같아, 소름이 끼쳤다.

　그들은 방송의 힘을 모르지 않았을 것이다. 일반 사람들보다 그들은 방송의 힘을 훨씬 더 잘 알고 있었을 것이다. 그럼에도 불구하고 한 사람에게 상처가 될 수 있을 이야기를 함으로써, 그들이 얻은 것은 '법석'이었다. 물론 그 '법석'이 바로 그들이 원했던 것이었다. 트랜스젠더가 무엇인지, 성적소수자로 사는 일이 무엇인지는 중요치 않다. 중요하다고 말들 하고, 편견을 깨는 일이 중요하다고 MC는 대본을 읽겠지만, 그들이 정말 성적소수자들을 배려하고, 세상의 편견을 깨는 일이 얼마나 중요한 일인지 알고 있었다면, 그렇게 처신하지 않았을 것이다.

　내가 전화로 했던 이야기들은 모두 외면했으면서, 자신들이 필요한 것들만 취해 방송에 이용한 것은 분명 성적소수자들을 배려하고 상처를 보듬으려는 행동일 수는 없었다. 사회의 편견을 깨는 일이 단순히 트랜스젠더를 화면에 비추는 것이 전부가 아니라는 사실을 알고 있었으면서도, 오히려 특정한 직업의 트랜스젠더를 방송에 출연시키는 것이 편견을 더욱더 공고히 하리라는 것을 알면서도 방송을 진행했다는 사실은 그들이 말했던 사회적 편견과 오류를 수정하는 방향과는 전혀 반대의 것임을 인정해야 할 것이었다. 물론 알고 있다. 방송이든, 영화이든, 자본이 필요하고, 자본의 논리에 맞추어 진행되게 된다는 사실을. 그렇다면 더더욱 사회적 편견을 깨트린다느니, 성적소수자들을 배려한다느니 하는 허울 좋은 이야기들은 입에 담지 말아야 할 것이다. 바로 자신들이 소수자들에게 상처를 입히고, 사회적 편견을 단단하게 만드는 역할을 하는 장본인이면서, 자신들의 입으로 그런 이야기들을 떠벌리는 것은 아무리 생각해도 납득할 수 없는 어불성설이며, 견공께서 웃고 갈 이야기인 것이다.

트랜스젠더, 혹은 성적소수자들을 다루는 프로그램들이 '황색저널리즘'의 비난을 벗으려면, 먼저 이분법적으로 인식하고 있는 인간 사회의 성 구조에 관한 이야기부터 해야 할 것이다. 우리가 알고 있는 남, 혹은 여에 대한 인식들이 겨우 외현적인 몸에 국한된 것에 불과하며, 생식활동 중심의 단편적이며 동물적인 인식에 제한된 것이라는 사실을 사람들이 깨닫게 해야 할 것이다. 동성애라는 것을 이야기하기 위해서, 편견을 깨트리기 위한 언론이 먼저 해야 할 일은, 이성애를 들여다보며 이성애 중심의 사고방식에 대해서 재고하고 고민하는 시간을 갖는 것이 먼저여야 하는 것이다.

그럼에도 불구하고 모든 성적소수자에 대한 프로그램이나 기사들은 성적소수자 자신들만 부각시킨다. 트랜스젠더들의 화장이나 치마, 혹은 눈물만을 부각시키고, 동성애자들의 고립과 고독, 혹은 처연함만을 부각시킨다. 사회적으로 그들의 소외와 아픔을 들여다보는 일이라고? 수십 년의 세월이 지났지만, 사회의 모든 것이 눈이 부시도록 빠르게 발전하고 바뀌어왔지만, 성적소수자들을 바라보는 이 사회의 태도는 조금도 변하지 않았다. 아직도 트랜스젠더를 이야기하기 위해 그들의 외모와 여성성만을 이야기하고, 고작해야 가족들과 포옹하고 손을 잡으며 눈물 흘리는 남우세스러운 일들만 쫓아다니는 것이 21세기의 언론이다. 동성애자의 바지 속 이야기나 몰래카메라로 쫓으며 마치 자신들의 바지 속은 존재하지도 않는 듯 이야기하고, 기껏해야 사회적으로 낙오된 동성애자들의 불쌍한 얼굴들이나 화면 가득 담는 것이, 2011년의 이 사회가 성소수자를 대하고 바라보는 시선이다.

물론 두려운 일일 것이다. 트랜스젠더를 설명하기 위해서, 그동안 굳건히 세워두었던 남자, 혹은 여자라는 관념의 벽을 무너뜨리는 일. 동성애를 이야기하기 위해서, 이성애 중심의 영역을 좁히고 동성애에게 사람 사이 관계의 한 축을 내어놓는 일. 분명 두렵고 힘겨운 작업일 것이다. 어쩌면 남녀 이분법적인 생각과 이성애 중심의 사고는 그동안 인간 사회를 만들고 지속하게 만든 힘이었을지도 모르는데, 그것을 포기하는 일은, 그것도 이성애자들의 손으로, 이분법적 성 구

176

분의 관념 속에 자라고 교육받은 사람의 손으로 무너뜨리기란 참으로 쉽지 않은 일일 것이다.

그렇다면, 그 오류를 알고 있다면, 최소한 오류를 재생산하지는 말라는 이야기다. 무수히 많은 우리들의 후손들이 괴로워하며 자기혐오에 빠지고 말게 되는 그 함정을 더 이상 만들지 말라는 이야기다. 동성애를 이성애와 대등하게 바라보는 프로그램이 동성애자를 양성한다, 혹은 트랜스젠더가 등장하는 프로그램이 사회적 미풍양속을 해친다,라는 자신들의 오류를 스스로 인정하고 소리 지르는 낯 뜨거운 일들은 하지 마시라는 이야기다.

황색미디어로 인한 폐해는, 이 사회가 외면하고 있는 성소수자에 관한 문제, 교정되고 있지 않은 사회적 편견의 문제들은 그렇게 그때부터 지금까지 나를, 내 생각을 괴롭혔다. 그건 아쉬움이기도 했고, 답답함이기도 했으며, 나이가 들면서 현실의 한계를 깨닫는, 어리석은 깨달음이 되기도 했다.


## 밖으로 나오다

내가 원하지 않던 부분이기는 했지만, 세상이 조금씩 트랜스젠더에 대한 이야기로 시끌시끌해지면서, 나는 그때 한 가지 중대한 결정을 내려야 했다. 바로 내가 강의를 하고 있던 직장에서의 문제였다. 성인반을 수강하는 학생들 중 몇몇은 프로그램을 보기도 했지만, 아직 원장님은 내 이야기를 접하지 못한 눈치였다. 다른 곳에서 접하는 것보다는 직접 내 입으로 말씀드리는 것이 옳은 일이라는 생각에, 나는 결심을 하게 되었다.

그러나 원장님은 남자 분인 데다가, 나이도 있으신 분이어서 내가 트랜스젠더라는 이야기를, 수술을 준비하고 있다는 이야기를 어찌 받아들이실지는 가늠하기 쉽지 않았다. 개방적이라고 하는 외국의 경우에도 자신이 트랜스젠더라는 사실을 직장 내에서 밝히는 일이 쉽지 않은 것으로 알려져 있다. 가족들에게 알리는 것이 첫 번째 관문이고, 그리고 직장에 알리는 것이 그 두 번째 관문이었다.

나는 과연 내가 직장에서 거부된다면 어디로 가야 하는 걸까, 곰곰이 생각했다. 내가 갈 수 있는 곳이 있을까, 하는 궁금증은 결국 유흥 업소라는 최악의 상황으로 밀려갔지만, 나는 인정하고 싶지 않았다. 결국 제자리로 돌아가고 말게 되는 현실을 그대로 따르고 싶지는 않았다.

나는 내 기사가 실린 월간지 하나를 들고 부부이신, 원장님과 부원장님을 만났다. 그리고 되도록 담담한 어조로 그에게 내가 나온 기사를 보여드렸다. '성전환수술을 준비하고 있는 영어 강사 김비 씨'라는 제목으로 나와 있는 그 기사를 원장님은 뚫어져라 쳐다보시고는 이게 김비 선생님이냐고 물었다. 나는 고개를 끄덕였다. 그리고 트랜스젠더에 관한 이야기, 이전에 내가 살아왔던 이야기들을 되도록 담담한 어조로 말씀드렸다. 그리고 원장님과 부원장님이 어떤 결정을 하더라도 담담하게 따르겠다는 말도 덧붙였다.

원장님은 문득 수술은 하지 않았으면 좋겠다고 말했다. 이대로 거부되는 건가,라고 낙담했지만, 그가 들려준 이유는 참으로 고마운 것이었다. 듣기로는 수술을 하면 수명이 단축될지도 모른다던데, 수술을 하는 일이 건강에 나쁜 것이 아니냐, 걱정스러운 얼굴이셨다. 그리고 곁에 앉으셨던 부원장님은 지금까지 살아온 힘겨움들을 다 이해한다고, 그리고 앞으로도 무슨 일이 있어도 우리 직장에서는 그런 이유로 김비 선생님을 퇴직시킬 일은 없으니까 걱정하지 말라, 말하며 빙긋 웃어주셨다.

순간 가슴이 먹먹해졌다. 어디서든 받아들여진다는 사실은, 여러 가지 곤혹스러움을 감내하며 나라는 존재를 받아들이겠다는 사실은 고마움과 함께 죄송스러움을 동시에 떠올리게 했다. 어쩌면 어린 학생의 부모들이 그런 기사를 보고 항의를 해올 수도 있을 텐데, 그런 최악의 상황이 일어나더라도 괜찮겠느냐, 나는 조심스럽게 물었다. 그러자 두 분은 그런 짧은 생각을 가지고 있는 부모의 아이라면 우리 학원에서 강의를 들을 자격도 없는 거라며, 오히려 내 편을 드셨다. 바보처럼 눈물이 치밀어 올랐다. 걱정하고 염려하던 한 귀퉁이가 마저 떨어져나간 느낌이었다. 힘겨운 산을 올라와 어느 나무 그늘 아래에 쉬고 있는 기분이었다.

두 분은 괜한 생각하지 말고, 편안하게 지내라고 이야기했다. 어쩌면 그렇게 아무렇지 않게 말해주실 수 있었던 건, 트랜스젠더라는 것이 무엇인지, 그것이 어떤 오해를 불러일으키는 말인지 몰랐기 때문일 수도 있었다. 그러나 이유가 어찌 되었던 간에, 나는 그날 처음으로 나오는 전혀 혈연이나 지연이 없는 사회 속에서 밖으로 나왔다. 그리고 그들에게 받아들여졌다. 그것만으로 내게는 온몸이 저릿저릿한 깊은 감동이었다.

## 가족에 관하여 — 아들

아주 우연한 기회였다. 같은 모임을 하는 학교 후배 중에 하나가 봉사 모임에 참여하고 있다는 이야기를 전했고, 그리고 나도 참여하면 어떻겠느냐 제안했다. 처음에 나는 그것을 그저 지나가는 이야기로만 생각했다. "형도 한 번 같이 가요" 혹은 "누나도 시간 있으면 같이 가요"와 같은 아주 일상적인 이야기로만.

그리고 어느 날, 정신적으로나 물질적으로 아무런 준비도 없이 그를 따라 경기도 외곽의 작은 보육시설에 갔을 때, 나는 내 안에서 꿈틀거리는 무언가를 느낄 수 있었다. 실제로 우리 형제들도, 엄마가 가출을 하고 난 후, 아픈 아버지와 같이 살 수 없을 테니 보육원에 보내는 것은 어떠한가, 하는 이야기를 듣고 지냈던 적이 있었다. 사람들과 어울리지 못하고 어느 구석에 웅크리고 앉은 모습들. 아이다운 웃는 얼굴이 지워진 돌덩이처럼 딱딱하게 굳은 표정들. 시간의 뒤틀림이 더 깊었다면 그 안에 내가 있었을 것이다. 또 다른 구덩이에 빠졌더라면 나도 그들처럼 그 속에서 생각 없이 찾아오는 누군가를 향해 미소 지어야 했을 것이다.

실제로 그곳에는 부모가 없어서 온 아이들도 있었지만, 단지 이혼을 했거나, 혹은 경제적 사정이 좋지 않아 아이를 키울 수가 없어 잠시 동안 보육원에 맡겨놓은 경우도 있었다. 아이들은 익숙하게 큰형이나 큰누나, 혹은 큰오빠나 큰언니 뻘 되는 우리들에게 매달리고 친근하게 굴었다. 괜히 딱딱한 얼굴을 하고 있는 나 스스로가 부끄러웠다. 나보다 더 밝은 얼굴로, 오히려 나이 많은 나에게 먼저 인사를 하고 웃음을 보여주는 그들은 내게는 새로운 가르침이었다. 누군가에게 봉사를 해주러 가는 것이 아니라, 오히려 나 스스로가 큰 위로와 부끄러움을 배우고 오는 것만 같았다.

이제 막 말을 배우고 걸음마를 배운 아이를 가슴에 안았더니, 눈물이 핑 돌았다. 그저 옛날을 돌아보는 비슷한 처지의 아이들에 대한 동질감쯤이라고 생각했는데, 걸음마를 시작한 아이를 안고 보니, 자꾸 코끝이 찡해졌다. 나도 모르는 신기한 것이 내 안에서 꿈틀거리며 흔들렸다. 내 품에 안겼던 아이가 머리가 긴 나를 보고, "엄마, 엄마" 하며 버둥거린다. 물론 그저 머리가 길어 여자이겠거니 하는 오해에서 비롯된 말 몇 마디였지만, 그 말은 내 속을 송두리째 뒤집었다. 나도 모르고 있던 감정들이 살갗을 뚫고 삐져나왔다. 하루 종일 그 아이를 안고 돌아다니며 눈물 나도록 고마웠다. 누군가에게 이렇게 위로가 된다는 사실이, 누구로부터 이런 위로를 받는다는 사실이.

그때부터 나는 격주마다 참석하는 모임을 기다렸다. 겨우 얼마 간의 회비를 내고 주전부리들을 사다가 아이들 앞에 늘어놓는 일이 전부였지만, 그곳에 다녀오는 날에는 삶이 뽀송뽀송해졌다. 이기적이고 유치한 자기 위안이라고 말해도 상관없다. 그러나 그때 나는 분명 아이들로 인해 행복했다. 부끄러운 일이지만, 내 방문으로 인해 아이들도 행복해지고 있다고 믿었다. 부끄럽고 참혹한 일이지만, 그때 나는 겨우 그 정도였다.

그렇게 시간이 흘러가고 난 후, 나는 그 아이들 안에서 유독 눈에 밟히는 한 아이를 만났다. 초등학교 3학년짜리 남자아이였다. 어떤 상처가 얼마나 깊었는지, 아이는 다른 아이들과는 달리 우리들을 보고 제대로 아는 척하지도 않았다. 친근하게 웃어주거나, 곁에 와 놀려고도 하지 않았다. 겨우 열 살의 나이였지만, 삐딱한 눈으로 우리들을 지켜보았고 멀찌감치 떨어져 혼자 놀았다. 그래서인지, 유독 아이가 눈에 띄었다. 일부러 가서 말을 걸기도 하고 장난도 쳐보았지만, 아이는 전혀 반응을 보이지 않았다. 그런데도 나는 계속해서 아이를 귀찮게 했다. 아이는 이리저리 도망을 다니기도 하고 부러 나를 피하기도 했지만, 집에 돌아와서도 그런 아이의 모습이 자꾸 눈에 어른거렸다. 아이에게 힘이 되어주고 싶다, 능력은 없지만 어떤 식으로든 아이에게 도움이 되고 싶다, 하는 생각들이 새순처럼 생각의 땅 위에 여기저기 돋아났다. 내가 어떤 처지인지, 나의 미래가 아이에게 얼마나 불안하고 혼란스러운 것일지 미리 알았어야 했는데, 그때 나는 그러지 못했다. 불행하게도 나는 처음 느낀 감정들 때문에 그저 혼곤해 있었다.

행복은 알 수 없는 미래에 무작정 희망만을 떠올리게 만든다. 어쩌면 그건 그저 평생을 외롭게 지내왔던, 어리석은 한 사람의 이기적인 욕심에 불과했을지도 모르는데, 나는 그때 꿈을 꾸고 있었다. 아이를 보면 행복해지니까 행복한 꿈을, 아이와 조금씩 친해지면서 삶이 고마워졌으니까 고마운 꿈을, 아이가 나를 찾아 뛰어올 때면 눈물이 핑 돌았으니까 눈물 나도록 감동적인 꿈만을 꾸고 있었다.

그렇게 나는 내 삶에 아이를 들여놓았다. 평생 갖지 못하리라 생각했던 아이, 남자로든, 여자로든 갖지 못하리라 생각했던 아이를 나는 가슴에 품었다. 나는 그때 참 행복했다. 물론 여전히 나는 그 아이의 행복 같은 건 제대로 떠올릴 줄 몰랐다. 참혹하지만, 나는 그때, 희망 때문에 눈이 멀었다.


## 가족에 관하여 — 동생

그렇게 아이와의 행복에 젖어 있을 무렵, 나는 다시 동생을 만났다. 동생은 한 남자를 내게 소개시켜주었다. 맨 처음에는 그저 친구인 줄로만 알았는데, 동생은 그와 결혼을 할 거라고 말했다. 나는 동생에게 호르몬 주사를 맞고 있다고 말했다. 언제가 될지는 모르지만 수술을 하게 될 것이며, 지금 힘들지만 행복하게 살고 있다고. 결혼 약속을 한 남자친구에게 나에 관해서 이야기를 하고 싶지 않으면 하지 않아도 된다고 했다. 동생이 행복하게 살기 위해서 나 같은 것 동생의 삶에서 지워져야 한다면 나로서는 당연히 그 정도는 해줄 수 있다고 생각했다. 오랜만에 만난 동생과 헤어지고 집으로 돌아오며 나는 혹시 나라는 존재로 인해 동생의 결혼에 나쁜 일이 생기는 것은 아닌지 조마조마했다.

그런데 내 홈페이지에 처음 찾아온 동생의 글은 내 우려를 한꺼번에 싹 지워버리는 고마운 것이었다.

이제야 알았다. 이제야 기억해낼 수 있었다. 우연히 오빠에게서 받아 적은 사이트에 들어가서야 기억해낼 수 있었다. 난 하루 종일 컴퓨터에서 눈을 뗄 수 없었고, 눈엔 빠알간 주름이 내내 잡혀 있었다. 어렸을 때 오빠가 왜 그렇게 말이 없었는지, 왜 아침마다 다리를 다칠 때까지 농구를 해야 했는지, 왜 그렇게 힘들어 보였는지. 그런 것도 모르고 어린 철없는 동생은 오빠를 미스 김이라 놀려댔다. 비로소 오늘에야 알았다. 이곳을 통해 아버지가 어떻게 돌아가셨는지, 그동안 우리가 어린 시절을 보냈던 달동네의 일들, 하나하나씩 되살아나며 종일 가슴을 짓눌렀다. 오빠가 처음 우리 가족에게 얘길 했을 때, 나에게 무척 서운해하던 오빠 모습이 생각난다. 네가 제일 먼저 이해해줄 것이라고 믿었는데, 하며 눈물을 감추던 모습. 난 이해하기 싫었다. 오빠가 그냥 이 세상에 평범한 나만의 오빠로 남아주길 바랐다. 나의 가장 가까운 내 오빠로. 언니가 아닌 예전에 밤길 조심하라며(극장, 파출소 사건) 잔소리하던 오빠로 말이다.

그냥 그렇게 세월이 흘렀다. 주사를 맞으면서 뼈만 앙상히 남은 얼굴에 광대뼈가 훤히 보이는 오빠를 보면서 너무 화가 났다. 엄마를 원망하면서, 나를 원망하면서. 근데 이젠 그럴 필요가 없다. 오빠가 너무너무 행복해 보이니까. 그리고 오빠가 언니가 된다 해도 나한텐 언제나 나에게 잔소리 해주는 오빠며, 엄마니까. 아 참, 내 애인에게 다시 소개하련다. 우리 마마 오빠 어떠냐고!

오빠, 오빠가 처음 집에서 나갈 때 내게 편지 한 통 남겨 놓았었지? 편지 읽으며 흘린 눈물이 아마 온 동네가 홍수로 잠겼을 때의 물만큼일걸? 또 버림. 엄마도 날 버리고, 오빠도 날 버리고, 또 이젠 누가…… 그랬었 거든. 나가서 돈도 없는데 어떻게 살려고 그러나 걱정했는데, 이렇게 잘 살고 성공(?)했으니 됐지 뭐. 그렇지? 오빠, 그거 생각나? 우리 둘이 손 꼭 잡고 대문 앞에서 옆집이 먹고 버린 케이크를 쓰레기통에서 주워 먹던 일. 그 일 정말 지워지지 않아. 오빠 고생 많이 했는데, 그치? 매일 손발이 시퍼렇고 탱탱 부었던 생각난다. 마루에 난로 설치하고 어쩌나 좋아했었 던지. 지금 참 좋아졌다. 오빠도 따뜻한 집에 살고, 나도 그렇고. 이렇게 좋은 친구들도 많고. 오빠 이제 부러울 게 없겠다.

난 오빠 동생이야, 알지! 왜 오빠랑 나랑 멀어지니? 그럴 생각하지도 마! 내 신랑감이 이해 못한다면 그 신랑감 짤라버릴 테니까. 우리 애인은 다 이해할 거고, 애인을 버리면 버렸지, 오빠를 버리겠니? 아무리 못난 동 생이지만, 여태까지 나도 오빠 챙겨주지 못해 미안하다. 내가 여잔데 오빠 가 집에서 여자 역할 다 했잖아? 아무튼, 얘기가 너무 길어졌다. 딴 생각 하지 말고 지금 행복 누리기만 하세요. 연락 자주 하고. 연예인이라고 바 쁜 척 그만하고, 알았지? 담에 다시 내 남자친구랑 만나, 꼭! 그땐 그런 느 낌 안 들거야. 오빠 가슴 아프게 하지 않을게. 아프지 말고. 그럼 나 이제 일해야겠다. 이젠 좋은 일만 있음 좋겠다. 우리 모두에게, 늦어도 너무 늦었지만, 축하해. 생일도, 홈페이지 개설도.

나는 그날 컴퓨터 앞에 앉아서 엉엉 울었다. 옛날의 일들이 고스란히 다시 떠올랐던 것은 물론이고, 나에게 이렇게 든든한 가족이 있다는 사실을 나는 처음 확인했다. 감사였다. 그것은 누군가에게 매달려 무릎을 꿇고 목 놓아 울어도 좋을 만큼 너무나도 커다란 감사였다. 살아 있다는 것에, 그리고 그 누구보다도 자랑스러운 가족을 가지고 있다는 것에 나는 감격스러워 울고 있었다.

며칠 후 나는 동생과 그녀의 신랑감을 다시 만났다. 하지만 우리는 아무 말도 하지 않았다. 서로의 과거에 대한 이야기도, 그리고 트랜스젠더이기 때문에 걱정스러운 이야기들도. 환하게 웃고 있는 동생의 신랑감에서 모든 대답을 들은 것과 마찬가지였고, 우리는 그저 그 어느 때보다 즐겁게 이야기를 나누고 편안한 모습으로 서로를 대했다.

결혼식은 평범하게 치러졌다. 이미 신랑의 가족들과 인사를 나누었고, 그리고 그분들의 모습이 너무나도 평안하고 또 아름다운 모습이었기에, 나는 되도록 그분들께 누가 되지 않도록 조용히 조심스럽게 움직였다. 사진기를 들고 이리저리 움직여 다니면서, 나는 어쩌면 나 같은 부끄러운 존재가, 내 동생의 가족이라는 사실을 숨기고 싶었던 것인지도 모른다. 없는 듯 곁에 있어주는 것이 동생을 위해서 내가 해줄 수 있는 일이라는 사실을 알고 있었기 때문일 것이다.

물론 동생은 나를 잡아끌며 당당하라고 했지만, 눈물이 날 만큼 아름답고 행복해 보이는 동생 앞에 나는 자꾸만 움츠러들었다. 그 분주함 속에서 나는 빌고 또 빌었다. 잘 살아라, 행복하게 살아라. 예전에 그 힘들었던 기억들, 상처들, 모두 보상할 만큼 행복하게 살아라, 나는 기도를 하듯 그렇게 중얼거리고 있었다.

이십대의 마지막을 나는 행복하게 보냈다. 그 행복의 중심에는 비로소 나 자신을 위한 삶을 찾은 것에 대한 기쁨도 있었지만, 무엇보다 가족이라는 것의 의미를 나는 참 감사하게 떠올리고 있었다. 누군가에게 '엄마'라는 이야기가 듣고 싶어지고, 가족인 누군가를 위해 밤새도록 기도를 할 수도 있다는 생각은 그 이전에는 상상도 할 수 없는 내 안의 커다란 변화였고, 또한 감격이었다. 물론 여전히 고향에 살고 있는 오빠의 가족은 부부간의 불화가 계속되었고, 또다시 재가를 한 엄마와는 여전히 가까워질 수 없는 관계이기는 했지만, 나는 그때 처음 '가족'이라는 것을, '행복'이라는 말과 같이 떠올릴 수 있었다.

아마도 그때 나는 가족이라는 것을 갖고 싶었던 모양이다. 평생 혼자일 거라고 생각했던 싸움, 내내 외로움 속에서 부대끼며 일어서야 할 거라고 짐작했던 시간들. 그런데 그 미래라는 시간 속에 내가 더이상 혼자가 아닐지도 모른다는 사실은 그 어떤 고백보다 뜨거운 설렘이었다.

조금씩 여자가 된다, 혹은 남자를 잃어버린다, 하는 그런 느낌 같은 건 없었지만, 나는 많이 편안해졌다. 미래라는 시간을 떠올리며 심장이 뜨거워지고 있었다.

그리고 그렇게 나는 서른이 되어갔다.

Chapter 4

서른에서 서른아홉

어느 책에서처럼, 서른이 되어서 잔치 같은 것을 끝내지는 않았다. 또래의 사람들은 모두 직장 생활을 하며 제 몫의 일을 하거나, 누군가와 사랑에 빠져 미래를 꿈꾸고 있었을 그 시간, 나는 오히려 시간이라는 자궁 속에서 조금씩 성장해가고 있는 느낌이었다. 단지 꿈이나 생각뿐이었던, 만져지지 않던 일들이 조금씩 현실로 다가오고 있었다. 누군가의 탄생이 사람 사이의 사랑이나 감정의 결실이어야 한다면, 아직 자궁 속에서 세포 덩어리일 뿐인 나는 어떤 사랑이나 교류 없이 혼자서 만들어지고 있는 중이었다. 그마저도 아직 팔이나 다리가 생기지 않은, 그저 모호한 덩어리일 뿐이었는데도 그 안에도 영혼이라는 것이 담기는지, 나는 탈피脫皮하는 듯한 일상들이 고맙고 신기했다.

물론 정확하게 그 반대편에서 생각해보기도 했다. 혼자서 자신의 엉덩이에 주사바늘을 꽂으며, 남자로서의 내 삶이 시들어가는 것과 마찬가지로 내 삶이 조금씩 기운을 잃어가며 시들어가고 있는지도 모른다는 생각. 성전환증을 단순히 증상이나 인식장애 등으로 단정 짓는 사람들에게, 내가 느꼈던 편안함과 행복함은 지독히도 치명적인 병증의 하나였을 것이다. 그들에게는 잔치를 하지 않는 내 서른이 안타깝고 어리석어 보였겠지만, 시간의 자궁 속에서 보내는 내 서른은 고요했고, 평화로웠다. 아마도 그건 앞지르거나 역전의 꿈을 버린 패배자의 포기한 걸음걸이와 닮았겠지만, 그래도 행복했던 것은 비로소 앞을 향해 가고 있다는 희망 때문이었을 것이다.


## 하리수의 출현

그러던 어느 날, 나는 TV에서 묘한 분위기를 풍기는 여자를 보게 되었다. 물결치듯 기다란 생머리에 짙은 화장을 한 그녀는 뇌쇄적인 눈빛으로 광고 내내 화면 바깥을 응시하더니 마지막 장면에 고개를 한껏 젖히고 꿀꺽 무언가를 삼켰다. 그리고 그녀의 목덜미에 선명하게 보이는 목젖과 뒤이은 깔깔거리는 그녀의 웃음소리는 단박에 내게 어떤 직감을 불러일으켰다. 고개를 갸웃거리며 나는 CF 속에 그녀가 나올 때마다 유심히 바라보았다. 그리고 머지않아 내 예감은 틀리지 않았다는 사실이 세상에 알려지게 되었다. 맞다, 그녀의 출현이었다.

사실 그 당시만 해도 TV에 등장하는 트랜스젠더들의 모습은 어떤 전형성을 띠고 있었다. 커다란 어깨와 몸집을 가진 채 짙은 화장으로 남자의 외모를 겹겹이 둘러싸고, 보통의 남자들도 갖기 힘든 저음으로 처연한 자신의 이야기를 하는, 일종의 '불쌍한 사람'으로 묘사되기 일쑤였다. 사실 그 모습을 보면서 나는 조금 속상하고 불쾌했다. 그건 방송이 의도적이든, 그렇지 않든, 사람들에게 어떤 편견을 조장하고 있기 때문이었다. 분명히 트랜스젠더 안에는 다양한 사람들이 살고 있고, 그들 중에는 평범한 모습으로 살고 있는 사람들이 있었는데도, 방송은 섭외를 하기 어렵다거나 제작의 핑계를 들어, 기계로 찍어내는 듯한 일정한 형태의 프로그램만을 계속해서 만들어 트랜스젠더를 등장시켰다. 물론 출연자의 사생활을 지속적으로 보호할 수 없는 방송의 이기적 성향 때문이기도 하겠지만, 트랜스젠더를 여장남자와 동일시하듯 묘사하는 그들의 제작 방식은 분명히 사람들의 생각을 어떤 틀 안에 가둔다는 측면에서 옳지 않았다. 똑같은 방송을 보며 마치 세뇌를 당하는 듯 느껴지는 시청자의 한 사람으로서도, 그리고 편견의 피해자가 될 수도 있는 한 사람으로서도 그건 불쾌하기 짝이 없는 일이었다. 정말 절세미인인 트랜스젠더가 등장해서 세상을 발칵 뒤집어 놓아야 사람들의 생각이나 방송국의 태도가 바뀔까, 구시렁거리며 끌끌 혀를 차고는 했는데, 정말 현실에서 그런 일이 일어나고야 말았던 것이다. 그녀의 출현, 그토록 충격적이었다.

　사실 CF에 등장한 고혹적인 그녀가 남자의 태생을 가지고 있다는 소식이 일파만파 퍼지기 시작하면서, 나는 속으로 쾌재를 부른 사람 중에 하나였다. 왜냐하면, 이제는 트랜스젠더를 괴물이나, 변태쯤으로 생각하는 사람들의 생각에, 굉장한 균열이 일어날 것임에 틀림없었기 때문이다. 편견의 벽이 무너진다는 사실이 얼마나 어려운 일인지 알고 있기 때문에, 나는 그녀의 출현이 대한민국이라는 사회에, 그리고 성소수자 사회에 어떤 획을 그으리라 생각했다. 그동안 트랜스젠더를 잘못 묘사해왔던 방송이나, 무작정 소수자들에게 손가락질을 했던 사람들도 보통 여자와 조금도 다를 바가 없는 그녀의 모습에 부끄러워하며 반성하리라 생각했던 것이 사실이다.

그러나 상황은 내 예상과는 전혀 다른 쪽으로 어긋나기 시작했다. 방송국들은 너나 할 것 없이 그녀를 출연시키기 위해서 혈안이 되어 있었고, 아침에는 '여자보다 더 아름다운 남자' 라는 타이틀로 방송 프로그램을 예고했다가, 저녁에 본 방송에서는 '여자보다 더 아름다운 여자' 라고 정정 방송하는 웃지 못 할 해프닝까지 벌어졌다. 그녀가 출현하는 프로그램에는 사람들의 신기해하는 눈빛이 따라다녔고, 동 시간대에, 서로 다른 방송국 프로그램에서 그녀가 한 시간 내내 겹치기 출연하는, 유례가 없던 일들이 벌어지기도 했다. 사람들은 그녀의 얼굴에, 그녀의 몸매에, 그녀의 머릿결에 눈이 휘둥그레졌으며, 방송국들은 앞 다퉈 그녀를 연구하고 분석하는 프로그램을 제작하여 쏟아냈다.

그녀가 가수로 데뷔를 하고, 영화에 출연하고, 그녀에 관한 책들이 쏟아져 나왔지만, 그 어떤 방송이나 사람들도 자신의 생각이 잘못되었다, 자신들이 가지고 있던 편견이 그토록 무서웠던 것이구나, 하는 반성이나 오류를 되짚어가는 일들을 하는 곳은 없었다. 그들은 철저하게 자신들의 부끄러움을 외면했다. 그들의 관심은 오로지 그녀의 외모, 그녀의 몸매, 남자가 어떻게 그토록 완벽한 여자가 될 수 있었는지였고, 심지어 의학기술의 발전에 찬사를 보내는 멍청한 사람들도 여기저기 등장했다.

게다가 한 기획사에 소속되어 있던 그녀가 섹시 콘셉트를 들고 나오면서, 사람들의 생각은 '트랜스젠더는 화장을 하고 여자 옷을 입은 남자'라는 편견에서, '트랜스젠더는 섹시하고 유혹적인 외모와 몸짓을 가진 수술한 남자'라는 또 다른 편견으로 옮겨가고 있었다.

그것은 충격적인 일이었다. 그녀의 출현만큼이나 내게는 세상의 법석이 믿을 수 없을 만큼 충격적인 것이었다. 그 법석이 스스로를 반성하며 편견에 대한, 소수자에 대한 자정의 목소리로 이어지지 않고, 음란하고 저속한 방향으로 흘러가는 것을 보면서 대한민국 사회와 방송의 한계를 들여다보았다는 사실이 오히려 더욱 충격적인 것으로 다가왔다.

그녀가 방송가에서 주목을 받자, 여기저기 우후죽순처럼 비슷한 트랜스젠더들이 모습을 비추었다. 하지만, 사람들은 이제 대놓고 그들의 외모를 비교하며 비하하거나, 숨은그림찾기를 하듯 남자다운 구석을 찾아내며 킬킬거렸다. 그들에게 트랜스젠더는 하나의 놀이기구처럼 보였다. 아무도 그들이 끔찍한 시간들을 견디며 사람들 앞에 서 있는, 그 누구보다도 연약한 사람들이라는 사실을 인정하려 하지 않았다.

나는 그때 처음, 세상이 얼마나 무섭고 잔인한 것인지 깨달을 수 있었다. 게다가 그건 한 번 무너진 편견이, 또 다른 더 커다랗고 언천

난 편견으로 고착화되는 것을 목격하는 아주 소름끼치고 끔찍한 경험이었다.

## 못생긴 트랜스젠더 김비 이야기

덕분에 내 홈페이지에도 많은 사람들이 다녀가고 글을 남겼다. 여전히 그들은 응원을 하는 사람들과 비난을 하는 사람들로 갈렸고, 트랜스젠더라고 말하는 내 외모에 대해서 공공연히 반감을 표하는 사람들도 하나둘 늘어났다. 그때마다 나는 세상에는 다양한 트랜스젠더들이 있으며, 그들 모두는 각자의 개성을 가지고 있을 뿐이다. 그들에게 이성적으로 설명했지만, 하리수를 닮지 않은, 조금도 섹시하지 않은 트랜스젠더를 그들은 쉽사리 받아들이려 하지 않았다.

그러던 와중에 게시판에 글 하나가 남겨졌다. 그것은 출판사에서 날아온 것이었는데, 내 홈페이지에 실은 '김비 이야기'를 한 권의 책으로 출판하고 싶다는 이야기였다. 그러나 사실 나는 하리수가 등장하자 그제야 트랜스젠더라는 성소수자들에게 관심을 갖는 각종 신문, 언론들이나, 좌판에 모여든 사람들처럼 떠들썩하기 만한 사람들의 관심이 달갑지 않았다.

그런데 '김비 이야기'를 출판하고 싶다는 편집자의 이야기는 그런 법석과는 조금 다른 느낌이었다. 그래서 그녀를 만났고, 그녀의 진심을 들었고, 그리고 나는 고민에 빠졌다. 집에 와서 홈페이지에 올린 '김비 이야기'를 다시 읽어보기도 했다. 돌이켜보면 낯 뜨거운 이야기이기도 하고, 소소한 가정사나 다름없는 이야기들은 괜히 쓸데없는 활자 낭비라는 생각이 들기도 했다. 그러나 한 가지, 지금의 법석과는 좀 다른 것이 필요하다는 데에 그녀와 같은 마음이었다. 대단하게 트랜스젠더를 대표한다거나, 그릇된 길로 흘러가고 있는 이 사회를 바꾸기 위해 일신을 던지기로 마음먹었다, 하는 그런 것은 절대 아니었다. 그저 답답했다. 도매금으로 끌려가서 어딘가에 던져지고 있는 듯한 느낌 때문에 속상하고 답답했다. 그뿐이었다.

그날 이후로, 나는 원고 작업에 들어갔다. 감정에 치우쳐 써내려간 글들은 눈 뜨고 봐주기 힘들 정도로 엉망이었지만, 부끄러운 줄도 모르고 홈페이지에 올렸던 김비 이야기를 정리했다. 그리고 외국의 인터넷 서점을 통해 구입한 트랜스젠더에 관한 학술서를 번역하여 읽으며, 나름 느꼈던 점들도 함께 정리했다. 처음 내 이름으로 된 책을 가지는 것이다 보니, 의미를 떠나서 개인적으로 설레는 작업이었다. 글 솜씨는 형편없었지만, 책 한 권 분량의 원고를 간신히 들고 보니 꽤나 감격적이었다.

그러나 책의 제목을 놓고 출판사 사장님의 반대에 부딪혔다. 내가 생각한 '못생긴 트랜스젠더'라는 말은 섹시하고 예쁜 트랜스젠더만 찾는 사회에 대한 일침이기도 했는데, 사장님은 책을 처음부터 말아먹으려고 작정을 한 것이냐, 손을 휘휘 저었다. 반대하기는 편집자도 마찬가지였다. 책은 들춰보기도 전에, 어떤 부정적인 편견을 심어주는 일은 오히려 부작용이 크다는 것이 요지였다. 그러나 나는 고집을 부렸다. 그 제목이 아니라면 책을 내놓지 않겠다, 하는 이야기까지 하고 나서야, 나는 결국 책을 손에 들게 되었다. '못생긴 트랜스젠더 김비 이야기' 라는 이름의 책을.

책이 출판되고 나서, 내 이름은 조금 더 세상에 알려지게 되었다. 덕분에 나를 찾는 방송이나 기자들은 더욱 많아졌다. 인터뷰도 여기저기 생겼고 여전히 그들의 빤한 의도를 알고 있는 나로서는 탐탁지 않았지만, 책까지 내고 보니 적극적으로 나서서 하지 않는 일은 앞뒤가 맞지 않는 처사였다. 그래서 더욱 인터뷰가 조심스러워졌고, 강력하게 이야기하고 싶은 것들은 강력하게 이야기했다. 한나절 동안 기자와 인터뷰를 해놓고도 정작 나온 기사를 보니 내 인터뷰가 실리기로 했던 페이지에, 하리수 씨 인터뷰가 실린 것을 볼 때에는 좀 기가 막히기도 했다. 자극적인 이야기가 아니라, 고리타분한 이야기밖에 할 줄 모르는 내 인터뷰는 처음부터 그들이 원하던 것이 아니었던 것이다. 자신들이 원하는 이야기를 해주는 인터뷰를 고를 것이면 도대체 인터뷰라는 것이 무슨 의미이고 쓸모인지 알 수 없는 노릇이었지만, 그런 어이없는 일들이 비일비재하던 때였다.

그때에는 그런 상황이 조금 섭섭하고 아쉬웠지만, 지금 생각해보니 그럴 수밖에 없었을 거라는 짐작이 간다. 세상 사람들에게, 나는 그저 그 시절 우후죽순처럼 등장하던 갖가지 트랜스젠더들 중 하나에 지나지 않았을 테니 말이다. 그러나 내 진심의 크기와는 상관없이, 그들이 갖고 있는 생각과 편견의 크기대로 우리들의 삶이나 모습이 재단되던 것은 어찌 생각해보아도 씁쓸하고 안타까웠다. 모질게 이야기한다면, 그것이 바로 소수자의 운명이 아닐까, 하는 생각을 시간이 지나면서 나는 어렴풋이 떠올릴 수 있었다.


## 운명의 텐 미닛

　　　며칠간으로 홈페이지에 글이 올라오고 메일이 전해지면서 나는 이 사람이 뭐가 이리 다급한가 싶었다. KBS 다큐멘터리 프로듀서라고 자신을 소개했던 그는 여러 번 연락을 하고 글을 올렸고 메일을 주었는데도 내가 미지근한 반응을 보이자, 아예 전화번호를 알아내 전화를 걸어왔다. 요지는 그것이었다. 자신이 트랜스젠더가 등장하는 프로그램을 만들고자 하는데, 출연을 부탁하는 일이었다.

그러나 거듭 이야기하지만, 그 당시의 그런 법석들이 나는 처음부터 마음에 들지 않았고, 그래서 그의 연락이나, 만나자는 부탁도 그 비슷한 법석 중에 하나라고만 생각했다. 그런데도 그와 약속을 잡고 만나기로 했던 것은 책을 낸 사람의 모종의 의무감이나 책임감 같은 것이었다. 책을 낸다는 것이 어떤 의미인지, 글을 쓴다는 일이 얼마나 막중한 일인지도 모르는 철부지의 괜한 우쭐함 같은 것이었는지도 모른다. 어쨌든 그는 당장에 만날 것을 청했고, 결국 용인에 있는 내 직장 근처까지 내려와 나를 마주했다.

아마 그는 자신을 대하는 내가 그리 호의적이지 않아서 섭섭했을 지도 모른다. 그러나 나는 이미 그를 만나기 전에 단호하게 출연을 거절하겠다, 하는 마음을 가슴속에 품고 나갔던 상황이었기 때문에 그의 얼굴을 보면서도, 그의 이야기를 들으면서도 그냥 무덤덤하게 듣고 무덤덤하게 대답했다. 그는 솔직하게 말하겠다고 했다. 실은 자신과 출연 약속을 하고 촬영을 하던 다른 트랜스젠더가 있었고, 이미 어느 정도 촬영을 하고 있었던 중이었는데, 그녀의 남자친구가 트랜스젠더인 자신의 애인이 방송에 출연하는 것에 제동을 걸었다는 것이었다. 그래서 두 사람이 촬영을 하다가 말고 동시에 잠적을 해버리고 말았다는 이야기였다. 방송 날짜는 다가오는데, 당장 촬영을 할 출연자가 없어져버렸으니, 이제 와서 다시 방송을 기획할 수도 없는 노릇이고, 그의 사정도 난감하고 딱하기는 이를 데 없었다. 그토록 절박하게 내게 계속 연락을 취했던 것도 한편으로는 이해가 갔다. 그러나 여전히 나는 그런 방송국의 사정이야 남의 일일 뿐, 그저 어이없는 웃음만 웃고 있었다. 그런데 그가 아주 충격적인 제안을 해왔다.

그건 자신의 방송이 〈병원 24시〉라는 의학 다큐멘터리이며, 그래서 의학 관련 프로그램이라서 출연자의 재활이나 치료를 통해 희망을 찾고 자신의 삶을 찾아가는 모습을 보여주는 것이 목적이라고 했다. 그래서 내가 방송에 출연을 허락한다면, 성전환수술을 지원해줄 것이며, 그것을 방송하게 될 것이라 말했다.

순간 나는 여러 가지 감정이 머릿속에 교차했다. 꿩 대신 닭이라는 어이없는 자괴감과, 방송이라는 권력의 교묘한 술수에 농락당하고 있다는 비관적인 생각과, 또한 동시에 성전환수술이라는 엄청난 치료 과정의 비용에 대한 생각들이 한꺼번에 머릿속에 떠올랐다. 실제로 나는 그 당시 호르몬 치료를 계속하고 있었고, 남성의 성기라는 것은 이제는 더 이상 내게는 쓸모없는 혹처럼 느껴지는 시간들이었다. 그러나 성전환수술을 한다는 것은 수천만 원의 비용이 드는 엄청난 일이었고, 수술을 하기 위해서 갖가지 무수히 많은 절차들이 필요하다는 것을 알고 있었기에 한 달 벌어 한 달을 살아야 하는 나로서는 도저히 엄두가 나지 않는 일이었다. 그리고 나는 실제로 화장이나 여자 옷에 대해서 꼭 입어야 한다, 다른 사람들에게 꼭 여자로 보여야 한다, 하는 강박관념 자체가 없었기 때문에 이전과 비교해서 충분히 편해진 내 몸으로, 내 생활로 어느 정도 만족하고 있었기 때문에 성전환수술에 대한 필요성은 그렇게 절실히 느껴지지 않는 상황이었다. 돈이 있으면 하겠지만, 수천만 원의 돈을 들여 겨우 불편한 혹을 제거하는 일에 들인다고 생각하니, 오히려 그 돈이 아까워 결국엔 못할지도 모르겠구나, 하는 생각을 떠올리던 참이었다. 그런데 너무나도 갑작스러운 그의 제안은 복잡했던 머릿속을 한꺼번에 움켜쥐었다.

십 분을 달라고 했다. 그가 한 제안에 대해서 곰곰이 생각해보기 위해 나는 딱 더도 말고 덜도 말고 십 분만 달라고 했다. 처음부터 구구절절하게 단서를 달고, 입에 발린 소리를 하지 않던 그는 그러마 고개를 끄덕였다. 그리고 팔짱을 낀 채 생각에 잠긴 나와 함께, 커다란 유리창으로 들어오는 오후 햇살을 물끄러미 바라보았다. 그때 무슨 생각을 했는지 솔직히 지금은 잘 기억이 나지 않는다. 분명히 돈 생각이었을 것이다. 방송에 출연하게 되면, 직장은 어떻게 될까, 가끔 연락을 하며 살고 있는 재가한 엄마는 어떻게 받아들일까, 동생이나 오빠에게 허락을 받는 일은 어렵지 않을 것이다. 그리고 돈, 나는 아마 또다시 돈을 생각했을 것이다. 천박하고 세속적인 판단이나 생각이었다고 손가락질을 해도 상관없다. 나는 오빠에게 60만 원을 받아 집에서 나와 생활을 시작해서는, 누구의 금전적 도움도 받지 않고 지금의 직장을 잡고, 집을 얻고, 스스로의 생활을 꾸려나갈 정도로 혹독한 시간을 지내왔던 사람이었다. 그러니 천만 원이 넘는 돈을 눈앞에 두고 있는 듯한 그때의 시간은 다른 그 어떤 것들보다 유혹적인 것이 사실이었다. 게다가 나는 그때 수술을 거의 포기하고 있던 상황이었다. 수술을 하느냐, 마느냐, 생식기만으로 성별을 판단하는 보통 사람들의 시선으로는 남자냐, 여자냐, 하는 중대한 결정이 단, 그 십 분 안에 있던 일이었다.

"합시다!" 나는 말했다. 단, 무슨 촬영이든 내게 허락을 받고 해주십사, 내가 그렇게 호락호락한 사람은 아닐 것이다, 너저분한 쓸모없는 단서를 달았다. 그는 고개를 끄덕였고, 그리고 바로 당장 내일부터 촬영을 시작하자고 했다. "그럽시다." 다시 고개를 끄덕였고, 나는 여느 십 분의 고민처럼 그렇게 싱긋 웃고는 그와 헤어졌다.

그와 헤어지고 직장에 돌아와 나는 친구와 지인들 몇에게 전화를 넣었다. 성전환수술을 하게 된다, 하는 이야기에 친구 하나는 전화기 너머에서 꺄악 소리를 질렀고, '가장 아름다운 하늘 속 멋진 바람'군은 괜찮겠느냐, 그렇게 쉽게 결정할 문제가 아니지 않느냐, 다시 한 번 나를 걱정하며 조심스럽게 물어왔다. 그런데도 나는 그냥 털털 웃었다. 인생 참 재미있구나, 하는 생각을 했다. 후후 웃으며 삶이라는 드라마의 '플레이'를 물끄러미 떠올리고 있었다. 〈병원 24시〉라는 프로그램 자체가 밤 12시가 다 되어서야 하는 프로그램이니만큼, 보는 사람도 많지 않을 것이다, 하는 쓸데없는 자기 합리화는 몇 십초의 고민거리도 아니었다.

나는 평상시처럼 집에 돌아와 밥을 먹었고, 홈페이지를 둘러보고 일상적인 댓글을 달았으며, 내일부터 한동안 강의 말고 또 다른 일거리가 생겨 귀찮겠구나, 하는 생각만을 떠올리며 잠자리에 들었다.

그것이 지금의 김비를 만든, 바로 그 운명의 날 밤의 일상이었다.

## 성전환수술이 아니라, 성확정수술

수술은 내게 많은 것을 떠올리게 했다. 그러나 그것이 보통 사람들이 생각하는 '이제 여자가 된다' 하는 어떤 경계를 넘어서는 개념은 아니었다. 사회적으로 나를 바라보는 시선에서는 그럴 수도 있겠지만, 내 개인적으로 수술은 물혹을 제거하거나, 없어도 살 수 있는 맹장 하나를 떼어나는 과정처럼 내 삶에 필요 없는 것을 제거하는 과정에 불과하다.

실제로 몇몇 수술 전의 트랜스젠더들조차도 성전환수술로 인해서 자신의 성이 바뀌는 것이라고 생각하지만, 단언컨대 그것은 잘못이라고 말하고 싶다. 왜냐하면, 수술로 얻는 것은 '편안함' 혹은 '편리함' 그 이상도 그 이하도 아니기 때문이다. 수술을 하고 난 후 목욕탕을 조금 더 편안하게 갈 수 있고, 아침에 옷을 입을 때마다, 자신과 다른 성별의 생식기 때문에 느껴야 하는 이물감을 더 이상 느낄 필요가 없다는 것에 불과하다. 수술로 여자가 되는 것이 아니라, 어쩌면 수술로 인해 남자도, 여자도 아닌 '무성無性의 존재'가 되는 것일지도 모른다.

　사회적으로도 마찬가지. 수술로 인해 트랜스젠더들 자신은 조금 더 당당한 자신감을 얻을 수 있겠지만, 그것이 '여성성의 획득'은 아니라고 말해두고 싶다. 나도 보통 사람들과 다르지 않다, 하는 자신감은 좋지만, 트랜스젠더인 자신의 모습을 감추느라 전전긍긍하는 꼴은 오히려 독이 될 것이다. 사람들은 여전히 트랜스젠더를 성전환 수술을 한 남자(혹은 여자), 그 이상도 그 이하도 아닌 것으로 생각하는 것이 사실이며, 그런 세상의 시선을 인정하고 받아들여야 하는 것도 우리에게 필요한 모습이다.

　'전환'되어야 하는 것은 어쩌면 생식기 모양이 아니라, 우리들 자신과 이 사회의 인식일지도 모른다. 수술을 했다, 수술을 하지 않았다가 아니라, 여자다, 혹은 남자다 하는 개념의 왈가왈부가 아니라, 트랜스젠더들 자신은 스스로의 현실을 당당하게 긍정적으로 받아들이고, 이 사회는 나와 다르게 태어나 다르게 살고 있는 사람들에 대해 좀 더 폭넓은 이해와 수용이 필요한 것이다.

실제로 몇몇 나라에서 성전환수술을 더 이상 '성전환수술Sex Change Surgery'이라고 부르지 않고, '성확정수술Sex Reassignment Surgery'이라고 부른다는 사실은 우리 사회가 성전환수술을 어떻게 받아들여야 하는지 잘 보여주고 있는 부분이다.

수술은 오히려 '변신變身'이 아니라, 자신의 삶에 '확신確信'을 획득하는 과정이다. 남자로 태어난 내가 다른 누군가가 되는 것이 아니라, 혼란 속에 태어난 누군가가, 비로소 스스로의 삶을 찾아가는 아주 고귀하고 소중한 발걸음이다.

어쩌면 그래서 호르몬 치료를 계속하면서, 수술에 대한 집착은 조금 희미해졌는지도 모른다. 내가 육체적 외향과는 상관없이 이미 나 자신을 찾았다, 하는 확신이 커지면서, 나는 수술에 대한 필요성을 조금씩 잊고 있었다. 이미 사람들은 나를 트랜스젠더라고 알고 있고, 풍족하지 않은 생활에 수천만 원의 돈을 들여, 수술을 한다는 것은 오히려 내게 '낭비'처럼 느껴졌다. 수술을 하든, 수술을 하지 않든, 내 외모와 내 환경은 변화되지 않을 것이며, 나 자신도 그것들을 변화시키려 노력하지 않을 것이기 때문이었다.

그렇게 수술은 내게 '선물'처럼 다가왔다. 물론 내게 더욱 고맙고 감동적이었던 선물은 수술을 한 나를 변함없이 똑같이 받아들여주고 대해주던 내 주변 사람들이었다.

# 스물네 시간의 관찰

　　　　　　　　　다음 날 PD는 아침 일찍 집을 찾아왔다. 급하기는 급한 모양이구나, 하는 생각이 있었지만, 촬영이라는 것이 어떤 의미인지 나는 아직 짐작도 하지 못하던 때였다. 그는 촬영용 카메라 하나만을 들고 스물네 시간 내가 가는 모든 곳을 따라다녔다. 물론 처음부터 내 일상에 대해서 '관여' 하지 않고, 오로지 '관찰' 만을 하도록 허락했기 때문에 내가 어떻게 해야 하는지, 어떤 부분을 촬영하게 될지조차 서로 세세하게 이야기 나누지 않았다. 다음 날도 그는 내가 눈을 뜨는 시간 보다 훨씬 더 일찍 집 밖에서 나를 기다리고 있다가 문을 열어주면 들어왔으며, 그러면 여지없이 내 일상의 시간에 카메라를 들이댔다. 가끔 이것이 무엇이냐, 저것이 무엇이냐, 하는 질문들을 던지곤 했지만, 대답하기 싫으면 퉁명스럽게 받아쳤고, 하고 싶은 이야기에 관한 질문이었을 때에는 제법 진지하게 오래도록 말을 이었다.

　같이 지내고 있는 룸메이트와도 인터뷰를 했고, 학원에 강의를 듣는 학생들에게도 카메라를 들이밀어 인터뷰를 했다. 하기 싫으면 안 해도 된다, 나는 그들에게 말했지만, 고맙게도 그들 모두 나에 대해서 말해주기 위해 부끄러워하거나 도망치지 않고 아무렇지 않게 나에 대해서 말했고, 나의 생활에 대해서 말했다. 그들이 TV라는 매체에 나와서 그런 인터뷰를 하는 일이 얼마나 커다란 용기인지 나는 그때 잘 몰랐는데, 고맙게도 그들 모두 나라는 사람의 삶에 대해서, 트랜스젠더의 삶에 대해서 내가 하고 싶은 이야기들에 깊이 동감하며 고개를 끄덕여줄 수 있는 열린 사고방식의 사람들이었던 것이었다. 그들의 그런 모습을 보며 나는 또 용기를 얻고 힘을 얻었다. 부끄러울 것은 없었으며, 내 삶을 있는 그대로 카메라 앞에 비추었다.

단 하나, 보육원에 내가 후원을 하고 있는 아이에 대해서만큼은 처음부터 나는 단호하게 내 입장을 밝혔다. 그 부분에 대한 것은 절대 촬영을 할 수 없으며, 아이를 위해서도 옳지 않다고 믿었다. 그러나 PD는 그 부분의 부각이 사회적으로도 상당히 중요한 의미를 갖는 것이다. 나를 설득했다. 소수자라는 이름으로 세상을 살면서, 여자 혹은 남자가 아니라 하나의 인간으로서 인간의 몫을 하고 있는 것을 잘 보여주는 예가 될 것이다. 그는 계속해서 나를 설득했고 내 고집은 완강했다. 지금도 사실 나는 그때 시간이 지나면서 내 고집이 무너졌던 것에 대해서 후회를 하고 있다. 비록 아이의 얼굴을 내보내지 않는 측면에서 방송이 되기는 했지만, 스물네 시간 나의 일상을 촬영하는 그의 카메라에, 아이를 찾아가고 아이를 만나고 아이를 떠올리며 행복해하는 내 모습을 감추고 진행하는 일도 쉽지 않았겠지만, 끝까지 고집을 꺾지 말았어야 했다. 무슨 수를 써서라도 아이를 카메라에 담는 일만큼은 막았어야 했다. 물론 아이의 출연으로 인해 아이에게 직접적인 해가 미치지는 않았지만, 그것은 내게 지워지지 않는 상처였다. 아이를 잃어버리지 않겠다, 하는 내 다짐에 대한 약속이었지만, 나는 결국 그 약속을 지키지 못했다. 아직도 아이의 얼굴은 지워진 채 카메라 속에 남아 있고, 그 시절 아이의 모습은 사진으로 간직

되어 있지만, 그건 내게 따가운 회초리였다. 아이를 가족으로 받아들였다는 사실이 부끄럽지는 않지만, 그러지 말았어야 했다. 그건 오롯이 나만을 위한 이기적이고 역겨운 욕심에 지나지 않았다는 것을 나는 지금에야 똑똑히 알게 되었다.


## 수술 준비

일상적인 생활과, 수술을 준비하는 과정 또한 함께 진행되었다. 성전환수술의 경우, 2년 이상의 호르몬 치료와 함께 바꾸고자 하는 반대의 성으로 1년 이상 살고 있는 사람에게만 수술이 허락된다. 편법적인 것이기는 하지만, 이미 나는 호르몬 치료를 받은 지 몇 년이 되었고, 실제 외모나 행동 또한 남자인지 여자인지 불분명한 삶을 살고 있는 데다, 이미 직장에도 내가 트랜스젠더라는 사실을 밝혔기 때문에 문제가 되는 일은 전혀 없었다. 수술을 받기 위해 신경정신과 전문의의 심리검사와 성정체성에 관한 진단서가 필요했는데, 프로그램 PD와 함께 만난 신경정신과 전문의는 나이가 들어서 성전환수술을 결정하는 사람들의 경우는 원하는 방식의 치료와 수술 말고는 삶을 온전하게 살 게 해줄 수 있는 방법이 없다고 말했다. 그것은 어렸을 때의 단순한 혼란과는 달리, 이미 여러 차례 시행착오를 거치고, 자기 스스로를 검증하는 시기를 거쳤기 때문에, 치료나 수술의 결정이 옳은 것이고 정확한 것이라고 덧붙였다.

이제 수술을 하기 위해서는 보호자의 동의만이 남아 있었다. 오랜만에 오빠에게 연락을 했지만, 그는 이미 아내와 이혼을 하고 방황하는 삶을 살고 있는 채였다. 결국 그렇게 되고 마는 것인가, 마치 유전이나 대물림처럼, 사람이 사는 방식은 결국 그렇게 대대로 이어져 내려와야 하는 것인가? 묘한 참혹함과 깨달음이 마음을 무겁게 짓눌렀다. 결국 동생을 찾아가 동생에게서 수술동의서에 사인을 받았고 그 장면을 카메라에 담았다. 결혼을 한 동생은 나 없이 혼자 진행한 인터뷰에서 자신이 이것 말고 무엇을 해줄 수 있겠느냐고, 자조적으로 말했다. 그때에는 경쾌하게 이야기를 나누며 수술을 잘해라, 밝은 이야기를 주고받았지만, 나중에 방송으로 만난 동생의 눈빛은 내가 가족에게서 느꼈던 참혹함과 자괴감을 닮아 있었다.

왜 아니겠는가. 나는 이혼을 한 부모와, 간질로 고생을 하다가 세상을 떠난 아버지와, 부모처럼 알코올 중독으로 고생을 하다가 이혼을 한 오빠가 있었지만, 그녀는 그 모든 것에 성전환수술을 한 오빠가 한 명 더 있었으니 말이다. 나는 방송에 나온 동생의 인터뷰를 들으며 입술을 깨물었다. 그녀에게 평범한 오빠나, 평범한 언니로 살지 못하는 내가 너무도 부끄럽고 미안했다. 트랜스젠더로 산다는 일이, 남들과는 다른 모습으로 태어나 산다는 일이 결국 이기적으로 자기 자신만을 생각하고 떠올리며 사는 일과 다르지 않다는 것은 견딜 수 없는 참혹함이었다. 내 행복을 떠올리는 일이 누군가의 아픔의 뒤편이라는 사실은, 그리고 바로 가장 가까운 가족의 아픔이라는 사실은 서럽도 고개를 숙이게 하는 침혹한 정서였다.

그런데도 나는 그냥 흐르는 눈물을 쓰윽 닦아냈다. 살기 위해 이기적이 된 나를 비관하는 일은 이제는 하지 않는다. 그것이 얼마나 쓸모없는 자기연민인지 나는 이미 알아버렸다. 이기적인만큼, 내가 돌려줄 수 있는 것을 돌려주는 일이, 내 행복으로 가족의 부끄러움이 되지 않는 일이 더욱 올바른 도리라고 믿었다. 내가 성전환자인 누군가의 가족이라면, 수술 동의서에 사인을 해주며 떠올리는 것은 결국 그의, 혹은 그녀의 행복임이 확실한 일이기 때문이다.

그날, 부천의 한 조그만 카페를 나오면서 동생은 내 팔에 팔짱을 꼈고, 나는 동생을 곁에 둔 채, 깔깔깔 수다를 떨며 돌아왔다. 동생도 내게 눈물을 보이거나 하지 않았고, 나도 동생에게 청승맞은 얼굴을 보이지 않았다.

나는 그렇게 수술을 위한 모든 준비를 끝냈고, 아무런 두려움도, 걱정도, 슬픔도 없이 그날을 맞았다.


## 그날


Male To Female 즉, 남성에서 여성으로의 성전환수술에는 두 가지 방식이 있다. 한 가지는 남자 성기의 표피를 이용해 질의 외벽을 만들어, 항문과 남자의 성기 사이에 질의 통로를 만드는 방식이고, 또 다른 한 가지는 직장直腸의 일부분을 절제해 여성의 성기가 될 질의 외벽을 만드는 방식이다. 전자의 방식은 개복開腹수술을 하지 않는다는 점에서 수술의 편리함이 있고 추후 관리의 용이함이 있기는 하지만 수술 후 만족도가 떨어질 수도 있고, 후자의 경우에는 개복수술의 위험부담이 있는 대신, 질의 모양이나 기능이 실제 여성의 성기와 유사하다는 측면에서 선택되기도 한다. 그러나 여러 가지 측면에서 볼 때 남성의 성기를 이용하여 질의 내부를 만드는 것이 직장을 이용하여 만드는 것보다 위험부담이나 관리적인 측면에서 선호되고 있다. 그러나 실제로 몇몇 트랜스젠더들의 경우는 남성의 성기에서 충분한 표피가 확보되지 않아 어쩔 수 없이 개복수술을 하여 직장을 잘라 사용하는 경우가 있는데 이 경우에는 수술도 크고 위험부담도 많게 된다.

다행히 나의 경우는 개복수술을 하지 않는 방식으로 가닥이 잡혔다. 다만 걱정스러운 것은 간이 많이 손상되어 있다는 상황인데, 최악의 경우 마취에서 깨어나지 않는 것까지 감안해야 한다고 의사는 조심스럽게 말을 이었다. 또한 성전환수술을 하는 경우, 호르몬 치료를 오래 받았기 때문에 출혈이 심해지는 경우가 대부분이라서, 그것이 손상된 간과 연결되어 악순환의 고리로 이어지면 결과를 장담할 수 없는 일이라고 의사는 말했다.

나는 짧은 숨을 내쉬었다. 정작 내 몸의 상태에 대해서 들은 PD가 오히려 더 긴장을 하고 걱정하는 모습이 역력했다. 괜찮겠죠,라고 아무렇지 않게 말했지만, 아마 나도 내심 처음 바짝 다가온 죽음에 대한 두려움 때문에 흠칫 놀랐을 것이다.

함께 병원에 갔던 프로그램 작가는 선물이라며 내게 작은 상자 하나를 내밀었다. 그것은 자그맣게 포장된 여자 속옷이었는데, 예쁘고 앙증맞은 그 모습에 나는 그만 꺄악 소리를 질렀다. 그런 나를 보며 이제는 친해질 만큼 친해진 PD는 정말 여자 속옷은 한 번도 입어본 적이 없는 거냐, 물었고, 그렇다고 말하며 나는 처음 받아본 여자 속옷을 가슴 속에 소중하게 끌어안았다. 도대체 여자가 그게 뭐냐, 그는 이제는 타박을 하듯이 내게 투덜거렸지만, 나는 그에게 그것도 편견이다, 손가락질을 했다. 남자의 성기 위에 입은 여자 속옷이 얼마나 흉측할지 상상이나 해본 적이 있느냐고, 그건 오히려 더 씻을 수 없는 참혹함일 거라고 말하며 나는 쓸쓸하게 웃었다. 그리고 그 PD는 처음 나를 보았을 때 깜짝 놀랐더라고 털어놓았다. 트랜스젠더라고 해서 만나러 갔는데 전혀 여자 같지 않아서 이 사람을 어떻게 프로그램에 쓰나, 하는 생각에 고민이 커졌더라고. 그런데 막상 이야기를 나누어보니, 이 사람은 진짜 여자구나, 하는 생각이 들더라고 말했다. 그리고 촬영을 진행하며 내가 남자 옷을 입고 있어도 조금씩 여자로 느껴지더라, 하는 이야기를 조심스럽게 전했다. 나는 또다시 피식 웃고 말았다. 그리고 나와 같이 작업을 하게 되어서, 참 다행이다,라고 그가 덧붙이는데 괜히 코끝이 찡했다. 촬영 막바지이기도 했지만, 어쩐지 그건 마지막 인사와 닮아서 나는 조금 어색하고 그랬다. 그리고 성질 좀 죽이고 살아라, 너털거리며 던지는 그의 목소리는 이제 출연자와 PD의 사이가 아니라, 비슷한 또래의 동네 친구나, 오빠를 만나고 있는 듯한 느낌이었다.

집으로 돌아와 나는 룸메이트와 많은 이야기를 나누었다. 그는 내게 기분이 어떠냐고 자꾸 물었고, 나는 "글쎄"라고 대답했다. 가슴속에서 어떤 감정이 부글부글 끓어오르는데, 그것이 어떤 것인지 도무지 알 수 없었다. 옷가지들을 싸고 세면도구들을 정리하고 나는 잠자리에 들었다. 잠을 설치거나, 어떤 특별한 꿈을 꾸지도 않았다. 그저 내 주변에 존재하고 있는 일상이라는 시간들을 오래도록 잊지 않기 위해 물끄러미 떠올려보곤 했었다.

개인병원의 수술실은 작고 허름했다. 의사는 출혈을 대비해서 많은 양의 혈액을 준비하기는 했지만, 걱정할 건 없을 거라고 애써 나를 안심시켰다. 의사는 나를 다시 벌거벗겨 엑스레이를 찍었고, 수술 전에 검사를 했다. 카메라는 유리문 바깥에서 나를 담았고, 내 얼굴은 잔뜩 긴장해 있었다.

수술복으로 갈아입고 마취를 담당한 의사가 도착했다. 어느 영화의 한 장면처럼 눈부시도록 환한 불빛 밑에서 나는 물끄러미 허공 속의 목소리들을 들었다. "마음 편안하게 가지세요." "금방 잠이 올 겁니다." "걱정하지 마시고 편안히 주무세요." 여러 목소리들이 엇갈려 들려왔다. 누군가를 떠올리거나, 그리워하거나, 두렵지도 않았다. 그저 미약한 떨림이 있었고, 만약 이제 내 삶이 끝나더라도 후회는 없을 것 같다, 하는 그런 생각만이 희미하게 남아 있었을 뿐. 그리고 나는 내 인생에 예정되어 있지 않았던 긴 잠에 빠졌다.

# 진통

눈을 뜨니 PD의 목소리가 들렸다. 흐릿하게 보이는 그의 얼굴이 내게 기분이 어떠냐고 물었다. 나는 분명히 이렇게 대답했다. 어떤 감격적이고 대단한 대답을 해야 할 것 같지만, 그냥 그저 그렇다고. 비로소 자신의 삶을 다시 찾은 사람의 첫마디로서 너무 밋밋했기 때문에 PD의 얼굴에 실망이 스쳐지나갔다. 그러나 애써 감격이나 감동을 말하고 싶지 않았다. 나는 다시 깨어났고, 내게는 또다시 삶이 주어졌다. 다른 삶이라고 사람들은 말하겠지만, 내게는 변함없는 똑같은 삶이었다.

의사는 다행히 출혈이 많지 않았다고 말했다. 기존에 자신이 집도했던 여러 성전환수술을 한 환자들 중에서도 이렇게 출혈이 많지 않아 자연스럽게 수술이 이루어진 것은 처음이라고, 덧붙였다. 이제 관리를 잘해야 정상적이고 건강한 삶을 이어갈 수 있을 테니, 관리를 잘하는 일이 중요하다고 말했다. 마취가 깨어나면 통증이 좀 있을 텐데, 걱정할 것은 아니니 안심하라고 말했다.

그러나 그날 밤 찾아온 통증은 단순히 '약간'이라고 말할 수 없는 끔찍한 것이었다. 게다가 PD는 바짝 다가온 방송 날짜 때문에 편집을 하기 위해 방송국으로 돌아간 상황이었고 친한 동생이 다녀갔지만, 통증은 한밤중에 찾아왔다. 마치 아랫배가 끊어져나가는 것만 같았다. 누군가 커다란 칼을 들고 마구 아랫도리를 해치는 듯한 통증이 밤새도록 계속되었다. 진통제를 맞기 위해 나는 밤새도록 간호사를 불렀고, 간호사도 계속해서 진통제를 내 몸속에 흘려 넣었다. 울음 같은 비명이 이어졌고, 차가운 침대 머리맡을 붙들고 나는 엉엉 울었다.

통증은 그렇게 다음 날 저녁때까지 이어졌고, 그다음 날이 되어서야 나는 곤히 잠을 잘 수가 있었다. 하루 종일 통증으로 시달리느라 나는 거의 쓰러지다시피 잠에 빠져들었다. 통증이 거의 잦아들고 나서야 며칠 만에 찾아온 PD는 왜 자기한테 전화를 하지 않았느냐 타박을 했지만, 그냥 혼자서 견뎌야 할 일이라고 생각했다. 아이를 세상에 내어놓으며 산통을 겪는 산모처럼, 결국 그건 나 스스로의 몫이라고.

나흘이 지나서야 통증은 사라졌다. 나는 여러 번 상처 치료를 하고 나서야 손을 들어 아래를 더듬어보았고, 묘한 허전함이 손 안에 묻어났다. 기쁨이나 감격 같은 건 아니었는데, 한순간 내 안에서 살아 있던 것의 부재를 실감하는 일은 신기한 경험이었다.

일주일 동안 침대에 누워 나는 치료와 회복의 시간을 가졌다. 그리고 일주일이 지난 후, 아랫도리에 붕대를 감은 채, 룸메이트가 있는 내 집으로 돌아왔다. 수술 후 나를 처음 맞이하는 룸메이트는 나를 아래위로 훑어보며 말했다. "뭐야, 똑같잖아?" 나는 그 이야기를 듣자마자 버럭 소리를 질렀다. "그럼 뭐가 달라질 줄 알았냐?" 그렇게 소리를 지르고 났더니, 비로소 내 집에 돌아왔다는 안도감이 들었다.

며칠 더 집에서 쉬고 난 후에, 직장에 돌아갔더니 축하의 말을 전하는 직장 동료들도 말끝에 왜 달라진 것이 없느냐고 물었다. 그들은 수술로 인해서 내가 많은 것이 달라지리라 생각했는지 모르지만, 그건 내게 비싼 절차에 불과한 일이었다. 나는 수술 전과 똑같은 옷을 입고 출근했고, 아이들은 여전히 내가 남자인지, 여자인지 혼란스러워했으며, 어른 수강생들이나 학생들의 부모님들만이 내게 진심 어린 축하 인사를 전했다. 그때 나는 처음 내가 잘한 일이었구나, 생각했다. 모두에게 축하를 받는다는 일, 마치 결혼을 한 것처럼, 생일을 맞이한 것처럼, 내 주변에 있는 모든 사람들에게 축하를 받는다는 일, 나는 그때 처음으로 수술을 했다는 사실에 감격했고, 또한 감사했었다.

수술 부위의 관리는 쉽지 않았다. 수술한 자리에 협착이 일어나서 질이 막혀버리지 않도록 거의 한 달 동안을 내내 질 안에 보형물을 넣어놓고 있어야 했다. 매번 소독과 치료를 번갈아 하면서, 상처가 아물기를 기다리는 일은 결국 시간의 문제였다. 병원을 가야할 때마다 룸메이트가 나를 도왔고, 잠실에 사는, 가족이나 다름없는 친한 동생도 기꺼이 자동차를 몰고 와 나와 함께했다. 아직은 불편한 몸이지만, 아이도 만났고 아이에게 내가 큰 수술을 했다는 말도 했다. 물론 아이는 그게 어떤 수술인지 알지 못했고, 내가 어떤 사람인지 아직 알지 못했다. 처음부터 그건 상관없는 일이라고 생각했다. 아이를 사랑하고 아이에게 힘이 되어주고 싶은 마음, 그리고 아이로 인해서 내가 행복해지고 삶을 이어가고 싶은 마음이 든다는 것이 중요한 것일 뿐, 내 바지 속이 어떤 모양을 하고 있는지는 아이와 나 사이에는 결국 의미 없는 일이었으니까.

나는 그렇게 사람들이 말하는 여자가 되었다. 그토록 간절히 바라고 원하던 일이 이루어졌으니, 얼마나 감사하고 고마운 일이냐, 사람들은 내 손을 잡으며 덧붙였지만, 오히려 감격적이고 감동적이었던 것은 그들의 축하 인사였다. 그리고 수술을 한 후에도 아무런 거리낌이나 불편이 없이 나를 있는 그대로 받아들여주고 인정해주었다는 사실이었다.

고맙게도 내 인생의 감동은 그렇게 전혀 예상하지 못하던 곳에서 문득문득 내게 다가와 주었다. 참으로 고맙고 감사한 그런 삶이었다.


## 〈영상기록 병원 24시〉
## '트랜스젠더 김비의 마지막 선택'

방송이 된 것은 밤 11시 45분의 일, 나는 강의를 하고 늦게 들어와 룸메이트와 함께 방송을 보았다. 이미 방송은 앞부분이 시작되고 있었고, TV 화면 속에 나오는 내 모습은 어딘지 어색하고 이상하고 그랬다. 룸메이트도 자신이 TV에 나온다는 사실이 어색한지 내내 얼굴이 빨개져서 화면을 응시했다. TV를 보는 중에 여러 번 그의 전화기가 울렸는데, 오히려 유명세는 그가 타는 듯해서 우리끼리 낄낄거리며 프로그램을 시청했다. 아이의 이야기, 동생의 인터뷰, 수술을 하는 내 모습, 그리고 수술 후 내 자신의 인터뷰까지, 프로그램이 끝나고 나자 마음이 먹먹하고 그랬다.

PD가 방송을 잘 보았느냐고 전화를 했지만, 말끔하게 그렇다고 대답해주지는 못했다. 여전히 아이와의 일을 방송에 내보냈던 것이 마음에 걸렸고, 그 부분을 막지 못했던 것에 속상하고 안타까운 마음이 남아 있었다. 프로그램이 끝나자 룸메이트의 전화기는 미친 듯이 울려댔다. 어색하게 껄껄 웃는 그의 웃음소리는 밤늦은 시간까지 계속되었고, 나는 PD와 몇몇 친구들에게 전화를 받은 것이 전부였다. 생각보다 조용하고 아무렇지 않은 밤이 지나가서 내게는 별로 크게 와닿지 않는 평범한 밤이었다.

그러나 다음 날 아침에 일어나 홈페이지에 들어갔을 때, 완전히 난리가 나 있었다. 페이지를 아무리 뒤로 넘겨도 내가 바로 전날 썼던 글은 보이지 않았다. 그리고 다시 처음페이지에 왔는데, 다시 새로운 글들이 올라와 있었다. 방명록에 들어가 보니 생전 처음 보는 사람들의 긴 글들로 빽빽이 채워져 있었다. 단순히 힘내라, 잘 봤다, 정도가 아니라, 긴 장문의 편지들이 빼곡히 적혀 있었다. 그중에는 중학교, 고등학교 동창들의 이름도 눈에 띄었고, 내가 가르쳤던 학생들의 이름과 학생들의 부모님들까지 눈에 띄었다. 그러나 대부분 처음 보는 사람들의 기다란 응원 글이었다. 어림으로 세어보니 족히 1000개가 넘는 글들이 단 하루 사이에 홈페이지에 올라오고 있었다. 글을 읽는 중에도 그 글을 닫고 나면 또다시 전혀 새로운 글들이 올라와 있는 페이지를 보아야 했고, 댓글을 달려고 다시 글 하나를 클릭해서 읽으면, 다시 엉뚱한 페이지로 넘어가고 있었다. 그것도 모두가 감동적일 정도로 따스하고 고마운 글들이었다.

그중에 단 두 개, 소위 말해 악의적 게시물들이 있었는데, 내가 미처 무어라 댓글을 달기도 전에, 그 게시물 밑에 홈페이지에 글을 올렸던 다른 사람들이 연달아 댓글을 달아, 그 댓글만도 여러 페이지를 넘어가고 있었다. 초딩이냐, 너나 똑바로 하고 살아라, 하는 비난 댓글에서 부터, 점잖게 생각하는 방식을 지적하는 기다란 댓글까지, 내가 무어라 댓글을 달 필요도 없이 이미 그 두 개의 악성 게시물들은 저만치 페이지 뒤로 넘어가 사라져버리고 말았다.

사실 나는 그런 정도의 반응이 있으리라고는 생각하지 않았다. 아무리 그 프로그램이 고정 시청자 층을 가지고 있었다고는 하지만, 그렇게 많은 사람들이 그렇게 늦은 시간에 프로그램을 시청하고 있었을 줄은 상상도 하지 못했다. 직장에는 나와 같이 티비에 출연해서 덩달아 사람들한테 축하 전화를 받았다는 동료 교사들과 함께, 내 수업을 듣는 학생들은 상기된 얼굴을 감추지 못했다. 마치 연예인을 만난 듯이 법석을 떠는 아이들 앞에 나는 애써 아무렇지 않은 척했지만, 미디어의 힘이란 정말 엄청나고 대단한 것이었다.

그 후로도 며칠 동안 내 홈페이지는 방송을 본 시청자들의 글들로 방문이 폭주했고, 거리를 지나가다가, 혹은 마트에 들어서서도 모르는 사람들의 갑작스러운 인사에 고개를 숙이며 마주 인사를 해야 했다. 다행스러웠던 것은 그들 모두 숨은 곳에서 나를 손가락질하거나 수군거렸던 것이 아니라, 내 앞에 다가와 내 손을 잡으며 잘 봤다, 열심히 사시라, 하는 이야기를 남겨주었다는 사실이었다. 나는 사실 프로그램의 출연을 결정하며 어느 정도 사람들의 비난이나 손가락질을 각오하고 있었다. 물론 그것이 부당한 것이라는 사실은 알고 있지만, 내가 살고 있는 사회를 비관적인 시선으로 바라보고 있었던 것이 그 당시 내 모습이었다.

그러나 그 방송으로 인해 내가 목격했던 우리 사회의 양지는 굉장히 따스하고 포근한 것이었다. 나는 이 사회를 신뢰하고 있지 않았는데, 바로 그들이 내 삶에, 내 선택에 응원을 하고 지지해주었다는 사실은 부끄러움을 가르치는 뜨거운 감동이었다. 공교롭게도 내가 출연했던 방송은 케이블 TV를 통해 다시 몇 번이고 재방송되었고, 그때마다 홈페이지는 시끌벅적해졌으며 유명세를 치르게 되었다. 전보다 출연 요청은 더욱 많아졌으며, 인터뷰 요청도 많아졌다.

그때 이 사회가 내게 보여준 배려와 응원은 나를 더욱 단단하게 하고, 그리고 좀 더 긍정적인 시각을 갖고 세상을, 사람들을 바라보게 만들었다. 단순히 성전환수술뿐만 아니라, 여러 가지 면에서 그 프로그램은 내 삶에 커다란 전환점이 되었으며, 내 발걸음을 조금 더 힘 있고 단단하게 이끌었다.

나는 그때 그 프로그램을 통해서 다시 태어났고, 나를 태어나게 한 자궁은 30년이라는 긴 시간이었으며, 이 사회의 편견이 벌어지면서, 나는 이해와 배려라는 양수를 타고 비로소 세상에 쏟아져 나온 셈이었다. 참으로 감격적인 그런 탄생이었다.

# 가족에 관하여 — 엄마

　　　　　　　　　　　　수술을 하고 나서 엄마를 만난 것
은 꽤나 오랜 시간이 흐른 뒤였다. 엄마는 밤 아홉 시만 되면 주무시
는 밤잠이 많은 분이었기 때문에, 나는 엄마에게 내가 수술을 했다는
사실을 완벽하게 감추고 있다고 믿었다. 내가 가르치던 성인반 학생
들과 제주도 자전거 일주 여행을 계획하면서, 한번쯤 엄마를 만날 생
각을 하기는 했지만, 그것에 커다란 의미를 두지는 않았다. 거의 일
주일간의 자전거 여행 중에서, 맨 마지막 하루 이틀 정도 엄마의 집
에 머무르며 인사나 드리면 되는 일이라고 생각했기 때문이었다. 그
리고 엄마의 집에 들어갈 때에는 조금은 남성스러운 옷을 챙겨 입고
엄마를 만나게 된다면, 크게 눈치 챌 일은 아니라고 아무렇지 않게
생각했다. 왜냐하면, 나는 수술을 하고 나서도 두드러지게 여자 옷을
입고 다니기보다는, 언제나 유니섹스 스타일의 캐주얼 복장을 하고
다녔기 때문에, 그리고 가슴 수술은 하지 않고, 성기 수술만을 했기
때문에 하루 이틀 정도 엄마에게 남자처럼 보이는 일은 그리 큰 문제
될 것이 아니었다.

　물론 엄마에게 먼저 이야기할 수도 있었겠지만, 괜히 엄마가 자책
하게 만들고 싶지 않았다. 나의 성정체성에 관한 문제는 태어나면서
부터 느꼈던 것들임에도 불구하고 엄마는 자칫 당신이 사춘기 시절에
나를 버리고 집을 나가버렸기 때문에, 내가 그렇게 되었다고 생각할
수도 있었기 때문이다. 엄마에게 구구절절 정체성이니, 성전환증이니

설명을 하는 일도 그렇고, 괜히 옛날 생각에 찔끔거리며 청승맞은 꼴을 서로 보이는 것도 별로 탐탁지 않았다. 아무 일 없이 즐겁고 편안한 현실을 깨트리고 싶지 않았다. 엄마는 엄마대로 재가한 분과 조용한 노후를 보내고 계셨고, 나는 나대로 수술 후에 오히려 더욱 건강해지고 편안한 삶을 지키고 있었으니, 그것으로 충분하다고 생각했다.

그러나 배편을 이용해서 인천에서 출발해 제주항에 도착했을 때, 그곳에는 이미 엄마가 나를 기다리고 있었다. 우리는 배에서 내리자마자 자전거를 타고 여행을 시작할 생각을 하고 있었기 때문에, 나는 핫팬츠 차림에 몸매가 훤히 드러나는 복장을 하고 있었다. 전혀 준비가 안 된 상태에서 만난 엄마와 나는 놀란 눈으로 서로를 한동안 훑어봤다. 엄마는 반가운 얼굴로 나를 맞이했지만, 나는 괜히 엄마에게 들킬까 겉옷으로 황급히 몸을 감싸며 엄마에게 다가갔다. 그리고 여행이 끝나면 나중에 가겠다고 말하고는 겨우 밥 한 끼만을 같이 먹고 그 자리를 떠났다. 걱정은 되었지만, 엄마도 별 말이 없었기에 나는 곧 그 일들을 잊어버리고 계획했던 여행을 시작했다.

그런데 여행을 끝내고 엄마의 집으로 들어갔다가 다시 엄마와 헤어질 즈음, 엄마는 작은 가방에다가 당신이 쓰시던 화장품 몇 가지를 바리바리 싸서 내게 건넸다. 그때 나는 그게 무슨 의미인지 알지 못했는데, 나중에 알고 보니 엄마는 이미 방송이 나가던 바로 그다음 날, 방송을 본 이모에게서 전화를 받고 내가 수술을 한 사실을 알고 계셨다는 것이었다. 그 소식을 전해 듣고 엄마는 밤새워 술잔을 들이켰다고 했다. 당신 스스로를 자책하며, 몸도 약한 자식이 어떻게 그 엄청난 수술을 혼자서 견뎌냈을까 걱정스러운 마음에 며칠을 그렇게 지새웠다고 했다. 그런데 엄마는 배에서 내려서는 나를 보며 깜짝 놀랐다고 했다. 분명히 대학교에 다니던 시절 남자의 모습으로 만나던 나는 허약하고 병약해 보이는 아이였는데, 배에서 내려서던 성전환 수술을 한 내가 그렇게 건강하고 밝아 보이더라는 것이었다. 당신 생각으로는 그런 수술을 하고 났으니, 건강이 망가진 것은 빤한 것이다,라고 생각했는데, 그날 처음 마주한 나는 너무도 편안하고 건강하며 행복해 보이더라는 것이었다. 엄마는 나중에 그러면 되겠다, 싶었다고 말했다. 남자든, 여자든, 건강하고 편안하게만 지낼 수 있다면, 그러면 되겠다, 하는 생각이 들더라고 고백했다.

그해 겨울, 다시 제주도에 내려갔을 때, 엄마는 나를 데리고 처음 목욕탕에 갔다. 아무리 한겨울이라고는 하지만, 굳이 목욕을 가자고 채근을 하는 엄마가 이상하기는 했는데, 엄마는 내가 목욕탕에도 가지 못하며 불편하게 살까 봐 걱정이 되셨던 모양이었다. 사실 남자 목욕탕에 가는 것만큼, 여자 목욕탕에 가는 일이 불편하지는 않겠지만, 내가 아닌 다른 사람들의 불편함이 괜히 신경이 쓰여 가지 않았던 것이 사실이었다. 그런데 엄마는 나를 붙들고 여탕에 들어서서, 구석에 앉은 내 등을 조심스럽게 밀었다. 그리고 "이 정도면 목욕탕 다녀도 되겠다, 혼자서 목욕탕 다녀도 되겠어. 혼자서 목욕도 못 다니고 얼마나 많이 힘들었냐?" 하며 조심스럽게 내 귀에 속삭였다.

순간 나는 한 번도 경험해보지 못했던 가장 따스하고 거대한 위로가 내 온몸을 삼싸오는 것을 느꼈다. 능갈이 찌릿하도록 뜨거운 감정이 내 안에서 한꺼번에 솟구쳐 올랐다.

　나는 그날 처음 그렇게 딸로서 엄마에게 등을 맡겼고, 엄마의 등을 또한 밀어주었다. 나를 세상에 내어놓았던 엄마의 터럭을 보았고, 그리고 세상이 만들어낸 나의 터럭을 엄마에게 보여주었다. 고맙다, 미안하다, 혹은 괜찮다, 아니다, 하는 이야기들을 주고받지는 않았지만, 그때 서로의 벌거벗은 몸을 보며, 보여주며 이미 우리는 지나온 시간들 모두를 다 씻어버리고 있었다. 엄마는 나를 버렸던 것에 미안해했고, 나는 아들로 살지 못했던 것에 대해서 미안했으니 이제 서로는 비긴 거라고 말하며 목욕탕을 나오면서 우리는 깔깔깔 웃어버렸다.

　일생에 처음으로 엄마와 하나 되는 참으로 감격적인 경험이었다.


## 팬 미팅?

　　　방송이 나가고 어느 정도 시간이 지난 후에도, 홈페이지를 찾는 사람들의 수는 좀처럼 줄지 않았다. 방문을 해주었던 사람들이 다시 방문을 하고, 이제는 조금씩 사람들의 글들에 댓글을 달 수 있을 여유가 생겼을 무렵, 인터넷 포털 사이트에 소위 말해 내 팬 카페라는 것이 있다는 사실을 알게 되었다. 무슨 연예인도 아니고 그런 식의 낯간지러운 일들이 벌어진다는 사실이 여전히 내게는 생경하고 충격적이었다. 그리고 얼마 지나지 않아 그곳에서 사람들이 모임을 갖는 데 참석을 해달라는 연락을 받게 되었다. 룸메이트는 그럼 그게 팬 미팅인 거냐,라고 단정 지어 말했지만, 화들짝 놀랄 정도로 그건 내게는 어울리지 않는 모임이었고, 나는 그저 불편할 수도 있는 나라는 존재를 지지해준 분들에게 어떻게 해서든 고마운 마음을 전하고 싶은 마음뿐이었다.

이른 초봄의 휴일, 아침부터 나와 룸메이트는 괜히 설레어 분주했다. 그래도 빈손으로 그들을 대하는 것보다는 무엇이든 내 정성이 직접 들어간 것을 선물해드리고 싶다는 생각에, 그동안 홈페이지를 통해 방송했던 인터넷 방송 파일들을 하나의 시디에 담아 준비했다. 서울의 대학로에 있는 카페에서 마련된 모임은 그저 고마운 사람들을 만나는 자리인데도 괜히 가슴이 설레기도 하고 긴장이 되기도 하고 그랬다. 카페 입구에서 내 이름으로 예약이 된 예약 현황판을 보면서 자꾸 얼굴이 뜨거워졌다. 조심스럽게 안내를 받아 모임 장소 안으로 들어가니 처음 보는 사람들의 얼굴이 방 하나를 가득 채워 나를 기다리고 있었다. 긴장하고 수줍은 것은 나였는데, 나를 보자 그들의 눈빛들이 약속이나 한 것처럼 반짝였다. 스무 분 가까이 처음 뵙는 분들이 '나'라는 사람을 통해 인연을 만들어 그곳에 자리를 했다고 생각하니, 정말 몸 둘 바를 몰라 자꾸 고개가 숙여졌다. 함께 갔던 룸메이트는 커다란 덩치에 어울리지 않게 잔뜩 긴장한 모습이면서도, 낙천적인 성격 그대로 사람들과 이내 잘 어울렸다.

회장이라는 분이 한 사람, 한 사람 소개를 해주시면서, 정말 다양한 분들이 부끄럽게도 나를 위해 이 자리에 모이셨구나, 그분들 모두는 감동적이었다, 고마웠다, 말씀하셨지만, 내가 도대체 그들을 위해 했던 일들이 무엇인지 몰라, 실은 아무것도 그들을 위해 해준 것 없이 오롯이 이기적인 생각에서 비롯된 일들이었던 것이 떠올라 자꾸 얼굴이 붉어졌다. 될 수 있는 한 편안하게 방송에서 하지 못했던 일들, 촬영을 하면서 생겼던 일들, 그리고 나라는 사람의 살아온 시간들에 대해서, 그리고 그곳에 계신 분들의 따스함으로 내가 다시 태어났다는 사실을 말씀드리면서, 오히려 감동받고 고마운 것은 나였다. 시간이 지나면서 우리들은 조금씩 서로에게 허물어졌고, 그곳을 나올 때쯤에는 팬과 출연자 사이가 아니라, 똑같은 따스함을 공유하고 있는 사람과 사람 사이가 되었다. 대학로를 빙 돌며 사진을 찍고 이야기를 나누며 우리들은 봄 햇살을 만끽했다.

몇 달이 지난 후, 우리들은 모두 함께 강촌 근처에서 조용하고 소박한 모임을 가졌었는데, 그때의 따스함 또한 너무도 고맙고 기억에 남는 소중한 추억이었다. 나는 그때 그분들로 인해 부끄럽게 살지 말아야 한다는 힘을 얻었다. 절대 절망하지 않으며, 어떠한 절망도 뚫고 일어서야 하는 힘을 가져야 한다는 사실을 발견했다.

모든 일들이 그러하듯, 시간이 지나면서 그렇게 조금씩 서로에게서 잊히기는 했지만, 지금까지 그분들이 내게 보여준 따스함은 아직도 나를 지탱하고 서 있게 만드는 소중한 버팀목이 되고 있다. 누군가의 삶에 뜨거운 근원이 되고 있다는 사실은 그분들의 삶에도 보이지 않는 행운이 되리라고 나는 확실히 믿고 있다.

# 필요한 때를 위한 작은 행운들

돌아보면 그때 나는 참 많은 고마운 인연을 만나게 되었다. 시간이 지나고 나니 그건 하늘에서는 사라졌지만 어딘가 지구 반대쪽에서 반짝거리고 있을 별처럼 지금도 가슴을 설레게 하는 소중한 기억이다.

그 소중한 인연들 중에, 유독 가슴에 남아 있는 반짝거림이 있었다. 그도 다른 사람들처럼 내게는 그저 팬의 한 사람이었던 것 같은데, 나는 유독 그를 향해 설레었다. 아마도 그건 그가 보여준 따스함과 배려가 내가 한 번도 가져보지 못한 감사한 것이었기 때문이다. 말없이 내 등 뒤에서 나를 지지하고, 허허 사람 좋은 웃음으로 나를 지켜주었던 사람. 예민하고 오르내림이 많은 내 생각과 감정은 그의 앞에 서면 번번이 고요하고 잔잔해졌다. 그때 룸메이트에게도 이야기했던 적이 있는데, 감히 내가 결혼이라는 것을 하게 된다면 그런 사람이라면 좋겠다,라고 부끄럽게 고백하기도 했다. 자꾸 안부를 묻고, 자꾸 연락을 하면서 그가 좋아졌다. 몇 번 되지 않는 만남이었지만, 나는 그에게서 조금씩 사랑이라는 감정의 희망을 보고 있었다. 머리만 질끈 묶었을 뿐, 여전히 남자 같은 모양새를 하고 다니는 나에게, 그는 고맙게도 사랑스러운 눈빛을 보여주었고, 예쁘다 말해주었다. 까맣게 잊어가고 있었는데, 내게 사랑이라는 것은 언제나 머리 위 밤하늘 속으로 던지는 돌멩이 같은 것이었는데, 나는 처음 그에게서 사랑이라는 떨림을 목격하고 있었다. 설마 내게도 그런 것이 있을 수 있을까, 나는 먼지가 풀풀 나는 감정의 더미 맨 밑바닥에서 조심스럽게 사랑이라는 이름을 혼자서 꺼내보고 있었다.

그렇게 내 안에서 감정이 확신으로 쌓일 무렵, 그에게서도 나에 대한 사랑이라는 감정의 끄트머리를 발견할 수 있었던 무렵, 나는 조금씩 그와 나의 관계를 준비하고 있었다. 이제는 그의 목소리를 듣는 일만으로도, 어디서든 그의 이름을 발견하는 것만으로도 빙긋 웃음이 들고 있던 즈음이었는데, 그러던 어느 날 밤 그에게서 전화 한 통을 받았다. 술에 취해, 흐느적거리는 목소리였다.

나는 평소에 술을 잘 마시지 않는, 마셔도 흐트러지거나 하지 않는 그에게서 사랑스러움을 느끼며 전화기 너머의 그의 목소리를 듣고 있었다. 어디서 술을 그렇게 드셨나, 괜히 걱정스러워 잔소리 같은 몇 마디도 건넸다. 그런데 그가 오랜 침묵 끝에 이렇게 말했다. 자신에게는 오래도록 간직해온 꿈이 있었더라고. 평생 포기할 수 없었던 그런 꿈이 있었더라고. 왠지 사랑이라는 감정과 닮은 꿈이라는 이야기에 괜히 가슴이 설레어 귀를 쫑긋 열었는데, 그는 한숨과 함께 자신의 꿈 이야기를 힘겹게 말해주었다.

그는 자신을 닮은 아이와 함께 손을 잡고 목욕탕에 가보는 것이 자신의 오랜 꿈이었다고 말했다. 발가벗은 아이의 몸에서 자신과 닮은 구석을 찾아내며 크게 웃어보는 것이 바로 자신의 꿈이었다고.

순간 내 몸은 경직되었다. 평소처럼 살갑고 마음을 따스하게 하는 고마운 이야기들을 기대하고 있던 내 얼굴은 딱딱하게 굳어버렸다. 그는 더욱 비틀어진 목소리로 그 뒤에 무슨 말인가 덧붙였던 것 같은

데, 아무런 이야기도 들리지 않았다. 아무것도 생각할 수 없었다. 내 속에서 조금씩 크기를 키워가던 심장이 툭 떨어져 바닥을 굴렀다. 누군가가 쏜 총에 맞은 듯, 커다란 과녁의 한가운데 서 있는 듯, 보이지 않는 무언가 단번에 나를 뚫고 지나갔다.

미친년처럼 소리를 질렀는지, 그대로 그의 목소리를 듣고 전화를 끊어버렸는지 기억이 확실치 않다. 그러나 분명한 한 가지, 나는 그 날, 내 사랑의 실체를 알아버렸다. 내가 어딘가에 매달고 있던 등불 하나가 처음부터 심지가 없는 깨진 유리조각에 불과하다는 사실을 나는 처음으로 똑똑히 목격했다. 다음 날 그는 술이 깨어 내게 다시 전화를 했다. 물론 미안하다는 전화였다. 술에 취해 했던 말들이니 용서하라, 하는 이야기가 그가 전하고 싶은 말의 요지였을 것이다. 그러나 나는 더 이상 그를 향해 웃을 수도, 그의 목소리에 가슴이 설렐 수도 없었다. 이미 내 안에서는 아무것도 살아 있지 않았다. 미약하게 나를 위해 흔들리는 것이라 믿었던 것이 불빛이 아니라, 나와는 전혀 가까울 수 없는 별빛이라는 사실을 깨달았을 때, 내가 해야 할 일은 또다시 어둠 속을 걸어가는 일뿐이었다. 내 앞길을 밝힐 수 없는, 내가 바라볼 수 없는 너무 먼 곳에 있는 그런 별빛.

그는 계속해서 전화를 했고, 나를 찾아오기까지 했다. 그러나 나는 그를 마주할 수 없었다. 그의 간절함이 안타까웠던 룸메이트는 그런 생각쯤, 가질 수 있는 것이 나를 사랑하는 남자라는 사람들의 생각이고, 술을 마셨으니 그런 감정에 휩쓸릴 수도 있지 않겠느냐, 내게 말했지만, 나는 이미 보이지 않는 돌부리에 걸려 넘어져 바다에 엎어진 채였다. 코가 깨지고 다리가 부러져 어느 벼랑 밑으로 떨어지고 난 후였다. 그런데도 저기 멀리 반짝이고 있는, 내가 아닌 세상을 향해 반짝거리고 있는 별을 보며 웃으라, 하는 이야기는 너무 잔인했다. 내 사랑이 누군가의 꿈을 짓밟는 감정이라는 사실을 깨닫는 일은 그대로 목숨을 끊고 싶을 만큼, 처절하고 끔찍한 감정의 역류였다.

나는 그때, 사랑이라는 내 안의 감정을 발기발기 찢어버렸다. 나로 인해 잃어버린 꿈을 가슴속에 품고 있는 누군가를 대하는 일은 생각만 해도 징그러웠다. 찢겨진 감정의 덩어리들을 땅바닥에 파묻고 꽉꽉 눌러 밟았다. 더 이상 내게서 드러나지 않도록, 먼지에 쌓여서라도, 어느 감정의 맨 밑바닥에서라도 나를 흔들고, 나를 움켜쥐지 못하도록.

나는 천천히 어둠 속으로 걸어 들어가고 있었다. 사랑이 아닌, 호기심으로 나를 대하는 남자들을 만났고, 그들이 원하는, 한 사람의 여자가 아니라, 자극적이고 호기심을 불러일으키는 트랜스젠더가 되어주었다. 사랑이라고 말하는 그들의 떨리는 입술에 코웃음을 쳐주었고, 내 비웃음에 걸맞게 그들은 자신들이 말하던 사랑이, 사랑이 아닌 호기심이었음을 아주 적나라하게 보여주었다. 그렇게 사랑이 없는, 사랑을 모르는 남자들을 만나며 나는 자꾸 피폐해져갔다. 사랑이 없는 시간들은 퍽퍽했지만, 언제나 내 삶이 그래왔기 때문에, 별을 보며 살지 않던 것이 내 삶이었기 때문에, 처음부터 상관없는 일이었다.

서른이 되어, 처음 느껴본 사랑을 나는 그렇게 어둠 속 어딘가에 묻어버렸다. 혼자서 던지는 돌멩이가 아니라, 내가 던진 돌멩이를 다시 내 앞에 가져다주던 소중한 누군가의 감정을 나는 그렇게 외면해 버리고 말았다. 어둠이 깊어지면 깊어질수록 나는 하늘 위를 올려보고 싶은 충동에 사로잡혔다. 그러나 이를 악물었다. 하늘을 보고 걷는 일보다는, 어둠 속을 보고 걷는 일이 나에게는 최소한의 안심이 되었다. 어차피 보이지 않는 눈앞이기는 마찬가지이지만, 나는 끝까지 하늘을 올려보지 않았다. 그저 언제나 그가 써주었던 글귀처럼, 어느 하늘 아래선가 그에게도 필요한 때에 작은 행운이 함께하기를 마음속으로 중얼거리고 있을 뿐이었다.

## 사랑을 잃고 나는 쓰네

사랑을 버린 시간들은 알약을 입에 문 것처럼 쓴 날들이었지만, 수술을 하고 난 후, 나는 마음이 편해선지 조금씩 살이 찌고 있었다. 여전히 TV 속에서 나를 보았다는 사람들의 인사를 나는 아무데서나 받아야 했고, 그들이 실망하지 않도록 웃으며 행복한 얼굴을 보여주었다. 물론 그렇게 인사를 전해주시는 그분들의 마음을 대하는 고마움은 진심이었으니까.

사춘기에 접어들며 조금씩 커지는 아이는 자신이 TV에 나왔었다는 사실을 아는지 모르는지 별 말이 없었다. 함께 밥을 먹으며 자신의 일상을 이야기하고, 필요한 것들을 이야기하고, 태권도 학원에서 있었던 일, 학교에서 있었던 일들을 내게 이야기해주며 시간을 보내는 것이 전부였다. 조금 더 자주 아이를 만나고 싶었지만, 나의 생활과 아이의 생활은 분명히 다른 공간 속에 존재했고, 그 두 가지를 함께하고 싶은 생각은 그저 내 욕심에 지나지 않는다는 사실을 알고 있었다.

내가 치료를 시작하고 수술하는 일을 달갑지 않아 했던 고향의 친구들을 만났다. 만나지 말자, 했던 것은 아니었는데, 내가 삶의 마지막을 생각하며 고향에 돌아왔을 때, 그들에게서 받은 섭섭한 마음이 내내 가슴속에 가시처럼 박혀 있었던 모양이었다. 시간에 흘러, 세월에 흘러, 조금씩 소원하게 지내게 되었고, 그들도 나를 오랜만에 TV를 통해 보았던 모양이었다. 그들 중에 내 수술을 가장 많이 반대했던 친구는 이제는 한 아이의 아빠가 되어 내 앞에 나타났다. 그를 닮은 아이 하나가 얼마나 예쁜지 나는 주차장에서 처음 그의 가족을 대하며 꺅 소리를 지르고 말았다. 물론 오랜만에 만난 친구가 반가웠던 것은 말할 필요도 없는 일이었다.

굳이 그럴 필요 없는데, 그는 수술을 하고 나서 비로소 편해진 나를 보면서, 자연스럽게 내 삶을 찾아가는 모습을 보면서 내게 많이 미안했다고 말했다. 그리고 내게서 먼저 연락이 올 때까지 스스로 연락을 할 수가 없더라, 말을 이었다. 나는 단지 사는 일이 정신이 없어서, 누구나 그러하듯 제 몫의 일들에 치어 사느라 정신이 없어서 연락을 못했던 것뿐인데 괜히 그들을 걱정스럽게 했구나, 하는 마음에 나도 미안했다. 나중에 들으니 그는 부끄러운 내 책들을 여러 권 사다가, 회사의 동료들에게 돌려주며 자신의 친구라고 자랑을 했더라고 말했다. 나 같은 불편할 수 있는 사람을, 주변 사람들에게 자신의 친구라고 떳떳이 밝힐 수 있는 그런 친구를 가지고 있어서, 오히려 더 고맙고 미안했던 것은 나였다. 그날 저녁 우리는 그의 집에서 술잔을 기울이며 많은 이야기들을 나누고, 많이 웃었다. 오랜만에 친구와 만나서 나누는 살아가는 이야기들은 굳이 슬프고 아픈 이야기들이거나, 즐겁고 기쁜 일이라서가 아니라, 그 자체로 이미 일상을 위로하는 커다란 즐거움이고 또한 내게는 감동이었다.

나는 여전히 학원에서 수업을 하며 학생들과 즐거운 시간들을 보내고 있었고, 고맙게도 부끄러운 나를 먼저 찾아 아이들을 맡겨주시는 부모님들도 많아졌다. 죽을 것처럼 이불 밑에 처박혀 있어야 할 만큼 마음이 아픈 시간들이었지만, 다행스럽게도 주변의 일상들은 나를 바쁘게 했고, 또한 나를 기쁘게 위로했다. 여기저기에서 몇 번의 인터뷰를 더 했고, 부산방송에 다시 한 번 얼굴을 내밀었다. 또다시 홈페이지가 시끄러웠고, 사람들이 많은 글들을 남겼지만, 나는 그런 일상들에 이미 조금씩 익숙해지고 있었다.

그즈음, 대한민국의 모든 사람들이 그러했듯, 붉은 옷을 입고 TV 화면을 응시하며 공을 쫓는 대한민국 축구 대표 팀을 향해서 열광했고, 마치 기쁨이나 환호는 어떤 거부할 수 없는 공기처럼 온 나라를, 사람들의 마음을 뒤덮었다. 물론 그 안에 서른하나가 되어가던 나도 있었다.

# 또 다른 자학

상처를 지우기 위해서 일상에 몰두하는 것은 누구나 마찬가지일 것이다. 학원에서도 수업이 적지 않았음에도 불구하고, 개인적으로 가르치는 아이들의 수를 조금 더 늘렸으며, 토요일과 일요일에도 다른 생각이 들지 못하도록 몸을 혹사시켰다.

그러나 글을 쓰는 일은 제대로 할 수 없었다. 사람들에게는 생소하기도 하고 관심도 없는, 소수자의 시시콜콜한 살아온 이야기들에 관심을 갖는 사람들도 많지 않았을 뿐더러, 『못생긴 트랜스젠더 김비 이야기』를 출판했던 출판사가 문을 닫는 바람에, 책은 2쇄를 찍지 못하고 초판에서 절판이 되고 말았다. 글을 쓴다는 일이, 영혼을 팔아야 가능한 일이라고 말들 하지만, 그 당시 나에게는 쏟아놓을 영혼 같은 것이 내 안에 들어 있지 않았다. 내 안에 있는 것들을 들여다보는 일 자체가 싫었다. 그 안에 있는 것들은 어떻게 해서든 외면하고 싶었던 것들이었기에, 나는 애써 글을 쓰는 나를 외면했고, 아이들을 가르치는 일에만 열중했다.

사랑 따위가 아닌, 다른 즐거움을 찾기 위해 나는 즐길 수 있는 것들을 찾기 시작했다. '로모'라는 러시아산 카메라를 처음 만져본 것이 그즈음이었다. 현실 속에서 찍어내는 일상의 모습들은 사진 속에서는 너무도 화려하고 멋스럽게 보였고, 나는 그러한 작업들에 조금씩 환각되고 있는 듯했다. 카메라 모임에도 나가서 사람들을 만났고, 그들에게서 카메라와 사진에 관한 이야기를 듣기도 했고, 모든 것을 다 드러낼 필요가 없는, 구구절절할 필요가 없는 사진이라는 작업은 복잡한 내 머릿속을 정리해주는 무언가처럼 나를 이끌었다. 아이와 내 모습을 담기에도 장난감 같은 작은 카메라는 맞춤이었다. 변해가는 아이의 모습과, 또한 같이 변해가는 내 모습을 함께 담으며 나는 조금씩 사진 찍는 일의 즐거움을 알아가고 있었다.

아이는 이제 제법 남자다운 테가 나기 시작했지만, 아이에게서 매캐한 냄새가 나기 시작한 것도 그즈음이었다. 아이는 조금씩 내 이야기를 듣는 대신, 외면하는 시간들이 많아졌다. 남자아이의 사춘기 시절이 대부분 그러하리라 이해하기는 했지만, 조금씩 변해가는, 그리고 내게서 멀어져가는 아이의 모습이 걱정스러웠다. 가끔씩 팔이나 손에 붕대를 감고 나를 만나러 오는 아이의 모습은 쓸데없는 내 상상력을 자극했지만, 조금 더 거리를 두는 일이 아이를 위해서도, 그리고 나 자신을 위해서도 좋을 것이라는 사실을 어렴풋이 짐작할 수 있었다. 그래서 될 수 있는 한 아이의 학교생활이나 요즈음의 일들에 대해서는 묻지 않고, 평상시와 변함없이 아이를 대하려고 애를 썼다. 그러나 아이와 헤어지고 자동차를 몰아 돌아오는 시간은 복잡하고 힘들었고, 집에 돌아와 나는 허무하고 고립된 나를 발견해야 했다. 어차피 아이에게 이용당해도 상관없다고 생각했던 만큼, 나는 괜찮다고 스스로를 위로했다. 더 이상 내 말에 귀를 기울이지 않는 아이의 행동들은 아팠고, 엄마일수도 없고 아빠일수도 없는 손가락질처럼 혹독하게 나를 몰아세웠지만, 나는 그런 현실을 인정하라고 스스로에게 다그쳤다.

호기심으로 나를 만나려는 남자들의 전화는 끈질겼고, 그들의 호기심을 채우며 나는 자꾸 스스로를 자학했다. 어차피 그럴 수밖에 없는 존재라고 스스로를 몰아치며 고개를 끄덕일 때마다 이전과는 다른 온기의 눈물이 고였지만, 이제는 모든 것들을 꿀꺽 삼켜낼 수 있을 만큼 나는 나이를 먹고 있었다. 열정이든 사랑이든 순수함을 떠올리기에 나는 너무 피폐했다.

동생은 너무도 예쁜 조카를 출산했고, 사람들을 가르치는 일에서 나는 인정을 받고 있었지만, 부유하는 생물처럼 나는 어디에도 존재하지 않는 것처럼 느껴졌다. 어디서 내 전화번호를 알아냈는지, 결혼정보 회사의 광고전화 속 여자는 내가 성전환수술을 한 사람인지도 모르고 나에게 여자를 소개해주겠다고 말했다가, 한바탕 내게 욕을 들어먹고 전화를 끊었고, 처음부터 소수자니, 트랜스젠더니 관심조차 없던 사람들은 내 주민등록증을 보며 고개를 갸웃거리거나 딱딱하게 표정이 굳기도 했다. 그런 일상쯤, 충분히 예상하고 대처할 만큼 내 자신의 준비가 모자랐거나 부족했던 것은 아닌데, 자꾸 그렇게 부딪히는 일상들이 짜증스럽게 느껴졌다.

지금 생각해보면 모든 것이 나도 모르게 빠져버린 나사 하나 때문이었다. 보통 사람들이 사랑이라고 말하는, 어디에 달려 있는지, 어떻게 빼버려야 하는 건지 알 필요도 없는 그런 감정의 부속품. 서른이 훨씬 넘어 겨우 사랑이라는 감정 때문에 휘둘린다는 사실이 그 당시의 나 자신에게도 기가 막히는 노릇이었지만, 처음으로 주고받은 감정이었기에 그 상처는 오래도록 아팠다. 흉터 밑으로 욱신욱신 아

파오는 자학의 감정은 물론 치유되기 쉽지 않은 아주 깊은 생각의 골
이었다.


## 가족과 가족

　　　　　　　아이가 보육원에서 아예 도망쳐 나왔다고 전화를
했을 때, 지금 생각해보면 나의 대처 방법은 어리석었다. 아이를 데
리고 일단 다시 보육원으로 들어가 자초지종을 들어보는 일이 옳은
것이었을 텐데, 나는 아이의 말만을 믿고, 아이의 입장에서 모든 것
들을 그대로 받아들였다. 그래도 다시 돌아가야 하지 않겠느냐,라고
물었을 때, 아이의 표정은 단호했다. 며칠을 집에서 아이와 생활하면
서, 내가 모르는 아이의 일상 속에서 아이가 나태해져가는 모습을 보
면서, 그저 아이에게 머무를 수 있는 곳과, 먹을 것과, 돌아올 수 있
는 집을 마련해주는 일이 내가 해야 하는 일의 전부라고 믿으면서,
나는 여러 가지 감정으로 복잡했다.

　그래도 아이에게 학교는 꼭 다녀야 한다, 이야기를 하며 학교에 태
워다주며 얼마간의 시간을 지났지만, 아이는 처음부터 나와 생활을
공유하려고 하지 않았다. 아니, 그건 어쩌면 처음부터 불가능한 일이
었는지도 모른다. 아이에게 조금씩 엄하게 대하려고 하면서, 아이는
자꾸만 틀어져갔고, 내가 감당할 수 없는 수준까지 이르렀다. 아이는
전화 한 통으로 집에 들어오지 않는 경우가 많았고, 자신을 믿지 못

하는 나를 원망했고 섭섭해했으며, 그런 아이의 모습에 괜히 주눅이 들어 나는 자꾸 스스로를 다그치고 설득했다. 처음부터 내가 아이에게 주고 싶었던 것은 아무런 이유도 없이 무작정 들어가서 쉴 수 있는 '집'이 아니던가. 나는 아이가 걱정스러우면서도 아이를 믿는 일이 옳은 일이라고 스스로에게 말하고 있었다.

그러나 그런 시간은 오래가지 않았다. 아이는 내가 모르는 친구들을 데리고 들어와 잠을 자기도 했고, 어떤 친구인지, 어디에서 만난 아이들인지 대충 얼버무리는 것이 전부였다. 보기에는 분명 평범한 생활을 하고 있는 아이들 같아 보이지 않는데도, 조금이라도 다그치려고 할 때마다 아이는 섭섭하다는 표정을 무기처럼 내 앞에 드러냈다.

나는 아이를 잃고 있었다. 아이가 올바른 방향으로 크도록 아무것도 해주지 못하고 있다는 무기력감은 생활 곳곳에 스며들어 나를 힘들게 했다. 아이를 위하는 일과, 아이가 원하는 일이 어긋날 때, 부모라면 당연히 부모의 믿음으로 아이를 키우는 것이 옳지만, 처음부터 나는 아이에게 부모도 아니었고, 부모가 될 수도 없는 사람이었다. 시간을 두고 아이가 다시 내게 돌아오기를 기다릴 수도 있었겠지만, 나는 그런 그릇이 되지 못했다. 지금 생각해보면 처음부터 나는 준비가 되어 있지 않았다. 진심이라면 분명히 누군가에게 가 닿으리라, 믿었던 것은 순진한 생각이었다. 아이를 걱정하고 원하는 내 마음을 알게 되면, 아이는 돌아오리라 믿었던 것은 어리석은 기다림이었다.

또 며칠이 지나고 아이에게 자신을 데리러 오라는 전화가 왔지만, 나는 가지 않았다. 아이를 아끼는 사람으로서, 지금 아이를 위해서 해줄 수 있는 일은 벼랑 밖으로 아이를 밀어버리는 것이라는 생각이 아이에 대한 간절한 그리움과 매순간 머릿속에서 부딪혔다. 아이를 위하는 일이 아이를 버리는 일이라는 생각은 지금 생각해보면 오롯이 나 자신만을 생각하고 위하려고 했던 이기적인 핑계였을지도 모른다. 아이와의 관계를 정리하려고 애를 쓰며 많은 자책과 또한 그리움에 시달렸다. 그토록 간절히 바라던 아이와의 미래가 그렇게 무너져버리는 시간들을 도저히 받아들일 수가 없었다. 다시 아이를 데리고 오고 또다시 아이는 집을 나가 며칠을 들어오지 않고, 다시 자책하고, 다시 데리러 가고, 다시 아이는 나가버리고, 하는 뒤엉킨 일상들은 몇 달이나 계속되었다. 그리고 마지막은 누구나 예상할 수 있는 빤한 것이었다.

나는 아이를 버렸다. 구차하게 핑계나 변명을 늘어놓고 싶지는 않다. 나는 그때 아이를 감당할 수 있는 대단한 그릇이 아니었고, 어설픈 동정이 나와 아이를 불행하게 했다는 비난도 고스란히 인정해야 할 것이다.

대전에 있는 소년원에서 아이에게 연락이 왔을 때, 또다시 아이에게 면회를 가고, 미래를 약속 받고, 아이와의 새로운 희망을 꿈꾸었다. 한 달이 멀다 하고 아이에게 면회를 가고, 아이를 위한 음식을 챙기고, 옷가지들을 챙기며 달라진 아이의 모습을 기대하며 다시 아이를 품어 안았고, 아이가 출소하고 난 뒤, 또다시 옛날과 다름없는 상황이 반복되었을 때, 나는 이미 많이 지쳐 있었다. 아이를 통해, 간절히 가족을 갖고 싶었지만, 나는 가족을 기릴 수 없는 사람이라는 것을 그때는 알지 못했다.

그 후, 알코올 중독 상태로 내 앞에 다시 나타난 큰오빠와 생활을 하면서, 술을 끊을 수 없는 알코올 중독 상태인 큰오빠를 병원에 넣었다가, 다시 빼냈다가, 다시 넣기를 반복하면서, 나는 그때 아이를 버렸던 때와 비슷한 감정의 혼란 속에서 극심한 스트레스에 시달렸다. 내 진심이 가 닿지 못하는 사람들에게, 내가 바라고 생각하는 미래를 그들에게 전달하지 못하는 내 언어 때문에 나는 무수히도 많은 시간 동안 참혹함을 견뎌야 했다.

그럴 필요 없다고 말하는 사람들에게는 가족이 있을 것이다. 소소한 충돌과 토라짐으로 몇 달씩 얼굴을 보지 않다가, 김치 한 통으로 화해를 할 수 있는 그런 가족이 있을 것이다. 그러나 내게는 처음부터 그것이 없었다. 가족의 동의나 선택이 없이, 부모의 사랑이나 애정의 울타리 같은 것 없이, 혼자의 결정과 선택으로 만들어진 삶이라서 그런지, 가족은 언제나 내게 부대끼는, 몸에 맞지 않는 옷처럼 느껴졌다. 가질 수 없는 것이라 더욱 간절해지는 것이 인간의 바람이고 소망인 모양이다. 그래서 나는 어떤 식으로든 가족을 가지려고 발버둥 쳤다. 내 그런 집착으로 인해 내가 다쳤고, 주변의 사람들이 다쳤다.

그러나, 나는 정작 중요한 한 가지, 내가 가족을 가질 자격이 없는, 이기적이고 잔인한 사람이라는 것을 제대로 깨닫지 못했다. 그들의 준비나 허약함을 탓하기 이전에, 나는 내 스스로가, 아이에게도, 큰오빠에게도, 동생에게도 가족이 되기 위한 준비가 되어 있지 않았다. 혼자서 모든 것을 결정하고, 혼자서 끔찍한 시간들을 견뎌내고, 혼자서 표독스럽게 생존하던 내게, 가족은 문 밖의 일이었다. 낯선 풍경 속에서 당황하고 어색해하며 보듬을 수 없었던 것은 어느 쪽이든 마찬가지였을 것이다.

나에게 가족은 액자 속에 걸어놓은 미소를 짓게 하는 한 폭의 수채화였다. 처음부터 나는 액자 속에 들어가 살 수 없는 사람이었고, 가족 안에 내 이름은 존재하지 않았다.

그렇게 시간이 흐르면서 언제부턴가 나는 혼자서 걷고 있는 나를 발견했다. 아이를, 큰오빠를, 사람들을 나와 함께 걷게 하려고 했지만, 그건 처음부터 지나친 욕심이었다. 내가 가야 하는 길은 좁은 모퉁이를 가진 외길이었고, 둘이나 셋, 혹은 넷이서 함께 걸어갈 수 있는 길이 아니었다. 가족이라는 액자 위에는 먼지가 뽀얗게 쌓였다. 이제는 어느 구석에 처박혀 있는 그 그림을 나는 애써 외면하며 살기 시작했다.

내가 가질 수 없음에도 간절히 그리운 그것들을 잊기 위해, 나는 생활 속에 자꾸 나를 흠뻑 담갔다. 부러 많은 일거리를 만들었고, 많이 여행을 다녔다. 많은 곳을 사진에 담았으며, 많은 사람들을 만났다. 그런데도 글을 한 줄도 쓰지 못했던 것은, 내 안을 들여다보지 못했기 때문일 것이다. 썩어버려 군내가 나는 내 마음속, 자책과 그리움이 뒤엉켜 역한 냄새를 풍기는 생각 속.

그리고 나는 결국 쓰러졌다. 생전 처음 느껴보는 새까만 눈앞이었다. 모르는 사이, 스멀스멀 내 목덜미를 기어오르고 있던 시간의 형벌이었다.

# 장편소설 '플라스틱 여인'

병원에서 눈을 떴을 때, 나는 모르는 사람들의 얼굴을 보고 있었다. 나와 함께할 수 없는 사람들, 내가 다가갈 수 없는 사람들. 그들의 위로와 걱정의 말들은 고마웠지만, 그건 몸속으로 흘러 들어가는 알 수 없는 약만큼이나 난해하고 어려운 것이었다. 집으로 돌아와 멍하니 며칠을 소파에 앉아 있었다. 나를 찾는 사람들의 목소리, 경쾌하게 울리는 전화벨 소리, 모든 소리들을 지운 채, 나는 낡은 소파에 앉아 커다란 창밖으로 지나가는 시간을 물끄러미 구경했다.

병명을 알 수 없다, 하는 의사의 이야기는 오히려 어떤 선고보다 더 잔인하게 들렸다. 그저 영양 상태가 좋지 않고, 스트레스가 많았던 것 같다, 하는 뜬구름 잡는 듯한 진단 몇 마디는 어떤 치료약이나 처방전도 내 앞에 내밀지 못했다. 간이 나쁜 상태이니, 스트레스나 과도한 업무가 치명적일 수 있다, 하는 교과서 같은 말들은 차라리 비아냥거림처럼 들렸다. 그러고 보니 나는 호르몬 주사를 맞으며 그럴 듯한 삶을 이어가고 있는 살얼음판 위였다는 깨달음이 체납된 고지서처럼 눈앞에 던져졌다. 시간의 공허함이 집채만 한 파도처럼 나를 덮쳤다. 생각해보니 스물네 시간의 매달림, 스물네 시간의 집착 중, 아무것도 내게 위로가 되는 것은 없었다. 정작 위로가 필요한 것은 나였는데, 그 어떤 살아 있는 것도 내 혹독함을 들여다보고 있지 않았다는 사실은 당장 모든 것들을 끝내고 싶을 만큼 강한 유혹이었다.

펜을 들었다. 컴퓨터를 켰다. 『못생긴 트랜스젠더 김비 이야기』라
는 책을 내고 5년 만이었다. 그 뒤로 소설 한 권을 더 출간했지만, 어
차피 그건 예전에 썼던 원고였으니, 소설을 구상하고 쓴 것은 그보다
훨씬 더 오랜 시간 전이었다. 펜을 들고 글을 떠올리며, 갑자기 눈물
이 났다. 까맣게 잊고 있었다. 내게 유일하게 위로가 되던 그것. 거대
하고 대단한 목표 같은 것이 있던 게 아니라, 오롯이 나 혼자만의 시
간을, 삶을 위로하고 안아주던 그것.

나는 그렇게 다시 글을 쓰기 시작했다. 사랑 이야기였던 것은, 가
족 이야기였던 것은, 이제 다른 사람을 위해서 쓰는 글이 아니라, 나
자신을 위한 글을 써야 한다는 사실을 비로소 깨닫게 되었기 때문이
었다. 원고를 구상하고 집필을 시작하면서 그동안 집착하며 쫓아다
녔던 일들을 대폭 줄였다. 학생들과 부모님들께는 죄송스럽고 무책
임한 일이었지만, 내게, 내 삶에 필요한 것이 무엇인지 깨닫게 된 이
상, 망설이거나 두려워할 이유는 없었다. 나는 최소한의 생계를 위한
일들만을 남겨둔 채, 글을 쓰기 시작했다. 가족에 대한 그리움 같은
것, 가족을 가질 수 없는 처지를 한탄하고 자책하는 일 같은 것, 심지
어 그들을 걱정하고 염려하는 일들 같은 것도 모두 다 꼬깃꼬깃 구겨
시간의 쓰레기통 속에 처박아버렸다. 오롯이 나는 시간 속에서 혼자
가 되었다. 그리고 비로소 그때가 되어서야 이기적이게도 나는 몸서
리쳐지는 위로를 경험하고 있었다.

연희라는 이름의 그녀는 사랑 속에서, 시간 속에서, 가족을 가지려
고 애를 썼다. 그러나 그녀의 시간들엔 처음부터 그런 것들이 허락되

지 않았던 것, 그녀는 표독스럽게 일상을 뚫고 시간을 뚫고 살아남는
다. 아무런 것에 기대지 않고, 스스로 깨우치며 그녀는 조금씩 당당
하고 강한 인간이 된다. 사회가 만들어놓은 달콤한 울타리마저 거부
하고 혼자만의 발걸음을 시작할 만큼 그녀의 시간들은 당당하고 아
름답다.

어쩌면 그것은 내가 그토록 갖고 싶어 했던 시간들이었는지도 모
른다. 절대 흔들리지 않으며, 뚜벅뚜벅 앞으로 걸어갈 수 있는 그런
당당한 시간. 한꺼번에 두 개의 봄이라도 들이닥쳐야 할 것 같은 우
리들의 시간에 그 두 번째 봄이 다가오는 환상 속의 시간.


물론 이야기 속에서 말하려했던 '두 번째 봄'이 실제 내 삶 속에서
실현되리라고는 그때 나는 상상조차 하지 못하고 있었다.


## 사회운동가, 혹은 인권운동가라는 이름

공교롭
게도 어떤 시간의 뜻인지, 그렇게 다시 글을 쓰기 시작한 이후로, 다
양한 곳에서 나를 찾는 연락이 왔다. 국가인권위원회에서 성소수자
들의 실태 조사를 위한 간담회 참석을 청해왔고, 동성애 인권연대에
서 강연을 해달라는 부탁을 해왔다. 인권위원회의 간담회라는 것은
성소수자들의 현실을 정확하게 파악해, 그것을 어떻게 제도적으로

반영할지에 대한 문제를 논의하려고 성소수자 본인들의 요구나 현실들을 진지하게 나누는 자리였고, 동성애자 인권연대의 강연은 성소수자들 본인이나, 성소수자 관련 운동가들에게 성전환자로서 살아가는 현실에 관해 개인적인 이야기들을 담담하게 전하는 자리였다.

간담회나 공청회 같은, 많은 사람들이 모여 서로의 의견을 나누고 개진하는 그런 자리를 반복하면 할수록 나는 조금씩 스스로 회의에 빠져드는 경우가 많았다. 그것은 그런 자리의 중요함을 인식하지 못하고 있어서가 아니라, 그곳에서 나누는 대화나 이야기들이 그저 허공에서 흩어져버리는 것만 같은 기분이 들 때가 많았기 때문이다. 물론 법 제정이나, 어떤 구체적인 안의 마련이 물건을 찍어내는 공정처럼 단순한 것일 수는 없겠지만, 그것이 어떤 목적의 간담회이든, 공청회이든, 다루어지는 내용이나 이야기들은 대부분 비슷한 것들이 많기 때문이다. 자리에 참석한 사람들조차도 성전환자와 여장남자를 구분하지 못하는, 기본적인 인식 자체가 부족한 경우가 많았으며, 그런 상황에서 정작 성소수자를 위한 무언가를 만들기 위해 논의를 한다는 것은 우물 가서 숭늉 찾는 경우와 별반 다르지 않기 때문이다. 물론 그 또한 중요한 첫 발걸음으로서 나름의 역할을 할 것이며, 그런 것을 알기에 그런 자리에 초청을 받으면, 나 스스로도 개인적인 일상을 제치고 참석하려고 했었던 것이다.

한 번은 성전환자 호적 정정 특별법 마련을 위해 다양한 법조인들이 참여한 공청회 자리에 초청을 받아 참여했을 때, 과연 어디까지 성전환자로 규정하여 호적 정정 특별법의 수혜를 받을 수 있도록 할 것인가에 대한 논의로 이야기가 뜨거워지던 참이었다. 성소수자 진영의 참석자들은 성전환자의 다양한 입장이나 상황과는 상관없이, 스스로의 성별 결정권을 존중하여 특별법이 적용되어야 할 것이다, 하는 의견을 개진하였고, 법조인 측에서는 실제로 혼인의 경력이 있음에도 불구하고 이혼 후 성전환을 결정하려는 경우나, 성기 수술을 하지 않은 상황에서 성전환을 결정하려는 경우, 특별법의 적용이 불가하지 않겠느냐, 하는 입장을 개진하였다.

양측은 결국 과연 올바른 성전환자의 규정을 위해 어떠한 사항들을 법 조항에 포함시킬 것인가, 하는 문제에 대해서 세부적으로 논의에 들어가기 시작했는데, 서로의 의견 차를 확인하면 할수록 서로 다른 입장을 보이고 있는 양측은 조금씩 첨예하게 대립되었다.

그곳에 참석했던 당사자의 한 사람이었던 나로서는 그들의 모습을 물끄러미 지켜봤다. 그리고 그들이 만든 문건 안에 성전환자 호적 정정을 위한 특별법의 초안에서 눈을 떼지 못하고 있었다. 첨예하게 대립하던 그들이 내게 의견을 물어왔을 때, 나는 많이 망설였다. 그것은 어떤 한 측의 주장을 받아들이는 편에 서기 쉽지 않아서가 아니라, 이 땅 위에 성전환자, 혹은 트랜스젠더로 사는 일이 참으로 씁쓸하구나, 하는 생각 때문이었다. 그리고 자칫 뜨거운 토론의 열기를 망가뜨릴 수 있다는 것을 알고 있었음에도 불구하고 조심스럽게 입을 열었다. 바로 성전환자를 규정하기 위해 법조항 안에 포함된 내용들 때문이었다. 원래 성기의 기능을 하지 못할 것, 생식기능이 없을 것, 중성의 상태일 것 등 초안을 읽어 내려가는 내 목소리는 가녀리게 떨리고 있었다. 그리고 나는 말했다. 법조항에 이런 것들까지 포함되어야 한다는 사실이 쓸쓸하다고. 나를 규정하기 위해, 내 삶을 말하기 위해 이런 개인적으로 끔찍한 상처가 되는, 지우고 싶은 이야기들을 한 자 한 자 그것도 법전 속에 새겨 넣어야 한다는 사실이 참혹하고 쓸쓸하다고.

일순간 그곳에 모였던 사람들은 숙연해졌다. 이미 성전환자를 규정하기 위해 양측 모두 그러한 사항들에 동의하고 있었으면서도 모두들 말을 잃었다. 그런 곳에 참석하여 개인적인 삶을 이야기한다는 것은, 그들이 말하는 인권을 위하여, 모든 사람들의 공정하고 평등한 행복을 위하여 나누는 자리에 참석한다는 것은 그렇게 커다란 괴리감을 확인하는 시간들이었다. 그들의 노고나 노력들이 필요한 것을 알고 있지만, 나는 언제나 그런 곳에 참여하여 쓸쓸함만 안고 돌아와야 했다. 그런 처연함이나 자기연민이 아무것도 생산해낼 수 없는 무책임한 것일지라도, 그런 괴리감이 내 안에 또 다른 상처로 새겨지는 것은 어쩔 수가 없었다.

후에 민주노동당의 의원님 한 분이 성소수자들이 모여 그들의 인권과 현실에 관한 논의를 하는 자리에 다시 나를 초대하여 참석하였지만, 나는 3일의 일정을 모두 함께하지 못하고 의원님께 사정 이야기를 한 후 첫날 그곳을 나와야 했다. 세계 각지의 성소수자들이 모여 서로의 현실과 의견을 함께 나누는 꽤 커다란 자리였던 그곳에 함께할 수 없었던 것은 아마 또 다른 괴리감 때문이었을 것이다. 법과 현실의 괴리감, 혹은 그들이 처한 현실과 내가 처한 현실의 괴리감.

나중에 나는 고맙게도 나를 그런 자리에 초대해준 의원님과 이야기를 나누며 처음부터 나는 인권운동가나 사회운동가 같은 것이 아니어서 도움이 되지 않을 듯하다, 말씀 드렸다. 의원님은 이미 내가 운동가로서 충분히 활동을 하고 있다, 그건 성소수자 진영을 위해서도 아주 소중한 발걸음이다, 격려의 말씀을 하셨지만, 나는 어색하게 고개를 저었다. 만약 내가 그렇다고 말한다면 그건 오만한 자가당착이며, 쓸데없는 허세에 지나지 않는다는 사실을 나는 잘 알고 있었으니 말이다.

그래도 대학교나 사회단체에 강연을 초대받아 다니는 일은 나름 즐거운 일이었다. 무엇을 도출하거나 만들어낼 필요도 없고, 그 자리에 참석한 사람들의 마음속에 어떤 벽 하나를 부수어내는 일은 참으로 고맙고 감사한 경험이었으며, 나 스스로에게도 삶을 살아가는 소중한 위로가 되는 것이었다. 물론 그 와중에도 사회운동가나 인권운동가라는 이름에는 질색을 하며 손을 젓기도 했지만.

어떤 종류의 사람들이든, 어떤 모습의 세상이든, 그렇게 세상 속에서 그들을 만날 때마다 나는 어떤 소회所懷에 젖는다. 때로는 쓸쓸한 아픔이기도 했고, 등골이 시리도록 고마운 감동의 경험이기도 했지만, 어쩌면 그 모든 것이 시간의 가르침이라는 생각이 문득문득 들곤 한다. 그건 보통 사람의 삶과 굉장히 다르다고 생각할 수 있겠지만, 누구든 서로 다른 성격의 모임에 가서 서로 다른 사람들을 만나고 이야기를 나눌 때마다 어떤 깨달음을 얻게 되고, 그리고 그것이 자신의 삶을 위한 소중한 자양분이 되는 것처럼, 나는 삶을 배워가고 겸손함을 배워가고 있었다.

대단히 평등하고 밝은 미래를 꿈꾸지 못하는 스스로가 참 못나고 수동적인 사람처럼 보일 수도 있겠지만, 나는 그러면 그럴수록 더 열심히 썼다. 모자라기는 하지만 지금 내가 가장 잘할 수 있으며, 나 스스로를 위로할 수 있는 일이 바로 글을 쓰는 일이었기 때문이었다. 그리고 그것이 내가 이 사회를 위해서, 우리들을 위해서 할 수 있는 작은 보탬이라고 믿고 있기 때문이었다.

## 안녕하세요, 이해영, 이해준입니다

그즈음 계간『황해문화』라는 곳에서 원고를 청탁 받아 '작은 외침'이라는 글을 썼고, 동성애자 진영의 소규모 출판사에서 단편과 중편소설을 묶은 모음집을 내자는 제안을 받았다. 「작은 외침」은 나중에 『다르게 사는 사람들』이라는 인문학 서적에 다시 한 번 실렸으며, 그동안 썼던 중단편 소설들은 '레인보우 아이즈'와 '나나 누나나'라는 이름으로 출간되었다.

개인 중단편소설 모음집인 『나나 누나나』는 한 인터넷 미디어와의 인터뷰가 사람들의 화제가 되면서 모 포털사이트에서 오늘의 책으로 뽑힐 정도로 주목을 받았지만, 원고 자체가 미숙하기도 했고, 책의 편집이나 디자인 자체도 현실의 세련된 분위기와는 거리가 멀었다

결국 풀렸던 책들이 반품되어 되돌아오더라, 하는 이야기를 편집자의 입으로 전해 들으며 나는 꾸중이라도 받고 있는 학생처럼 씁쓸하고 답답했다. 어쩌면 그건 내 모자란 글쓰기에 대한 자연스러운 귀결이었을지도 모르는데, 글쟁이에게 그런 현실 같은 것 자연스레 받아들여야 하는 일인데도, 나는 한동안 마음이 아파 다시 글을 쓰지 못했다. 결국 안 되는 일일까, 나는 다시 한 번 글을 쓰고 있는 내 삶을 돌이켜보고 있었다. 이것이 내게 맞는 길인지, 내가 가야할 길인지.

내게 가장 큰 위로가 되고 있다는 사실을 알면서도, 내가 해야 할 일이라는 책임감이나 당위성마저 가지고 있으면서도, 그때 나는 많이 망설였다. 나 혼자만 공감하고, 나 혼자만을 위해 쓰는 글이라는 것을 알고 있었으면서도, 그때의 깨달음은 꽤나 아팠다.

그러던 어느 날, 홈페이지에 글 하나가 올라왔다. 비밀글로 올라온 글의 제목은 '안녕하세요, 이해영, 이해준입니다' 였다. 글을 열어보니, 두 신인 감독의 첫 작품에 관한 이야기였고, 그 작품을 준비하는 데 있어서 내 책 『못생긴 트랜스젠더 김비 이야기』가 여러 가지로 참고가 되었다, 말하고 있었다. 그리고 나를 꼭 한번 만나고 싶다고.

사실 그런 류의 도움을 청하는 글들은 홈페이지가 생긴 이래로 적지 않았었기 때문에 나는 큰 의미를 두지 않고 글을 읽어 내려갔다. 게다가 영화의 내용을 설명하는 부분에서 "성전환수술비 500만 원을 벌기 위해 씨름을 하는 고등학생의 이야기"라는 데서는 혼자서 어이없는 웃음을 흘렸더랬다. 그러나 글의 말미에, 혹시나 자신들의 이야기가 우리들에게 상처가 되지 않을까, 하는 걱정스러운 마음에 시나리오를 좀 봐주시고, 나를 만나기를 청한다,라는 두 감독의 말이 마음에 와 닿았다. 우리 같은 것들의 슬픔이나 아픔 같은 것 아무도 신경 쓰지 않고, 방송이나 영화에서 양념처럼 아무렇게나 소모되는 것이 그즈음의 현실이었는데, 그토록 세심하게 우리를 배려하고 있는 그들의 말은 충분히 가슴에 와 닿았고, 그들을 한번 꼭 만나보고 싶다, 하는 생각이 들게 했다. 그들이 보내준 시나리오를 보니, 의외로 이야기는 황당하고 어이없어 불쾌한 코미디가 아니라, 묘하게 사람을 울리고 감동시키는 구석이 있는 따스한 이야기였다.

종로의 한 카페에서 두 사람을 만났을 때, 그들은 무척이나 조심스럽고 어렵게 나를 대했다. 그리고 이런 자리가 단순히 도움을 받고 마는 자리가 아니라, 자신들의 이야기가 조금이라도 성전환자 본인들에게 상처가 되거나 불쾌해서는 안 된다,라는 신념을 가지고 어떻게 해서든 나를 만나야겠다, 생각을 모았다는 것이었다. 나는 그들의 생각이 참으로 고마웠다. 물론 다른 기자들이나 방송 관계자들도 그런 비슷한 이야기들로 내게 만날 것을 청하지만, 알맹이 없는 껍데기인 경우가 대부분이었다. 그런데 두 감독이 보여준 진심은 조심스럽게 내 마음을 어루만졌다. 자신이 만드는 영화가 먼저가 아니라, 내게 혹시 있을지도 모를 상처가 먼저라니, 참으로 오랜만에 느껴보는 따스한 마음이었다.

나는 시나리오를 읽으며 적어두었던 부분들에 대해서 세세하게 느낀 점들을 말씀드렸다. 숙제를 검사받는 것 같다,라고 두 분 다 머쓱해하셨지만, 자칫 불쾌할 수도 있는, 자신들의 창작물을 가지고 이렇다, 저렇다, 하는 내 이야기를 그들은 겸허하게 받아들여주셨다. 꽤 오랜 시간 동안 이야기를 나누고 헤어지면서, 나는 그들에게 좋은 영화 만드시라, 덕담을 건넸다. 그들은 다음에 또 연락을 드리겠다, 말했지만, 나는 사실 그 말에 별로 의미를 두지는 않았다. 그들이 원했던 것들을 그 만남에서 얻었을 것이며, 나도 그들을 위해서 내가 할 수 있는 최대한을 전해드렸다고 믿었기 때문이었다.

그러나 얼마 지나지 않아 그들은 또다시 나를 만나기를 청했고, 우리들은 또 만나서 영화에 관한 이야기를 했다. 그리고 또다시 만났고, 다시 또 만났다. 꽤나 촉망받는 시나리오 작가였고, 그런 두 분이 이제 첫 감독 데뷔작을 만드는 자리인데, 나처럼 그냥 한 번의 영감을 받는 것으로 충분한 전시물 같은 사람을 그들은 계속해서 함께하도록 했고, 자신들의 결정이나 진행 방향이 소수자들의 현실을 왜곡하거나 다치게 하는 것은 아닌지 매번 조심하고 걱정하며 내게 확인을 받았다.

그들은 또다시 주인공 역할에 누가 어울릴 것인지 내 의견을 물어주었고, 주인공이 결정된 후에는 주연배우와 만나서 배역의 캐릭터를 완성하는 데 나를 청했다. 이미 그때쯤 나는 비슷한 연배인 두 감독과 친구처럼 친해져버린 상황이어서 그 모든 것들은 그즈음 내게 재미있고 흥미로운 작업 중 하나가 되어버렸다. 그들은 다시 촬영 크랭크 인을 하기 위해 고사를 지내는 자리에 나를 불러주었고, 모든 배우들이 결정되어 모임을 하는 데에도 나를 불러주었다.

주연배우가 다시 캐릭터의 설정에 대한 도움을 받기 위해 내게 연락을 했고, 두 감독들만큼이나 이야기의 진정성에 대해서 배우는 아주 중요하게 생각하며 나를, 성전환자라는 등장인물을 배려해주고 조금씩 완성시켜갔다.

그리고 그해 가을, 드디어 영화가 개봉되었다. 이미 예감은 하고 계셨겠지만, 그 영화가 바로 〈천하장사 마돈나〉였다.


# 뭐가 되고 싶은 게 아니라, 그냥 살고 싶은 거야

시사회에는 많은 배우와 기자들이 긴장된 모습으로 영화를 기다리고 있었다. 나는 구경 나온 사람처럼 촌스럽게 배우들의 얼굴을 구경하기도 하고 신기하다고 토닥토닥 떨리는 가슴을 진정시켰다. 어느 허름한 집 방에서 영화는 시작한다. 흥얼거리는 아이의 노랫소리. 하지만 그 노래가 무엇인지 알 수는 없다. 커다란 헤드셋을 머리에 쓴 아이는 마돈나의 앨범 재킷을 보며 흥얼거리고 있다. 아이의 입술에는 새빨간 립스틱이 발라져 있다. 그리고 모르는 말들을 흥얼거리고 있는 아이의 얼굴은 누구보다 행복하고 예쁘다. 그런 아이의 예쁜 모습 위로 나이트클럽에서나 볼 수 있는 반짝거리는 미러볼이 천천히 내려온다. 그리고 순식간에 아이의 방 안은 반짝거리는 화려한 빛으로 가득 찬다.

첫 장면으로도 나는 벅찬 감동에 뒷덜미가 찌릿했다. 두 감독이 영화에서 하고 싶은 이야기가 무엇인지, 소수자라는 이름의 우리들을 어떻게 보여주고 싶었는지 잘 드러나 있었기 때문이다. 영화는 전혀 어울릴 것 같지 않은, 씨름이라는 소재와 코미디, 그리고 소수자의 문제를 아주 효과적으로 엉켜놓았다. 자칫 서로가 이질감이 드러날 수도 있는 소재들이었음에도 불구하고, 영화의 매무새는 아주 깔끔했다. 주연 배우인 류덕환 씨의 성전환자 연기도 일품이었고, 김윤석 씨나 이상아 씨, 그리고 백윤식 선생님의 연기 또한 양념처럼, 혹은 묵직한 무게로 이야기를 떠받치고 있었다.

순수한 사랑을 품고 있던 대상인 일본어 선생님에게서 '변태'라는 소리를 들은 동구가 소주병을 들고 참혹함을 달래는 자리에서, "난 뭐가 되고 싶은 게 아니라, 그냥 살고 싶은 거다"라고 말할 때에는 나도 모르게 입술을 깨물고 있었다. 얼마나 아프고 치명적인 말이었던가. 소수자라는 이름으로 세상에 살고 있으면서, 얼마나 여러 번 외치고 싶었던 말인가. 영화는 그렇게 오롯이 트랜스젠더라는 이름의 우리들 곁에서, 동구의 곁에서 그녀를 위로하며 우리를 위로하며 막을 내린다.

관객들 중에는 박수를 치는 사람들도 있었고, 눈물을 훔치는 사람들도 있었지만, 나는 문득 걱정스러웠다. 그것은 이 영화가 작품의 실험성이나 의미만을 추구하는 독립영화가 아니라, 전적으로 상업적인 성공을 염두에 두고 있는 상업영화였기 때문이다. 소수자인 우리들 곁에 바짝 다가와 우리들을 위로하는 데에는 충분히 성공하고 있는 영화였지만, 우리들에게 바짝 다가왔다는 이야기는 반대로 다수 자인 일반인들에게는 그만큼 멀어졌다는 것을 의미하고 있었기 때문 이다.

시사회가 끝나고 제작진들과 여러 친분이 있는 다른 감독들이 모이는 자리에 나는 또다시 참석하게 되었고, 해영 씨와 해준 씨는 조심스럽게 영화를 본 내 감상을 물어왔다. 그러나 나는 쉽게 대답할 수 없었다. 내가 받은 감동이나 감사만 이야기하기에는 감독들의 상업적인 실패를 말하는 일 같았고, 상업적으로 성공하기는 쉽지 않겠다, 하는 이야기를 하는 일은 내 안에 뜨겁게 커지고 있던 감동과 고마움의 감정이 그대로 묻혀버릴 것 같았기 때문이었다. 나는 조심스럽게 이러지도 저러지도 못하고 있는 내 말들을 흘려 내비쳤다. 그러자 감독들은 "다른 것은 생각하지 말라, 오롯이 김비 씨 본인에게 영화가 혹시 상처가 되지는 않았는지, 불편하지는 않았는지, 하는 것만 말해 달라" 덧붙였다. 그리고 나는 그제야 마음속에 품었던 감동과 고마움을 한꺼번에 얼굴 가득 담아 크게 고개를 끄덕여주었다. 그리고 그들은 이렇게 대답했다. "그러면 됐다, 김비 씨에게 상처가 되지 않았으면 이 영화의 목적은 달성된 거다"라고.

그렇게 그날 밤, 그들이 보여준 모습은 나에게는 영화 이상의 또다른 감동이었고, 짜릿함이었다.

# 남자의 몸이 나를 지치게 만든다

영화는 개봉되었고, 여러 평론가들과 감독들의 호평이 이어졌다. 각종 영화 잡지에서 여러 번에 걸쳐 "귀엽고 감동적이며 사랑스러운 영화"라는 극찬이 이어졌지만, 일반 대중들의 눈을 사로잡는 일에는 기대에 못 미쳤다. 아마도 보통의 로맨스나 휴먼드라마, 하다못해 스릴러나 공포물이라고 하더라도 그 정도 호평을 받고 사람들의 주목을 받게 되면, 최소한 어느 정도의 흥행이 이루어졌을 텐데 영화는 소위 말해 뒷심을 발휘하지 못했다. 영화를 본 사람들의 극찬에 가까운 호평도 소용없는 일이었고, 인터넷 영화 평점에서 거의 최고 평점을 받는 일도 무위였다. 영화는 조금씩 사람들의 기억에서 잊혀갔고, 서서히 간판을 내리고 있었다.

아마도 괴리감 때문이었을 것이다. 소수자 이야기다, 트랜스젠더 이야기다, 하는 데서 오는 선입견이 매표창구 앞에서 사람들의 발길을 돌렸을 것이다. 돈을 주고서까지 자신들의 편견과 상충되는 불편함을 고스란히 느껴야 하는 일은, 거의 고문에 가까운 괴로움이었을 것이다.

영화의 흥행이 생각보다 좋지 않다는 이야기를 들으면서 나는 두 감독들에게 많이 미안했다. 할 수만 있다면, 열심히 그들을 돕고 싶었다. 그래서 나름대로 여기저기 인터뷰를 했고, 덕분에 포털 메인 화면에 검색어 1위를 하는 신기한 경험도 해보았지만, 현실의 한계를 느꼈던 경험은 나를 씁쓸하게 했다. 다행히 연말 시상식 장에서 이해영, 이해준 감독은 〈천하장사 마돈나〉로 거의 모든 신인감독상을 싹쓸이했으며, 주연을 맡았던 류덕환 씨도 신인상을 싹쓸이했다. 그리고 그것은 우리들의 진심이 어딘가에서 받아들여지고 공감되고 있다는 것을 보여준 것 같아, 내가 상을 받은 것처럼 든든하고 마음 따스해졌다.

그렇게 그 한 해는 내게도 이래저래 시끌벅적했다. 연예인도 아니고 포털 메인에 며칠씩이나 사진이 올려 있었다는 사실 때문에 홈페이지가 거의 일주일 동안 접속이 폭주하여 끊어진 상태였고, 여기저기서 인터뷰나 방송출연 섭외가 빗발쳤다. 몇몇 잡지에 인터뷰를 했고 지상파 방송과 케이블 방송에 참여를 했지만, 언제나 느끼는 일은 괴리감이었다. 내가 바라는 프로그램과 그들이 바라는 프로그램은 언제나 달랐다. 내가 했던 인터뷰는 '남자의 몸이 나를 지치게 만든다'라는 묘한 뉘앙스를 풍기는 제목을 달고 나서야 사람들의 주목을 받았고, 성전환자를 수술시켜준다는 케이블 프로그램은 이도저도 아닌 흐리멍덩한 감상주의와 어설픈 선정성 사이를 아슬아슬하게 줄타기하다가 막을 내리고 말았다. 우리들이 하고 싶어 하는 이야기와 시청자들이 보고 싶어 하는 이야기 사이의 간극은 생각보다 멀었다.

그러나 라디오 프로그램에 나를 고정으로 출연시켜주셨던 방귀희 작가님의 열정적인 모습은 내게는 또 다른 신선한 충격이었고 고마운 가르침이었으며, 연세대학교와 숙명여자대학교에서 진행했던 학생들과의 특별 강연은 또 다른 수준하고 고마운 경험이었다.

그렇게 여러 가지 생각들과 소회가 엇갈리며 한 해가 지나가고 있었다. 똑같은 시간이었을 텐데도, 그해의 나는 유독 분주했고 어지러웠다. 외로움과 그리움은 고지서처럼 정기적으로 생각의 틈을 파고들었고, 나는 그런 시간 속에 익숙해지고 있었다.

그러던 어느 날, 인터뷰를 했던 한 월간지 홈페이지에 접속해 내 인터뷰 기사를 검색하다가 그곳에서 진행하는 장편소설 공모의 내용을 보게 되었다. 마감 기한까지는 겨우 일주일. 그리고 나는 버릇처럼 가지고 있던 장편소설의 원고를 대충 수정해서는 마감 바로 전날, 그곳에 보내놓고 까맣게 잊어버렸다.

그 작품은 바로 2년 전, 과로로 쓰러졌다가 병원에서 깨어나 쓰기 시작했던 바로 그 원고였다. 두 번째 봄을 기다리는 어느 특별한 여자의 이야기. '춘춘'이라는 제목의 그 이야기는 나중에 '플라스틱 여인'이라는 제목으로 바뀌었고, 그리고 그것이 공식적으로 소설가의 이름을 내게 붙여준 등단작품이었다.

## 축하합니다, 당선되셨습니다

개인적으로 가르치는 아이들의 수업을 하기 위해, 아이들 집을 방문해 수업을 하던 중이었다. 2007년 새해가 밝은 지 며칠 지나지 않은 들뜬 시간들이었지만,

내게는 그저 똑같은 일상에 지나지 않았다. 전화벨이 울리고 전화 속 여자의 목소리가 내 이름을 확인했을 때, 나는 또다시 뻔한 인터뷰를 해야 하는 일과일 거라고 짐작했다. 하고 또 해야 하는 똑같은 말, 그래도 웃는 얼굴이어야 하는 똑같은 만남. 나는 아마 낮은 한숨을 쉬었을지도 모른다. 그런데 전화기 건너편에서 여자는 대뜸 "축하합니다." 말했다. 이게 무슨 생뚱맞은 이야기인가 싶었다. 그런데 그녀는 내 대답도 들으려 하지 않고 계속 말을 이었다. "작년에 여성동아 장편소설 공모에 응모하셨죠?" 그제야 과로로 쓰러졌다가 일어나 썼던 소설이 떠올랐다. 그리고 마감 일주일을 남겨두고 원고를 수정해 부쳤던 것도. "선생님 작품이 당선작으로 선정되었습니다. 축하합니다." 수화기 건너편의 여자는 조금씩 커지는 밝은 목소리로 말하고 있었지만, 나는 불에라도 덴 것처럼 화들짝 놀라 자리에서 벌떡 일어났다. 그리고 언제 어디서 어떻게 만나야 하는지, 정신없이 약속을 잡아놓고 전화를 끊었다.

전화를 끊고도 한동안 멍하니 서서 전화기를 들여다보았다. 수업을 하던 학생들은 무슨 일이냐고 내게 묻고 있었지만, 나야말로 누군가에게 이게 무슨 일인지, 묻고 싶은 심정이었다. 도대체 내 삶에 이런 일이 일어날 수 있는 일인지. 게다가 그 공모는 여성 작가 지망생들만 응모하도록 되어 있었고, 나는 아직 남자의 호적을 가지고 있는 상태였는데, 당선이라니. 가작이나 입상 같은 것도 아니고, 단 한 편을 뽑는 당선작이라니.

집으로 돌아와 주변 사람들에게 당선 소식을 전하면서도 내가 하는 말이 말처럼 느껴지지 않았다. 전화기 건너편에서 "정말?"이라고 묻는 사람들에게 나는 "그렇단다?" 남의 일 이야기하듯 말하고 있었다. 시간이 지나면 지날수록 내가 그때 원고를 제대로 쓰기나 했었나, 하는 부끄러움이 이불처럼 나를 뒤덮었다. 모자라도 한참이나 모자란 작품에 '당선작'이라는 이름을 달아주시다니 송구스럽고 죄송스러워 자꾸 얼굴이 뜨거워졌다.

며칠이 지나고 당선 인터뷰를 하기 위해 기자를 만나고, 심사를 맡아주셨던 문학평론가 선생님을 만나는 자리에서 그제야 나는 심사위원님들의 의중을 읽을 수 있었다. 완벽했다는 이야기가 아니라, 단점이 가장 적었을 뿐이다, 하는 선생님들의 말씀에는 고개도 들 수가 없었고, 문학적으로 더 잘 다듬어진 다른 지망생들의 완성작도 있었지만, 가능성에 무게를 두었다, 하는 말씀에는 아무 구멍이라도 숨어들어가고 싶은 심정이었다. 심사위원 중 한 분께서 출판본의 말미에 추천사를 달아주신 것을 읽어보며, 온몸이 짜릿하도록 가슴 뭉클해지던 기억은 아직도 머릿속에 생생하다.

"이 소설에서는 체험적 진실의 절실함이 곳곳에서 묻어 나오고 있다. 체험한 인생의 신산한 슬픔을 겪지 않고서야 어찌 이 소설과 같은 절실한 묘사가 나올 수 있으랴. 그 절실함이 이 소설의 가장 큰 장점이다. 주어진 운명을 받아들이되, 그 운명에 매몰되지 않고 자신의 정체성을 찾아가는 주인공의 삶에서 우리는 또 다른 형태의 아름다운 인생을 보게 되는 것이다." (『플라스틱 여인』 추천사 에서)

나는 생전 처음 내 글이 누군가와 소통했다는 짜릿한 경험을 했다.

내 글 속에 어떤 절실함이 있었는지, 어떤 아름다움이 있었는지 제대로 알지 못했지만, 내가 만들어낸 세상이 누군가의 공감을 얻고 이해되고 있다는 사실은 소름끼치도록 강렬한 감동이었다. 그것은 단순한 소통이 아니었다. 내게 그건 신의 목소리 같았고, 한 번도 잡아보지 못한 세상의 손을 잡은 감동적인 순간이었다.

세종로의 사옥에서 시상식이 있었을 때, 나는 제주도에 계시던 두 분을 모셔왔다. 여전히 술에 취해 비틀거리고 있었지만, 큰오빠도 자리에 함께했다. 큰오빠와 엄마는 25년 전에 엄마의 가출로 헤어진 이후에 처음 보는 상봉이었다. 많은 선배 작가 선생님들과 심사위원 선생님들, 그리고 기자들이 모인 자리에서 나는 준비해 간 당선사를 읽다가 바보처럼 눈물을 터뜨리고 말았다. 엄마 이야기를 하던 참이었다. 엄마와 큰오빠는 25년 만에 이 자리에서 다시 만났다, 하는 부끄러운 이야기를 꺼내던 참이었다. 그날의 당선은 김비라는 이름의 나와 세상을 만나게 한 소중한 자리일 뿐만 아니라, 25년 만에 우리 가족을 함께하게 한 일생일대의 소중한 날이었다고 겨우 고백하며, 나는 엉엉 울어버리고 말았다.

시상식이 끝나고 참석하셨던, 지금은 고인이 되신 박완서 선생님은 친히 다가오셔서 내 손을 잡아주셨다. 그분과 인사를 나누면서도 엄마는 당신이 얼마나 굉장한 분과 지금 인사를 나누고 있는지 알 수가 없다는 사실이 참으로 안타깝고 속상했다. 꿈같은 일들이 봄날의 구름처럼 내 앞에 둥둥 떠가고 있었다. 공식적으로 등단한 최초의 트랜스제더 소설가라는 이름이 붙어 내 인터뷰 기사와 당선 소식은 또

다시 인터넷과 신문 여기저기에 알려졌고, 한 지상파 방송에서 내 당
선 소식과 근황을 이야기하는 다큐멘터리 프로그램이 제작되었다.
또다시 홈페이지는 시끄러웠고, 많은 분들의 축하 인사를 건네받으
며 나는 한 뼘 더 자라게 되었다.

　물론 또 다른 혼란이 나를 기다리고 있다는 사실을 나는 그때 전혀
예상하지 못하고 있었다.


## 나로부터의 도피

　　　　　　아마도 자괴감 때문이었을지도 모른다. 드
디어 책이 출간되고, 여기저기서 가감 없는 내 작품에 대한 서평이
이어지면서, 나는 조금 더 또렷하게, 내 글에 대해서, 내 인생의 글쓰
기에 대해서 고민에 휩싸였다. 시간이 지나면서 '등단'이라는 이름
은 내게 훈장이나 왕관 같은 것이 아니라, 벗어버릴 수 없는 족쇄 같
은 것이라는 사실을 나는 조금씩 깨닫고 있었다. 주변의 소중한 사람
들과 조촐한 파티를 하고 이제 조금은 여유롭게 글쓰기를 할 수 있는
데도 불구하고, 나는 내 글 앞에서 자꾸 짓눌리는 압박감에 시달렸
다. 그것은 내 눈에도 빤히 보이는 어떤 한계 때문이었다. 심사위원
선생님들께서 말씀하신 '가능성'이라는 것을 배제하고, 오롯이 내
앞에 날것으로 드러나는 내 글의 남루함, 혹은 부끄러움.

　여유로운 시간 속에서 애써 털어버리려고 했지만, 움직이면 움직일

수록 더욱 죄어오는 족쇄처럼 밤낮으로 나는 질식할 것만 같은 압박감에 숨조차 제대로 쉴 수 없었다. 글을 쓰려고 해도 도무지 생각이 흘러가지 않았다. 그동안 한 번도 신경 쓰지 않았던 생각들이, 겹겹이 둘러싸여 내 앞을 가로막았다. 물 밖으로 나와 숨을 쉬는 물고기처럼 지친 몸으로 집에 돌아오면, 큰오빠는 술병을 붙들고 나를 반겼다. 술을 끊지 못하는 그와, 스트레스에 시달리던 나는 또다시 번번이 부딪힐 수밖에 없었다. 술을 마시면 적은 양의 술로도 금방 다른 사람이 되어버리고 마는 알코올 중독자의 모습은 내게는 또 다른 공포였다. 결국 나는 도망치듯 집을 나왔다. 자동차 한 대 분량의 짐만을 싣고 엄마가 있는 제주도로 향했다. 내 안에 차곡차곡 들어차고 있는 글쓰기에 대한 중압감과 가족이라는 굴레가 나를 꽁꽁 옥죄고 있었다. 터져버릴 것만 같은 스트레스는 나를 산산이 찢어낼 것만 같았다.

버리듯 모든 것들을 육지에 남겨두고 나는 제주도에 있는 엄마 곁에 쓰러지듯 몸을 뉘었다. 학생들이며, 직장이며 그동안 관계를 맺었던 모든 사람들에게서 연락이 왔지만, 나는 꼼짝할 수가 없었다. 빈 몸이 되는 것만이 내가 살 수 있는 유일한 길처럼 느껴졌다. 나는 모든 걸 버렸다고 믿었다. 그럼으로써 나는 또다시 새로 시작할 수 있는 힘을 얻을 수 있을 것이라 생각했다.

거의 1년 동안 집에서 꼼짝하지 않으면서, 매일 책 한 권씩을 읽었다. 흘러가는 독자의 눈이 아니라, 창작자의 눈으로 본 여러 선생님들의 저작들은 내게는 아주 훌륭한 가르침이었다. 나는 그 안에서 부끄러움을 깨닫고, 두려움을 깨닫고, 오만함을 깨달았다. 내 글이 어떤 옷을 입어야 하는지, 혹은 어떤 껍데기를 벗어야 하는지, 겨우 1년이 지나서야 나는 어렴풋이 느끼고 있었다. 사람들은 제주도에 있다, 하는 이야기만으로도 매일 사진기를 들고 어딘가 풍광 좋은 한적한 시골길을 걷거나, 바람 좋은 바닷가를 걷고 있을 것이라고 떠올렸겠지만, 나는 그 한 해를 오롯이 방 안에서만 지냈다. 엄마와 함께 목욕탕을 가느라 집에서 나오면 너무 밝은 햇살에 띵하니 현기증이 날 지경이었다. 큰오빠는 술에 취한 목소리로 돈을 부치라 말하고, 영락없이 내가 큰오빠를 버린 꼴이 되어버린 상황에서, 큰오빠의 친구에게 욕설이 담긴 전화를 받기도 했다. 그런데도 나는 묵묵히 그 일상을 받아들였다. 담담히 내 안에서 썩어가는 것들을 지켜봤다.

주소를 옮기려고 읍사무소에 갔을 때, 읍사무소 직원에게 서류상의 '나'와 실제의 '나'가 동일인물인지를 가리는 데 한나절이 걸리면서 나는 이 모든 시간들이 참 쓸데없구나 싶었다. 어떤 방법을 동원해도, 내가 나를 증명할 수 없다는 기괴한 무력감은 송두리째 내가 디디고 있는 땅이 흔들리는 것만 같은 현기증을 느끼게 했다. 난감하고 허탈한 모습으로 읍사무소 직원들의 신기한 눈초리를 온몸으로 받으며 힘없는 미소를 그들에게 흘리고 있을 때, 내 안에서 꿈틀거리는 삶이라는 것에, 내가 존재하고 있는 이 세상이라는 공간에 어떤 신뢰가 무너지는 느낌이었다. 그것은 아마도 세상이 내게, 사람들이 내게 가지고 있는 신뢰에 균열이 가면서 생긴 자연스러운 붕괴일 것이다. 너무 큰 시간의 벽들의 조용한 도미노 현상.

읍사무소 직원은 남자 주민등록증에 찍힌 내 지문과, 실제 눈앞에서 찍은 내 지문이 동일한 것인지 확인을 하지 못해, 여기저기 윗사람들에게 확인을 하러 다녔다. 서류 하나를 들고 난감해하고 있는 젊은 남자 직원에게 누구 하나 대답을 해주지 못했다. 결국 인터넷에 올라 있는 내 사진을 일일이 확인시켜주고 나서야 주소를 옮겨 새로운 주민등록증을 발급 받았다. 물론 주민등록증을 받아드는 나나, 그것을 건네는 읍사무소 직원이나 여전히 아무것도 신뢰하지 못했던 것은 마찬가지였을 것이다. 내가 받아든 것은 여전히 주민번호 1로 시작하는 남자 주민등록증이었으며, 그는 여자의 모습을 하고 있는 내게 남자 주민등록증을 발급하고 있는 셈이니 말이다. 내가 그나마 사람들에게 알려진 사람이 아니었다면, 나는 얼마나 끔찍한 고생을 해야 했을까. 내가 나라는 사실을 증명하기 위해 나는 어떤 발버둥을 치며 곤혹스러움을 감내해야 했을까. 생각하기 싫은 끔찍한 일들이 머릿속에 마구 나부꼈다. 물론 그런 상황들은 악몽이나 상상이 아니라, 지금 이 세상에, 트랜스젠더라는 이름으로 살고 있을 수천 명, 수만 명의 사람들이 느끼고 있을 삶에 대한 환멸일 것이었다.

그나마 위로가 되는 것은 일을 마무리하며 읍사무소 직원이 내게 보여주었던 미소였다. "참 특이한 사람 때문에 고생 많으셨네요"라고 내가 말을 건네자, "아닙니다. 저희가 해야 될 일인걸요." 그는 그렇게 말하며 부드럽게 웃어주었다. 아마도 거기에 내 존재의, 우리들 존재의 의미는 있을 것이다. 그리고 그것은 비단 성전환자인 우리들 자신의 존재뿐만 아니라, 이 사회에 살고 있는 모든 살아 있는 사람들의 존재 의미에 다름 아닐 것이다.

# 1에서 2

매도 한꺼번에 맞는 것이 낫다, 하는 유치한 생각을 떠올린 것도 그즈음이었다. 엄마와 읍사무소에서 있었던 일들을 이야기하며, 괜히 그런 불편함을 겪을 일이 어디 있느냐, TV에 나오는 그 사람도 바꾸지 않았느냐, 하며 이제 그만 서류를 정리하는 것이 어떠하냐고 엄마는 조심스럽게 제안했다.

나는 그동안 호적 정정을 하지 않으며 내 안에서 품고 있었던 어떤 당위와 책임감을 떠올렸다. 일상과 부딪히며 내가 보여주는 현실의 한계는 사회적인 울림이 될 것이다, 하는 믿음들을 떠올렸다. 그러나 나는 너무 지쳐 있었다. 더 이상 사회에 어떤 의미가 되거나, 성전환자들에게 조금이나마 바람막이가 되어주겠다, 하는 생각들은 내 가족마저 제대로 건사하지 못하는 자책에 부딪혀 아무렇게나 버려진 전단지처럼 생각 속에 구겨졌다. 그래서 옛말에 수신修身 제가齊家 하고 그제야 나라와 사회를 생각할 수 있다고 했을까? 가족에게 버림받은 내게, 가족을 버린 내게 타인을 생각하고, 사회를 생각한다는 이야기는 참으로 남우세스러운 이야기였다. 그리고 결국 그렇게 나는 내 자신을 찾기 위한 마지막 절차를 진행하게 되었다.

호적 정정을 하는 것은 신분 기재 사항이 틀렸음을 증명하고, 이를 정정하는 일이었다. 그것은 개명을 하는 절차와 비슷한 것인데, 다만 다른 것은 단순히 이름을 바꾸는 것이 아니라, 주민등록번호를 바꾸고, 서류상에 기재된 성별을 남에서 여로 바꾼다는 측면에서 많은 시간과 또 부가적인 서류들이 필요했다. 일단 관할법원에 호적 정정 신청서와 의사의 진단서, 성전환수술 확인서, 부모님의 확인서, 그리고 주변 친구들의 증언서, 또 현재 내 모습의 사진 한 장을 첨부해 접수시켰다.

그 당시 소문으로 알음알음 전해들은 지식으로는 호적 정정 신청이 각 지방법원의 분위기에 따라 조금 차이가 있다는 것이었다. 그래서 몇몇 성전환자들은 비교적 온건한 관할 법원 지역으로 주소를 옮겨 호적 정정을 시도하는 경우도 있다는 이야기를 들은 적이 있었다. 하지만, 나는 그런 것 미리 가늠하거나 생각하지 않았다. 이미 세상에 내 존재가 알려질 대로 알려진 상황이었고, 결혼 같은 서류상의 문제를 해결해야 하는 경우도 아니었기 때문에, 호적 정정이 거부된다고 하더라도 현실을 담담히 받아들일 준비가 되어 있었기 때문이다. 정확한 법률적 근거가 없는 상황에서, 각 자치단체의 분위기에 따라 가부가 결정지어지는 이러한 현실은 오히려 내게 쓴 약이 될 것이며, 그것은 또 세상의 부조리와 불합리를 드러내는 좋은 본보기가 될 것이라고 생각했다.

그렇게 관할청에 넣었던 서류는 몇 달이 지나 다시 돌아왔다. 내용은 접수한 서류의 일부분을 보완하라는 지시문이었다. 그것은 성전환수술을 했던 병원의 진단서에 기재된 내용이 '남성에서 여성으로 외과적인 시술을 하였다'가 아니라, 나의 현재 상태가 '남성의 성기가 제거된 중성의 상태'라는 사실을 명시하라는 것이었다.

순간 뜨거운 덩어리가 내 안에서 떠올랐다. '중성의 상태.' 분명히 또렷하게 인식하고 있으며, 담담히 받아들일 준비가 되어 있다고 생각했는데, 성전환수술이 나를 바꾸지 않는 거라고 나 스스로에게 누누이 다짐했다고 생각했는데, 여전히 '중성'이라고 공식적으로 기재될 수밖에 없는 내 삶은 불에라도 데인 듯 나를 화들짝 놀라게 만들었다. 나는 입술을 깨물며 다시 병원을 찾아가 새로운 진단서를 만들었다. 그리고 그 서류를 관할 법원에 다시 접수시켰다. 반듯하고 커다란 법원 건물을 나오면서 내 안은 여러 가지 생각들로 소용돌이치고 있었다. 그러나 나는 애써 머리를 비웠다. 아무것도 생각하고 싶지 않았다. 그저 흘러가는 시간에 나를 맡겼다.

두 계절이 지나고 다시 법원에서 서류들이 날아왔다. 짧은 판결문 두 장은 내 이름을 바꿀 수 있는 개명신청 허가서와 주민등록상의 성별을 남男에서 여女로 바꾸는 호적 정정 허가서였다. 한 달 안에 관련 지방자치단체에 변경된 사항을 신고하지 않으면 무효 처리된다는 단서는 이혼서류 위의 쓸데없는 재촉처럼 읽혔다. 성전환수술을 받았을 때와 마찬가지로 감동이나 감격 같은 건 없었다. 그저 주민등록상에 나란히 드러난 번호들의 배열이 바뀐 것이, 새로 맞춰진 퍼즐처럼 신기하게 느껴졌을 뿐이었다. 판결문과 새로 만든 주민등록증을 들고 은행과 카드사와 각종 서류 관련 사무실들에 서류를 접수시키면서 몇 달을 분주하게 보냈다. 그즈음 연세대학교에서 강연이 있었는데, 마침 가방 안에 들어 있던 판결문을 꺼내 학생들에게 보여주었더니, 학생들은 너나 할 것 없이 커다란 박수로, 축하합니다, 내게 소리쳐주었다. 그리고 그것은 그즈음 내가 받았던 가장 커다란 감동이었다.

이제는 내게 근심과 고민 같은 건 털어버릴 것처럼 지갑 속에 바뀐 번호 몇 개는 한동안 그렇게 든든했다. 어디서든 지갑을 꺼내 보여주는 일에 괜한 의심스러운 눈초리를 받을 필요가 없었고, 신랑 분 주민번호가 아니라, 여자 분 본인 것이 필요하다, 하는 코미디 영화 같은 상황도 맞닥뜨리지 않게 되었다. 그러나 삶은 그것이 전부가 아니었다. 여전히 시간은 똑같은 속도로 흘러가고 있었으며, 내 삶은 이전과 다름없이 똑같이 이어졌다. 물론 모든 자책과 자괴감도 마찬가지였다.

## 아직도 패밀리

또다시 가족이었다.

어렸을 때에는 아버지로 인해 내 삶이 뒤틀렸고, 나이가 들어서는 품에 안고 싶었지만 안을 수 없었던 아이 때문에 뒤틀렸으며, 다시 또 알코올 중독인 큰오빠에게 뒤틀렸으며, 그런 현실을 피해 제주도에 도망을 오니, 엄마로 인해 내 삶은 다시 한 번 뒤틀렸다. 이렇게 적고 보니, 어쩌면 그동안 나를 괴롭히고 뒤틀리게 만들었던 것은 주변의 모든 것이 아니라, 바로 나 자신이 아니었을까 하는 기괴한 깨달음을 얻게 된다. 어떻게 한 사람에게 그 모든 현실들이 뒤틀릴 수 있는 건지, 처음부터 뒤틀린 것은 세상이나 주변이 아니라, 바로 나 자신은 아니었는지. 그것은 지금도 나를 고개 숙이게 만드는 참혹한 깨달음이다.

엄마는 그런 내 삶보다 훨씬 더 많이, 여러 번 뒤틀린 삶을 사셨을 것이다. 모 주간지에 엄마에 관한 기고문을 쓰기 위해 엄마를 인터뷰하면서, 나는 당신의 부모에게 버려진 엄마를 처음 알게 되었다. 단순히 버려진 것이 아니라 종살이를 하듯 이리저리 팔려 다니던 엄마의 시간들을 나는 처음 들여다보았다. 그리고 만난 내 아버지, 열일곱의 나이에 마주하게 되었던 폭력, 그런 아버지의 병구완. 자식을 버리고 도망쳤던 가출로 인해 또다시 뒤틀렸고, 새로운 남자를 만나서 다시 똑같은 상황 속에서 살아야 하는 이상하고 기괴한 뒤틀림들. 언제나 제자리로 돌아오고야 마는 그런 억울한 뒤틀림들.

그러나 많은 시간이 흐르고 난 뒤임에도 불구하고, 곁에서 지켜본 엄마의 제주도 생활은 내가 예상하던 것보다 훨씬 더 참혹하고 괴로워 보였다. 돌아가신 내 아버지와의 생활 속에서도 그토록 혹독한 시간 속에 살고 계셨더니, 다른 남자를 만나 예순이 넘은 지금까지도 똑같은 시간을 반복해서 살고 있다는 사실은 내게는 환멸을 넘어서는 일종의 충격이었다. 세상에서 제일 나약한 것이 여자라는 이름이며, 세상에서 제일 강한 것이 엄마라는 이름이라고 했는데, 그곳에서 내가 지켜본 엄마의 모습은 도무지 곁에서 지켜보고 있을 수만은 없는 참혹함이었다. 그것이 여자의 삶이다. 울먹이며 말하는 엄마의 모습은 비명이라도 지를 것만 같은 충격적인 광경이었다. 비쩍비쩍 말라가는 상황에서도 약 하나 자기 마음대로 쓰지 못하는 엄마의 처지가 지나간 시간에 대한 형벌처럼 느껴졌다.

한 번도 엄마를 제대로 지키지 못했는데, 그래서 오래 전 엄마가 가출을 하던 그때에도 그대로 엄마를 보내고 말았는데, 이번에는 무슨 수를 써서라도 엄마를 지키고 싶다는 생각이 예언처럼 나를 휘감았다. 평생에 한 번은 엄마를 자유롭게 살게 하는 일이, 자식으로서, 아들이나 혹은 딸이 아니라, 그저 엄마의 터럭 속을 비집고 나온 자식으로서 내가 해야 할 일이라는 생각을 하고 나니, 눈앞에 보이는 것이 없었다.

그러나 그것 역시 나 혼자만이 꿈꾸는 환상에 지나지 않았다. 처음부터 당신의 삶 같은 건 존재하지 않던 엄마에게, 자유나 삶의 즐거움 같은 건 소용없는 애물단지에 불과했다. 또다시 내 욕심인가, 하는 자책과 깨달음이 떠오를 무렵, 이미 모든 사람들은 피해자가 되어 있었고, 상처받은 사람들이 되어 있었다.

모든 가족들이 다 그런 툭탁거림을 겪고 사는 거다,라는 이야기는 위로가 되지 않았다. 그러면서 사는 게 부부지간이다,라고 하는 말들은 내게 삶의 환멸을 더욱 도드라지게 만들 뿐이었다. 결국 나는 또다시 엄마를 제자리로 돌려보내고 제주도를 떠나기로 마음먹었다. 육지로 돌아올 때에 나는 이미 두 볼이 움푹 패었고, 이마에 주름이 한 가득이었다. 엄마는 수화기 너머 울먹이는 목소리로 "우리 딸 파이팅!" 말했지만, 나도 그런 엄마에게, "엄마도 파이팅!" 말해주었지만, 돌아오는 배편에서 나는 자꾸만 흐르는 눈물을 닦아야만 했다. 결국 모든 사람에게 상처를 준 사람이 된 나는, 그 어떤 가족도 제대로 가질 수 없는 것이 바로 나의 삶이라는 사실을 또렷하게 깨닫게 된 나는 그제야 비로소 빈 몸이 되었다.

어느새 2년이라는 시간이 지나가버렸고, 나는 마흔이 되어가고 있었으며, 나는 그나마 내게 남아 있던 가족들까지 모두 잃은 채였다. 사람들은 이제 트랜스젠더 소설가의 이름을 더 이상 기억하고 있지 않았고, 나는 할머니를 닮은 얼굴이 되어 다시 육지로 돌아왔다. 그것이 바로 내 삼십대 마지막 해의 일이었다.

## 내 짐을 등에 지고 가는 벗들

제주도에서의 마지막을 정리하던 즈음, 사진 모임에서 만난 여섯 살 아래의 친구는 모든 일을 제쳐두고 나를 위해 제주에 내려와주었다. 부끄러운 시간의 짐들을 싸고, 그 짐을 부치고, 작은 자동차에 없는 짐들을 싣는 일들을 그는 기꺼이 나와 함께해주었다. 삶이라는 것이, 가족이라는 것이 너무도 참혹해 내가 하지 못했던 말들을 그는 묵묵히 들어주었고, 변하지 않는 얼굴로 내 곁에서 나를 지켰다.

그리고 그는 다시 용인으로 돌아와 만난 자리에서, 내게 사진 몇 장을 건넸다. 참혹했던 그때의 시간들이 떠올라 괜히 먹먹해지는 가슴으로 사진 속을 들여다보았는데, 사진 속에 나는 나무도 없는 등성이를 올라가는 내내 고개를 떨어뜨린 채였다. 제주에서의 마지막 날, 새별 오름에 오르던 순간이었다. 민둥산 등성에서 고개가 꺾인 채 걸음을 옮기는 나는 영락없이 가마니라도 지고 있는 꼴이었다. 내가 올라가고 있는 곳의 꼭대기를 바라볼 줄 몰랐고, 그곳에 부는 시원한 바람을 만끽할 줄 몰랐다. 그런데 그런 내 등 뒤에서, 친구는 들고 갔던 우산을 내 머리 위에 씌워주고 있었다. 가랑비가 흩뿌리는 궂은 날씨였는데, 친구는 사진 속 내 머리 위로 우산을 씌워주고 힘겹게 오름을 올라가는 내 뒷모습을 사진에 담았다.

순간 화약이 터진 것처럼 가슴속이 뜨거워졌다. 어딘가 꽝꽝 얼었던 시간들이 눈이 녹아내리듯 사라져버리는 것만 같았다. 까맣게 모르고 있었는데, 나는 영락없이 혼자라고 믿고 있었는데, 내 등 뒤에서 나를 받치고 있던, 보이지 않는 그의 우산 하나는 모든 아픔들을 지워버리는 신기한 것이었다. 혼자가 아니라는 사실을 깨닫는 일은 소름끼치도록 뜨거운 삶의 감동이었다.

그제야 주위를 둘러보니, 내 곁에는 온통 고마운 벗들이 있었다. 언제 만나더라도 변함없는 모습으로 내 곁을 지켜주는 멋진 바람 민영 군, 내게 받쳐준 우산만큼이나 더 커다란 우산이 필요할지도 모르는 창선 군. 남자들보다 더욱 든든하고 낙천적인 모습으로 내게 긍정의 힘을 가르치는 소영 양, 큰언니처럼 내게 비타민이며 알약들을 하나하나 챙겨주던 싸리 언니. 무뚝뚝하고 살가운 소리 한마디 못하지만 언제나 곁에 있어 든든한 경찰 아찌 용준 군, 언제나 찾아가도 가족처럼 아무런 이유 없이 나를 받아주는 빈이 아빠, 빈이 엄마, 그리고 우리 빈이. 변한 나를 어색해하는 동창들을 일일이 타이르며 내게 친구를 만들어주는 볼링 선생 승후 군, 정희 양. 이제는 진짜 친구가 된 파란셔츠 입은 쌍둥이 아빠 이민 군, 든든한 남동생 같은 성원한 내 룸메이트 삼진 군. 또 있다. 이젠 자기를 오빠라고 불러야 하지 않느냐, 투덜대는 백진욱 PD님. 수술을 한 내게 따스한 죽 한 그릇을 보내셨으며, 철없고 부족한 모습을 보이는 나를 조용히 타이르시던 또 다른 내 어머니 김정옥 님. 제주에서 나와 내 엄마, 두 사람 모두에게 어머니나 다름없었던 구하자 님.

내게는 동생들이 있었고, 언니가 있었으며 오빠가 있었다. 언제나 나를 기꺼워하시는 어머님들이 계셨고, 심지어 내게는 나를 이모라고 불러주는 소중한 아이가 있었다.

김비라는 냄새나는 덩어리 위에 든든한 지붕이 되어, 그들은 모두 나를 감싸고 있었다. 내가 흔들리지 않도록 기둥을 세워주었으며, 바람이 들지 않도록 벽돌을 올려주었고, 언제나 따스하게 온기가 채워지라고 그들은 내내 나를 웃게 만들었다.

가족을 잃었다고 생각했는데, 거기엔 언제나 가족이 있었다. 가족이란 가질 수 없는 것이라 생각했는데, 나는 이미 가족들과 함께였다. 부끄러움을 가르치는 그건 소중한 깨달음이었다.


# 여기, 있다

그리고 눈을 들어보니, 바로 내 눈앞에 별이 내려와 있었다. 너무 멀리 있어서 그건 그저 남의 것이라고만 생각했는데, 내가 아니라 다른 세상 사람들을 위해 반짝이고 있는 빛이라고만 생각했는데, 어느 날 내 앞을 보니 커다란 별 하나가 떨어져 있었다. 신기하게도 그건 내 생각을 바꿨고, 내 고집을 꺾었고, 평생 나를 지탱해왔던, 군내 나는 내 자학의 습성을 지워냈다. '절대'라고 말하는 어리석은 내 다짐을 부끄럽게 만들었다.

그날은 겨울을 재촉하는 비가 내리고 있었다. 홈페이지를 통해 몇 번 이야기를 나눈 그는 내 소설의 팬이라고 말했다. 각자 약속이 펑크가 나면서 공허한 시간을 메우기 위해 만나기로 했으면서도, 떨림보다는 빤한 남자들의 얼굴이 스쳐 지나갔다. 사랑이 호기심이라는 것을 보여주었던 남자들, 사랑이 현실의 발아래 있는 거라고 말하던 남자들. 네가 찾는 그건 없는 거라고 말하던 눈빛들.

그러나 나는 그들을 비난하고 싶지는 않았다. 그들의 호기심을, 그들의 깨달음을, 그들의 망설임을 나는 이미 오래 전에 인정했다. 없다고 믿는 사람들을 만나는 일은 웃을 필요도 없었고, 거짓 다짐들을 주고받을 필요도 없었다. 영수증을 건네는 사람들처럼 깔끔했고, 다만 내 안에서 졸졸졸 흐르는 시냇물 대신, 고약한 냄새를 풍기는 시궁창이 흘러갔을 뿐이다. 검은 물 밑에는 아무것도 살지 않았으며, 그 위에 아무것도 띄워 보낼 필요가 없었다. 그저 물끄러미 콸콸콸 떠내려가는 그것들을 구경했다.

앳된 모습의 그를 만나면서도, 그와 이야기를 주고받으면서도 나는 여전히 시궁창 건너편이었다. 진심이나 망설임 같은 것도 없이 그와 마주하며 웃고 떠들었던 것은 이미 그곳에 새로운 물이 흘러가리란 기대 같은 것은 접었기 때문이었을 것이다.

그런데 그는 아무런 편견 없이 다가왔다. 망설임 같은 것을 모르는지, 내가 남자의 태생을 가지고 있다는 사실을 까맣게 잊고 있는지, 그는 조금도 다르지 않는 눈빛으로 나를 바라보았다. 손을 잡는 것을 제일 좋아한다,라는 말에 아무 데서나 손을 잡아주었고, 자신의 친구들에게 나를 여자친구라고 소개하면서도 망설임이나 주저함 같은 것은 조금도 없었다. 그렇다고 그가 동성애자나, 양성애자였던 것도 아니었다. 그는 이전에 자신의 여자친구들을 대하듯 똑같이 나를 대했으며, 그들보다 더 애틋한 마음으로 나를 바라보았다.

이상하다? 나는 고개를 갸웃거렸다. 이제 지금쯤 성형수술도 하지 않은 내 얼굴에서, 내가 트랜스젠더라는 사실을 단번에 알아차리는 사람들의 눈빛 속에서, 불편함이나 망설임 같은 것을 깨달을 만도 한데? 이런저런 이야기도 없이 먼저 연락을 끊어버리거나, 괜한 핑계를 대며 차일피일 만남을 미루는 시기가 다가온 것 같은데, 그는 조금도 변함없이 한결같았다.

한 달이 지나고, 두 달이 지나고, 육 개월이 지나고, 일 년이 지났는데도, 그는 여전히 똑같은 모습으로 내게 사랑을 이야기했고, 동행을 이야기했으며, 미래를 이야기했다. 내가 먼저 도망을 쳐야 하는 것이 아닌가, 하는 생각들이 한순간 머리를 휘어잡았다가, 이내 그의 한결같은 마음에 무너져 내려버렸다. 이게 뭐지? 이건 뭐지? 나는 어떻게 해야 하는 거지? 생전 처음 발을 들여놓은 세계는 기묘한 향기를 풍기며 나를 끌어당겼다. 현실의 모든 편견과 기준을 무너뜨려버리는 그의 모습은 이상한 나라의 구멍 속처럼 나를 환각시켰다.

다시 새로운 해를 맞이하고 다른 곳으로 이사를 가면서, 2007년에 받았던 장편소설 공모에서 받았던 상패가 반으로 쪼개져버리고 말았다. 더 이상 글을 쓰지 못하는, 이제는 더 이상 영혼 속에서 아무것도 퍼 올릴 수 없는 피폐한 내 모습을 반증하는 시간인 것 같아, 묵묵히 그 쪼개짐을 인정하며 어딘가에 처박아두었다. 그런데 어느 날, 집에 돌아와보니, 쪼개졌던 상패가 멀쩡하게 제 모습으로 돌아와 먼지가 쌓인 책들 위에 놓여 있었다. 마술에라도 걸린 듯 상패를 들여다보는데, 머쓱한 표정으로 그가 등 뒤에서 나타났다. 쪼개져 처박혀 있더라, 그래서 다시 붙여 놓았노라고. 글 쓰는 사람이 그렇게 소중한 것을 아무렇게나 굴려서 되겠느냐고.

눈물이 핑 돌아 나는 그를 와락 껴안았다. 아직도 나를 '글 쓰는 사람'이라고 부르는 누군가가 있다는 사실이 믿겨지지 않았다. 글을 잃고 있었는데, 그런 것 내 안에서 더 이상 건져 올릴 수 없다고 생각했는데, 그는 아직도 나를 '글 쓰는 사람'이라고 믿고 있었다. 그는 내가 영원히 그렇게 살아야 한다고 깨우쳐주고 있었다.

오래도록 나는 사랑 같은 건 없다고 말해왔다. 그건 동쪽에서 떠오르는 태양처럼 변하지 않는 진리라고 생각했다. 왜냐하면, 누군가 나를 사랑하기 위해서는 뛰어넘어야 할 많은 것들이 겹겹이 쌓여 있기 때문이다. 단순히 생각의 차이나 시간의 차이 정도가 아니라, 주변을 설득하고, 세상을 설득하고, 그리고 무엇보다 자기 자신을 설득해야 하는 지상 최대의 불가능이 그를 가로막고 있을 것이기 때문이다.

그런데 그는 그 모든 것들을 가뿐하게 뛰어넘었다. 그동안의 내 생각들이, 내 믿음들이 그의 진심 앞에서 한꺼번에 와르르 무너져 내렸다. 이제 나는 '사랑은 없다'고 말하는 무수히 많은 사람들에게 망설임 없이 '여기, 있다'라고 말할 수 있을 듯하다. 나처럼 이렇게 모자란 사람에게도 그런 것이 존재하는 것을 보니, 당신네들에게는 무수히 여러 번 다가올 것이다. 걱정들 하지 마시라고.

결혼은 20년쯤 후에 하기로 했다. 어차피 현실의 제도나 편견과는 어울리지 않는 우리의 마음을 그깟 제도 앞에 묶어놓는 일은 의미 없는 일이다. 서로의 생각을 주고받았다. 나중에 쉰이나, 예순이 되어서 고마운 분들을 모아놓고 서로 사랑하며 잘 살아왔더라, 하는 자리를 마련하여, 우리의 마음이 틀리지 않은 것이라 보여주자고 약속했다. 누구든 사랑을 약속하고 영원을 약속하는 사람들도 시간이 지나면 흐트러지고 흔들리게 마련인데, 당신의 콩깍지가 벗겨지는 것은 시간문제가 아니겠느냐, 농처럼 그렇게 그에게 말했을 때, 그는 이렇게 대답했다. 그때에는 의리로 사는 거라고. 사랑 같은 속살가운 것이 아니라, 그동안 함께했던 시간과 추억들에 대한 의리로 사는 거라고.

생각지도 않은 의리 이야기에 나는 깔깔깔 웃고 말았다. 그는 사뭇 진지한 표정이었지만, 그리고 나는 그렇게 웃고 말았지만, 사랑한다, 영원하다, 하는 약속보다도 '의리'라는 말이 더욱 믿음직스럽게 가슴을 울렸다. 그 어떤 고백보다 그건 달콤했고, 사랑스러웠다.


고맙게도 그렇게 하늘 위에 떠있던 별을 가슴에 품어 안고 나는 마흔이 되었다.

Epilogue

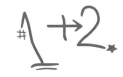

나는 지금 어딘가에 와 있다.

그것을 길이라고 이야기한다면, 나는 이제는 시작도 끝도 아닌 거의 중간 즈음에서 지나온 시간의 관성을 따라 무작정 걷고 있는 것이다. 자세히 기억이 나지는 않지만, 내가 떠나왔던 출발점이 멀리서라도 어렴풋이 보인다면, 그곳을 되돌아보며 나는 내가 잃어버렸던 순수함을 떠올릴 수 있을 것이다. 반대로 결국에 내가 가야 할 이 길의 마지막이 보이는 그 끄트머리 지점을 걷고 있는 거라면, 점점 다가오는 마지막 순간의 희열 혹은 허무함을 위해 지금의 내 발걸음을 조금 더 가치 있게 만들 수 있을지도 모른다.

그러나 불행히도 나는 처음도, 끝도 보이지 않는 막막한 길 위에서 있다. 순수함을 배워야 하는 것이라면 나는 이미 너무 멀리 와 있었고, 어느 것이든 깨달음을 얻기 위한 마지막을 떠올리기에도 나는 한참이나 모자라다.

평생 올라가야 하는 봉우리 하나라고 말한다면, 높든, 낮든 나는 꼭대기 언저리에 와 있을 것이다. 그렇다고 하더라도 여기는 다시 처음으로 내려가기에는 엄두가 나지 않는 그런 지점이며, 꼭대기에 올라가더라도 다시 내려갈 일을 떠올려야 하는 그런 이상하고 알 수 없는 지점인 것이다.

길 하나이든, 봉우리 하나이든
여기는, 나이 마흔은 참으로 나약해지기 쉬운 시간이다.

마흔 해가 지났지만, 불행히도 나는 여전히 질문 앞에 서 있다. 열쇠는 어디에 있는 걸까? 그러나 이제 와서 고백하건데, 나는 그저 당신이 당신의 열쇠를 알지 못하듯, 내가 내 열쇠를 알 수 없는 것은 당연한 일이다, 하는 빤한 이야기를 하기 위해서 그 질문 앞에 섰던 건지도 모른다. 당신에게도 삶의 시작이 있었을 것이며, 가족이 있었을 것이며, 삶의 전환이 있었을 것이며, 시간의 장난이 있었을 것이며, 위기가 있었을 것이다. 그리고 불행이나 위기가 갑작스럽게 다가왔던 것처럼, 어디에든 당신에게 다가올 준비를 하고 있는 희망이 있었을 것이다. 무엇이든 당신은 선택을 했어야 했을 것이며, 선택했고, 후회했고, 깨달았고, 또다시 선택 앞에서 망설였을 것이다. 결국 당신도 혼란을 겪은 사람이었을 것이고, 희망을 찾은 사람이었을 것이고, 찾아가고 있는 사람일 것이다,라고.

그러나 여기 흔들리지 않는 단 한 가지 중요한 사실은, 당신도 나도 그렇게 시간 위를 걷고 있다는 것. 마흔을 맞이한 지금, 우리는 모두 앞을 볼 수 없고, 뒤를 돌아볼 수 없는 시간 위라는 것. 흔들리지 않는 불혹不惑이란 처음부터 역설이었을 뿐, 사실 누구에게나 마흔은 그런 흔들림이라는 것.

그렇다면 이제 질문들은 내려놓기를 바란다. 당신을 혼란스럽게 하는 무언가에 대한 해답을 찾으려고 했던 거라면, 움켜쥐었던 것들을 이제 발아래 내려놓으시라. 혹시, 소중한 사람의 혼란에 일말의 도움이 되고자 어떤 명쾌한 해답을 찾기 위해 이 글을 읽었던 거라면, 당신은 당신의 길을 가면 그뿐, 그를 위해, 혹은 그녀를 위해 무언가를 해주어야겠다, 쓸데없는 다짐은 내려놓으시라고 말씀드리고 싶다.

어차피 모두에게는 길이 있다. 그리고 그것이 어떤 길이든, 우리가 해야 할 일은, 함께 걸어주는 것이다. 어딘가를 가리킬 필요도 없이, 당신이 지나온 길이 어느 쪽이냐 물을 필요도 없이 곁에서 보조를 맞추어 걸어주는 일이 바로 우리가 해야 할 일이다.

마흔이라는 시간 위에, 나는 서 있다. 모두에게 그 시간은 다가왔거나, 혹은 다가올 것이다. 그렇다면 나는 정중히 당신들 모두에게, 살아 있는 당신들 모두에게 나와 함께 걷기를 청한다. 나약해진 나를 위해, 나약해진 당신을 위해, 그건 분명 어떤 식으로든 힘이 될 것이

다. 위로가 될 것이다. 그리고 괜찮다면 나처럼 머리 위에 꽃을 다시
라. 같이 꽃을 달고 이 시간의 길을 함께 걸어가자고.

참, 그리고 또 한 가지,
어쩌면 열쇠는 처음부터 당신 발목에 매달려 있었던 건지도 모를
일이다.

〔飛〕

# '못생긴 트랜스젠더 김비 이야기'와 '네꽃달'

　아마도, 먼저 2001년 출간했던 『못생긴 트랜스젠더 김비 이야기』에 대해 말해야할 것 같다. 처음 내 삶을 정리하는 글을 쓰고자 했을 때, 나는 글이라는 것을 잘 몰랐다. 방송극이나 시나리오 습작을 여러 편 써보기는 했지만, 내가 화자가 되어 쓰는 산문 형식의 글은 처음이었다. 그래서 구상이나 계획, 혹은 초고나 재고 같은 개념도 없이 홈페이지에 올리기 위해 자판을 앞에 두고 무작정 감정에 휩쓸려 글을 올렸었다. 그리고 그것을 본 출판기획자가 책으로 묶자는 제안을 했었고, 나는 겁도 없이 처음 내 이름으로 책을 갖게 된다는 설렘에 수락을 해버리고 말았다. 그리고 그것을 한 권의 책에 들어갈 원고로 다시 묶으면서 수정을 하고 교정을 한다고는 했지만, 처음부터 역량 부족이었다.

　그렇게 부끄러운 책이 나와 많은 사람들에게 회자되면서, 나 스스로 정신을 차리는 데는 오래 걸리지 않았다. 그러나 내뱉은 말처럼 이미 활자가 되어 나와 있는 상황에서 그것을 어떻게 할 수는 없는 노릇이었다. 그저 나중에 재판을 내게 된다면, 완전히 다시 써서 내리라, 무릎을 치는 안타까움만 계속해서 쌓여갔을 뿐이었다. 그리고 불행인지, 다행인지, 『못생긴 트랜스젠더 김비 이야기』를 낸 출판사는 문을 닫았고, 책은 그대로 절판되어버리고 말았다. 언젠가는 다시 써야지, 하면서도 여유가 없었다. 글쓰기를 버리고 다시 시작하고 다시 버리고 다시 시작하는 와중에 『못생긴 트랜스젠더 김비 이야기』는 이미 잊히고 있었다.

더 이상 영혼을 길어낼 수 없는 피폐한 꼴이 되어서, 아무도 내 글을 주목하지 않는 현실에 맞부딪혀 끝내 글쓰기를 그만두었다. 그리고 운명처럼 내 앞에 나타난 '별' 하나로 인해, 나는 다시 '글 쓰는 사람'이 되었고, 다시 펜을 들며 『못생긴 트랜스젠더 김비 이야기』를 떠올리는 건 자연스러웠다. 마흔이 된 지금, 나를 돌아보고 다시 시작할 힘을 얻고 싶다는 바람은 어쩌면 참으로 간절한 것이었는지도 모른다. 그러나 십여 년 전에 출간했던 책을 다시 들여다보면서 나는 빨간 펜 하나를 다 써버릴 만큼 온통 책 위의 글자들을 모두 지워버리는 수밖에는 없었다.

어차피 신산한 개인의 삶을 당사자가 적어 내려가는 일이니 감정의 일렁임이야 어쩔 수 없다고 치지만, 너무 과했고, 너무 정리되지 않은 채였다. 결국 나는 『못생긴 트랜스젠더 김비 이야기』를 개요처럼 시간의 순서만으로 정리해놓고 처음부터 원고를 다시 써내려갔다. 내가 태어나던 때부터 지금 마흔 살까지, 되도록 객관적이고 담담하게 써내려가려고 애를 쓰며 이야기를 이어갔다. 왜냐하면 이것은 똑같은 사람의 삶의 이야기이면서도, 누군가에게는 모르는 길을 가르치는 안내서일 수도 있을 테고, 혼란스러운 누군가에게 멀리서 반짝이는 불빛일 수도 있을 테고, 성소수자를 연구하는 누군가에게는 쓸모 있는 자료가 될 수 있을 테고, 이 사회에는 '성전환자' 본인이 직접 남긴 최초의 기록일 수도 있기 때문이다. 물론 나는 이것이 소박한 '꽃 한 송이'로 읽혀지기를 바라지만.

이 책이 나오기까지 감사의 말을 전하기 위해 나는 '별', 건형 씨에 대해서 이야기해야 한다. 그는 아직도 변함없는 모습으로 글쓰기에 매달리고 있는 내게 응원을 아끼지 않는다. 이제는 절대 글 쓰는 일에 흔들리지 않게 된 것도 그가 나를 단단히 붙들고 있기 때문이다. 그가 없었다면 단연코 '글 쓰는 사람' 김비는 없었을 것이다. 감사하고, 감사하고, 또 감사한다.

또한 이 보잘것없는 사람의 이야기를 읽고 출간의 기회를 준 도서출판 삼인의 모든 식구들께 감사의 말을 전한다. 편집자인 종진 씨는 출간을 위해 자신은 아무것도 한 일이 없다, 손을 젓지만, 그의 세세한 눈길이나 마음이 없었다면 이 책은 완성되지 못했을 것이다. 그리고 이제 이 책이 나왔으니 그의 바람대로 편집자와 저자의 관계는 털어버리고 친한 언니, 동생의 관계로 오래도록 함께할 수 있기를 바란다.

또다시 여기, 꽃 한 송이가 피었다. 내가 키운 못생긴 꽃에 관한 이야기지만, 당신들 모두 적어도 꽃 한 송이는 갖고 태어나셨다. 그러니 모두들 이제 자신의 꽃을 찾아보시기를. 그리고 이 팍팍한 세상, 우리 함께 꽃 달고 가기를.

<br>

2011년 가을
용인에서 김비